U0721556

孙红英——主编

21号院的灯光

海峡出版发行集团
海峡文艺出版社

图书在版编目(CIP)数据

21 号院的灯光/孙红英主编. — 福州:海峡文艺
出版社,2020.7(2024.3 重印)
ISBN 978-7-5550-2305-0

Ⅰ.①2… Ⅱ.①孙… Ⅲ.①中国文学—当代
文学—作品综合集 Ⅳ.①I217.1

中国版本图书馆 CIP 数据核字(2020)第 098635 号

21 号院的灯光

孙红英	主编
出 版 人	林　滨
责任编辑	蓝铃松
编辑助理	张琳琳
出版发行	海峡文艺出版社
经　　销	福建新华发行(集团)有限责任公司
社　　址	福州市东水路 76 号 14 层
发 行 部	0591－87536797
印　　刷	三河市兴博印务有限公司
厂　　址	河北省廊坊市三河市杨庄镇大窝头村西
开　　本	720 毫米×1000 毫米　1/16
字　　数	260 千字
印　　张	24.25
版　　次	2020 年 7 月第 1 版
印　　次	2024 年 3 月第 2 次印刷
书　　号	ISBN 978-7-5550-2305-0
定　　价	99.80 元

如发现印装质量问题,请寄承印厂调换

序

另一种写作者的事

○○陆开锦

这是另一种写作者的事。

他们的"另一种"，不是标新立异的虚妄。

恰恰相反，更多的时候，他们的写作，闪烁着睿智与哲理的光芒！

这一群人，就是熟悉的、生活在"日常"身边的你我。

他们把握时代的脉搏；

他们洞悉世界的真实；

他们探求真理的方向……

他们的内心，有一片灼热的光亮。灼热的光亮，是他们和我们共同的心灵之窗。

伏案之余，伫立窗前：一声鸟鸣、一缕花香，随风而来，正是他们常常期盼而又常常感受的庸常的快乐与幸福。

他们的内心，便也时常顿生出"一灯如豆"的安详静谧和惬意的意境。

但凡读书人，皆心有所骛吧！

他们对人生的感悟、对事业的感想、对文化的感怀……如此种种，或抒情，或思辨，或纪实，凡此种种，辑之成集，犹如一簇簇鲜亮的花草。

窗外的树木，鹅黄中泛着嫩绿。

岁末过后便是春初。他们伏案的身影，亦如粗壮、坚强的枝干，透露出鸟语花香般的新绿。

目录

第三辑
琴心剑胆

第一辑

飞 鸿 浅 影

人生如逆旅

○○甘嘉珍

历史长河回溯到千年前那个灿烂绚丽、才俊辈出的宋朝。苏东坡，这位具有伟大思想和灵魂的全能型文化巨人走过其波澜壮阔、跌宕起伏的一生。他给这个世界留下了一个珍贵的精神空间，任其穿越时空，千年流转，却愈发熠熠生辉。当我们尽情地遨游在他的世界里，就仿佛跟随着他一起俯仰日月星辰、经历人世浮沉、领悟人生真谛。

苏轼是少年天才，弱冠之年高中进士。参加宋朝最隆重的制科考试时宋仁宗破天荒地给了他一个第三等，成为宋朝开国百年入三等第一人。当年欧阳修看到苏轼的文章惊叹不已："读轼书，不觉汗出，快哉快哉，老夫当避路，放他出一头地也。""出人头地"的典故就来源于此。苏轼还是一位全才，他的学养贯穿儒、释、道，造诣纵横文、书、画，是中国传统文化的集大成者。他爱好广泛，饶有生活情趣，对烹饪、医药、佛教等领域都颇有研究，也是一名资深吃货，研创了东坡肉、东坡鱼等许多经典菜肴。应该怎样形容才最接近本真的他呢？林语堂的《苏东坡传》里是这样描述的："苏东坡是个秉性难改的乐天派，是悲天悯人的道德家，是黎民百姓的好朋友，是散文作家，是新派的画家，是伟大的书法家，是酿酒的实验者，是工程师，是假道学的反对派，是瑜伽术的修炼者，是佛教徒，是士大夫，是皇帝的秘书，是饮酒成癖者，是心肠慈悲的法官，是政治上的坚持己见者，是月下的漫步者，是诗人，是生性诙谐爱开玩笑的人。可是这些也许还不足以勾绘出苏东坡的全貌。我若说一提到苏东坡，在中国总会引起人亲切敬佩的微笑，也许这话最能概括苏东坡的一切了。"是啊，在浩如烟海的中国文化名人中，能让人不由自主发出"亲切敬佩微笑"的着实不多。

苏轼曾心酸自嘲："问汝平生功业，黄州惠州儋州。"他的人生轨迹被彻底改变，始于43岁那年发生的"乌台诗案"，从此一生奔波在贬谪、还朝、再贬谪、再还朝的路上。刚被贬黄州时，苏轼也曾消沉过，"拣尽寒枝不肯栖，寂寞沙洲冷"。此时为生活所迫，他亲自东耕，每日劳作，自号"东坡居士"，在极其贴近生活真正面目的情况下，苏轼日夜思索，渐渐找到了他人生的平衡点，随缘自适，自得其乐，领悟佛的禅机，做到道家的超脱，但始终没有放下儒家的入世。"乌台诗案"成为苏轼词风的重要转折点，让他真正地将儒、释、道三家融会贯通，开一代词风。苏辙在后来给哥哥写的墓志铭中感叹，苏轼自"乌台诗案"之后，"其文一变，如川之方至，而辙瞠然不能及矣"。

他大气磅礴，"大江东去，浪淘尽，千古风流人物"，一首不足百字的《念奴娇·赤壁怀古》，成为中国文学史上千古绝唱。他深情如斯，亲手在亡妻的坟边栽种三万株松柏，为其撰写的悼亡词，只一句"十年生死两茫茫，不思量，自难忘"就已令人潸然泪下。

他和苏辙是兄友弟恭的典范，中秋月圆夜思念多年未见面的弟弟，写下"但愿人长久，千里共婵娟"的千古佳句。他气度洒脱，"莫听穿林打叶声，何妨吟啸且徐行"，不仅是在讲风雨，更是在讲对待生活的态度，这是他经历了人生大起大落之后的深刻思考。只有经历了苦难的淬炼，才能获得对人生如此深刻的理解和如此从容的心灵境界，再也没有什么人生逆境可以将他击倒了。被贬惠州他就写"日啖荔枝三百颗，不辞长作岭南人"。被贬崖州他就说："九死南荒吾不恨，兹游奇绝冠平生。"三年流放，九死一生，他竟轻轻松松地落下了"兹游奇绝"四个字。

他思考着，什么才是人生的意义，人生的路究竟应该向哪里走？苏东坡问着自己，同时又回答了自己。"横看成岭侧成峰，远近高低各不同。""人生到处知何似，应似飞鸿踏雪泥。泥上偶然留指爪，鸿飞那复计东西？""何夜无月？何处无竹柏？""休对故人思故国，且将新火试新茶。诗酒趁年华。""几时归去，作个闲人。对一张琴，一壶酒，一溪云。""小舟从此逝，江海寄余生。""回首向来萧瑟处，也无风雨也无晴。"每当静夜时分，品读着这一首首、一句句不但充满着人情味，更富含着哲理的诗词，顿觉灵台一片空明，胸中块垒一扫而空。他旷达不屈的精神触动我们心弦、滋润我们心田、荡涤我们心志。

当然，苏东坡能让千百年来的人热爱他、怀念他，更重要的原因是，他一生无论官居要职还是身份低微，无论顺境还是逆境，爱国爱民的忠心赤胆始终不渝，对人对事的纯净善良始终未变。他有兼济天下之志，居庙堂之高则忧其民，处江湖之远则忧其君，和前辈范仲淹一样，有着"先天下之忧而忧，后天下之乐而乐"的高度责任感和使命感。他也有经世报国之才，尤其可贵的是能坚持知民情、纾民困、助民乐。他曾先后筑过三条长堤，在杭州、颍州、惠州的西湖，疏浚水利，造福当地，留下了烟柳笼纱、波光树影、鸟鸣莺啼的美景；"沧海何曾断地脉，珠崖从此破天荒。"他是儋州文化的开拓者、播种人；他在杭州开办了全国第一家公立医院；在密州、黄州时，他收养弃婴、反对"溺杀女婴"，开办中国第一家民间慈善团体——育婴会。苏轼一辈子光明磊落，为人正直率真，从不见风使舵、随波逐流。面对血雨腥风，在政治上备受打击、诬陷，他始终不记个人恩怨，对政敌以德报怨，决不落井下石。终其一生，苏东坡内心都激荡着浩然正气，真可谓"一点浩然气，千里快哉风"。

苏东坡的人格魅力不仅深深感染并吸引了当时的人们，直到现在还持续散发着巨大的吸引力。林语堂的《苏东坡传》在结尾处说："苏东坡已死，他的名字只是一个记忆。但是他留给我们的，是他那心灵的喜悦，是他那思想的快乐，这才是万古不朽的。"的确如此，"寄蜉蝣于天地，渺沧海之一粟"，人生如逆旅，幸好还有苏轼。愿身处熙熙攘攘尘世中的你我都能像他一样，拥有一颗天真烂漫的"赤子之心"，一份宁静平和的心态，一双善于发现美好事物的眼睛，成为一个热爱生活、善处人生之人。

2020 年 4 月 23 日

爸爸的微笑

○○孙红英

那天做了个清晰的梦：行走在空旷的天地间，周围除了褐色的土地，只有两只灵动的小鸟。它们不近不远地，在我前方蹦蹦跳跳，像是在带路。跟在后面，心里感到踏实和幸福……醒来后，梦里情景历历在目，甚至清楚地记得两只小鸟羽毛的颜色。没来由地想：一只是爸爸，一只是妈妈。

下午，姐姐来电：爸爸走了。我眼前立刻跳出那两只小鸟！

一

"文革"期间，爸爸因"台湾特务""里通外国"等莫须有的罪名下放到车间劳动改造。

虽然个子不高而且身体瘦弱，但爸爸生性好强，从不示弱。他忍辱负重，和身强力壮的工人们一起翻砂、抬钢锭、装卸车，因此扭伤了腰，腰伤发作起来寸步难行，需要妈妈姐姐们架着才能起坐。可他始终微笑，从不龇牙咧嘴。

记得跟着姐姐给爸爸送饭时，必须经过翻砂车间外的空地，空地上到处都是沙子，港城的大风一吹，眼睛都睁不开。

爸爸接过姐姐递给他的饭盒，总要把我拉过来，摸摸我的头笑眯眯地问："多多吃饱了没有？"而姐姐总要抢在我之前答："她吃过了。"尽管我对饭盒里的东西充满好奇，但此时仍会懂事地附和："爸，你吃吧，我吃饱了。"说着，像青蛙一样一鼓肚皮，用手敲敲，"你听——西瓜熟了！"爸爸在家时，检查我有没有吃饱，都是这样敲的。可不知为什么，我这么敲，爸爸眼里就会有亮晶晶的东西一闪一闪的……

那时，我们全家早已过上了备受歧视的生活，只因我还不懂事，感觉没那么强烈。

一天，我正在楼下玩泥巴，忽然看到许多人往我家跑，我也扔了泥巴跟着跑。挤进门，看到二姐趴在爸爸床前"呜呜"地哭，家住楼下的大鹏哥喊："快拉上医院啊！"爸爸就被几个小伙子七手八脚地从床上抬下来往外跑。我从人缝里看见爸爸嘴角流下一种白色的液体，就在流出液体的地方堆着一丝牵强而歉意的微笑，目光虚弱无神。

我不知道发生了什么。直到后来，几个不怀好意的女人指着我的后背高声议论"她爸爸畏罪自杀"！

虽然我至今仍不能体会爸爸当时承受了怎样的压力，也不能理解爸爸为什么会选择这样一条不归之路，但是，他嘴角的微笑和眼里的歉意却如刀削斧凿一般刻进了我的记忆。

20 世纪 80 年代初，爸爸当上了厂长助理，并且分配到了当时最好的住房。热爱生活的他，一下班就在院里捣鼓，种了柿子、葡萄、石榴、月季、海棠，还有妈妈最爱的栀子花。

一个冬天的正午，我放学回家，看到家门附近围了好多人。

"难怪老刘今天没来上班啊，原来死在家里了！儿子也死了！"

"老刘父子俩死得惨啊……老孙呢？跑哪儿去了？"

"畏罪潜逃啦。"

"逃到台湾去了吧？"

好不容易才过了几年平静日子的妈妈听到这些恶语中伤，感觉天要塌了一般。恐惧感迅速传染给了我们姐妹几个，大家都暗暗祈祷公安人员能快点查个水落石出。那种恐惧带来的精神压力，是今天的人们无论如何也想象不到的。

终于，爸爸带着厂里的保卫科长和几个公安人员匆匆赶来。他脸上没了一贯的笑容，神情十分严肃。

感觉经过了一个世纪的漫长等待，最终结果宣布了：老刘父子因一氧化碳中毒而死。

爸爸安排好刘家的后事回到家里，好像喃喃自语，又好像是对我们："什么叫'流毒深广'？什么叫'阴魂不散'？！"很快地，他觉察到了家里气氛压抑，就走到妈妈面前，把手搭在她肩上，用轻松的语气宽慰惊魂未定的我们："公安局都搞清楚了，没事的，没事的，那些人害不了人了！"然后就装作什么也没发生似的，微笑着招呼姐姐们进厨房做晚饭。

二

高考填报志愿的时候，对外贸易专业开始热门。我的英语成绩不错，英语老师朱月萍一直鼓励我报考相关专业。没想到爸爸不同意。朱老师很执着地认为我上外语专业将来一定会有出息，开家长会的时候特别做爸爸的思想工作。但结果是，爸爸微笑着做通了她的思想工作。其实，我早已明白爸爸笑容背后复杂的心情——长期受"里通外国"罪名困扰的他，要把他那双没能保护好自己的羽翼，伸向我看不见的未来。

接到北京师范大学中文系录取通知书后的那些日子，爸爸脸上一天到晚挂着笑，惹得老邻居们都嘲笑说，仿佛考上大学的不是我而是他。

多年以后，80岁的爸爸才有点腼腆地告诉我一个秘密：他取得过改革开放后北京大学第一批文学创作函授班的毕业证书。——那可是舒婷、顾城、北岛等人的诗和王蒙、余华、苏童等人的小说盛行的年代！这才让我猛然忆起，小时候我酷爱的小画书《在人间》《我的大学》，看得似懂非懂、扉页上写着"《红楼梦》是大毒草"字样的《红楼梦》和茅盾的《子夜》，我高考前后家里的《射雕英雄传》《书剑恩仇录》，都是他搬回来的。"少不看西游，老不看三国"这些话，也都是他念叨熟的。就连我小时候拉得一手驴叫一样的二胡，以及和弟弟一起唱得找不到调的"我们都是神枪手，每一颗子弹消灭一个敌人"都是他指导的成果。原来，爸爸还是个表面波澜不惊、内心汹涌澎湃的文艺中老年！40岁时，我开始用不惑之年的眼光重新打量80岁的爸爸，心里充满温情和怜爱。

入学那年，北京正筹备35周年国庆大典，进京人口控制很严，爸爸只能把我送到中转站徐州。列车缓缓北上，他边跟着车走边向我挥手……泪水决堤而下，我猛然意识到，我这是离开爸爸离开家，独自去走前面的路了。

就在两个月后，爸爸却不期而至。他利用出差的机会，带我逛了一整天——故宫、天坛、香山、颐和园，还吃了一顿全聚德烤鸭。第二天特意到我住的中北楼宿舍里来，笑眯眯地把一大堆瓜子、果脯放到桌上说："你们住在一起，就是一家人。我这小闺女从来没出过门，也不懂事，你们互相照顾着。"说得也都是初次离家的舍友们齐声嚎啕，他却老牛舐犊般地看着我们，微笑。

三

爸爸脾气极好，仿佛永远在笑。我记事起，就记住了他脸上的笑容。

家里孩子，爸爸从没打过一个。气极了，也就用食指用力点一下脑门儿——这是最重的惩罚了。兴许是得了他的遗传或是因为他对我过于呵护，我多愁善感泪腺发达受不得委屈，而且好强较真死要面子活受罪。尽管用了许多年的光阴来洗心革面，但终未修成正果。每次回家探亲或探病，垂垂老矣的爸爸都会拉着我的手，微笑着重复那句说了无数次的话："一人在外，全靠自己。遇事要坚强……"每次这么说，都是他动容、我流泪，两个人都觉得有点不好意思。真的，年纪一大把了，还要风烛残年的老父牵肠挂肚，真是羞愧难当。可转念一想，不惑之年还能拥有八十老父的微笑叮咛，不是人生巨大的幸福吗？

这些年，爹妈同住一个医院，一个在19楼，一个在20楼。每隔个把月，爸爸就会很郑重地对弟弟说："你妈走了吧？你们不要骗我！"这时，弟弟一定会把他抱上轮椅，推上电梯，送到妈妈的病榻前。他伸出手，紧紧地握住妈妈的手，温暖地笑着。妈妈还能说话的时候，会给他唱上两句"花篮的花儿香""洪湖水，浪打浪"，后来就只会流几滴眼泪……每当这时，围观的医生、护士、病人、家属都被感动得一塌糊涂，唏嘘成片。

2013年冬月初三，噩耗传来：爸爸走了。

弟媳妇告诉我，爸爸临走前的清晨，把她和孙女叫到床前，孱弱地说："你们别害怕，我不会吓着你们的……"我失声痛哭，眼前浮现出他说话时脸上那体恤的、慈爱的微笑。

冰冷的黑色大理石坟墓前，我跪别爸爸。这一回，是爸爸离开我们离开家，独自去走前面的路了。相信，在路上，他依然微笑。这微笑，是他一生的坦荡和善良，是他对人的体恤、对事的担当；这微笑，是妈妈的安慰剂，是全家的定心丸；这微笑，曾经让我感受温暖、吸取力量，并将陪伴我走完剩下的人生，让我乐观自信、豁达坚强。

写于父亲去世一周年忌日
2020年4月修改

妈妈的花开

○○孙红英

我曾经有两个妈妈，一个是生母，一个是婆婆。现在却一个都没有了。

咿呀学语时就被我唤作妈妈的，是宠我爱我、抚养我长大的那个人。

家里的小院里，有几株父亲种下的栀子花。花开时，家里处处馨香"无风忽鼻端"。妈妈每天都采几朵别在衣服上，走到哪儿香到哪儿。老了，不好意思往衣服上别了，就揣在口袋里，还是走到哪儿香到哪儿，只是香气变得更加内敛和悠长。

所以，栀子花的味道就成了妈妈的味道。无论我走到哪儿，她温暖的笑，总会伴着花开浮现。

离家多年，失去了共同的生活基础，回到家里，除了回忆未成年的时光，和妈妈好像没有更多的话讲，常常静默地坐在她身旁，感受依傍的深情。一次，她拉过我的手，轻轻摩挲着："这些年一个人在外，吃了不少苦啊！这么远，也帮不上你。唉——"四手紧握相看泪眼，无语凝噎。

早些年回家，妈妈总会追着问最想吃什么，做好了就一个劲儿地往我碗里赶，催我"多吃、多吃"；后来请了阿姨做饭，我陪她聊天，听她叨念年轻时带着姥姥和舅舅们从烟台南迁时的艰难，以及路过青岛受她表姐一家的善待，一辈子感念等等陈年往事；再后来，她躺在医院，我削好水果一口一口地喂她吃，她已经叫不出我的名字……隐约记起许多年前的那个冬天，因为取暖而一氧化碳中毒，妈妈一口一口地喂我喝米汤；更小的时候，她也是这样一口一口地哄我喝中药，药里恍惚还若有似无地飘着栀子花香……

出嫁后被我唤作妈妈的，是鞭我策我、催促我成熟的那个人。

那年冬天，我做了一生中最大的决定：跟男朋友回家见未来的公婆。

远远地，她逆着人流向我们走来。南方和煦的微风撩起额头的短发，她微笑，从骨子里透出来一种气质，那是 20 世纪五六十年代知识女性特有的一种气质，令我不由联想起白里泛黄、散发着幽香的玉兰花。刹那间的美好，定格在我的记忆深处。

"唉，跟抢似的。"吃饭时，婆婆和我的筷子同时伸向一盘菜，她的话令我有点难堪。此后，她频频投来的审视的目光，也让我隐约感到不安。

告别前，她很好心地要买一件像样的衣服送我。逛遍福州当年有名的商场，或是她看上的我不喜欢，或是我看上的不忍让她破费。一天下来，居然一无所获。"唉，买件衣服这么费劲。"听到她叹气，我心里更加不安起来。

男友觉察到了，轻松地笑着让我不要在意，还有鼻子有眼地分析说，妈妈之所以这样，是因为以前过马路时他都是护着她的，而现在却是护着我。我也笑了……

最终还是决定来福州，为了爱情。

"老师有什么好当的？低人一等。"婆婆说。于是，我扔掉教师的"铁饭碗"去了某电台。

"主持人啊？都是卖嘴皮子的。"婆婆又说。于是我用了5年时间修炼成一个采编播合一的"全能型"编辑记者并摘下中国广播奖一等奖的桂冠，以证明我不光会"卖嘴皮子"。随后，又辞职去了某党报。那天我问先生："这次妈会怎么说？"

"女人一定要有自己的事业。"婆婆意味深长的话时不时地敲击着我的耳膜。

十几年来，我疲于适应新环境、做好新工作、取得新成绩，同时经营好家庭、照顾好丈夫、养育好孩子，不允许自己在任何方面出纰漏。其间，曾经整整5年没有回家看望年迈的生母。

"见一面少一面啦，你再过5年回来，还不知道有没有这个妈喽！"终于盼到小女儿回家的妈妈一声叹息，脸上的皱纹随着感叹而不由自主地抽动。

这次刻骨铭心的相见，以及妈妈走时她额头留在我手上的温度，经常猝不及防地跳出来问我："这么折腾究竟为了什么？"——为了得到婆婆的一声肯定！意识到这一点，我悲欣交集……

婆婆临走那天，天气很冷很冷。她仰卧在长长的沙发上，目光望向站在一旁的我们一家三口，无言。而她此时的眼神，却如一道冬日里的暖阳，让我感到从未有过的亲近。多么希望她能对我说些什么。如果此刻她还能发声，那声音一定是轻柔的、玉兰花香般的。

我在心里对她说：我学你的样儿独立、坚强，不但能守住事业还能做好家务。感谢你为我生了一个好丈夫，感谢你教我成为自己的主人。

"母亲卑微如青苔/庄严如晨曦/柔如江南的水声/坚如千年的寒玉"。洛夫的诗《母亲》中这几句，仿佛是我两个妈妈的合体。有些事我无法用笔描绘，但却可以用心感受。不同的性格和不同的教育背景塑成了她们各自的为人，让她们将自己的爱用不同的方式传递给了我，我也在不知不觉中将这爱继承下来赠予女儿。

每当纪念日来临，甚至没缘由地想起两个妈妈时，总能从照片上、从记忆里闻到她们的味道——栀子花香馥郁绵长，感性如生母的爱；玉兰花香清幽素雅，理性似婆婆的情。

写于 2017 年 3 月
2020 年 4 月改定

朱熹与弟子的师友之情

○○杨　星

以二程、朱熹为代表的宋代理学，是我国学术思想史的一个重要流派，理学的兴盛与传播，对我国传统思想文化的发展产生深远的影响。回顾宋代理学发展史，从其开创到发展，一直被卷入朝廷政治派别的斗争之中，理学多次受到排挤、打击，甚至遭到禁锢，可谓命运多舛。理学的发展经历艰难的曲折之路，但即便是在这种严酷的现实当中，一批理学学者坚持信念，以弘扬道学、继承道统为己任，他们并没有被现实的压迫所吓倒，而是愈挫愈坚，通过各种渠道，其中特别是通过私学性质的书院讲学，努力地宣传自己的学术主张，顽强地与当权派做斗争，培养了一批批理学中坚弟子，延续了理学发展的力量，为理学的传承起到了重要的作用。在这些党禁之中，程度最大、迫害最深、影响深远的莫过于宋宁宗时期自上而下发动的"庆元党禁"。

宋宁宗庆元二年（1196），朱熹 67 岁，在学术上已经很有名气，成为一代理学宗师。朝廷监察御史沈继祖出于私己之利，弹劾朱熹，列举朱熹莫须有的六大罪状，对朱熹及其弟子实行严厉的打击与迫害。在这场政治运动中，理学的发展受到了巨大的冲击，朱熹被罢官，理学教育活动被迫停止。党禁发生以后，一些立场不坚定的弟子纷纷退出师门从此划清界限，有的弟子甚至躲进山林以避祸。

即使在这样残酷的政治环境之中，仍然有一批中坚的理学弟子，面对这种残酷的政治迫害，无所畏惧，他们维护道学尊严，体现了一个真正道学家的凛凛风骨与道德风范。党禁发生的第二年，庆元三年（1197），朱熹的得力弟子蔡元定被编管道州。蔡元定（1135—1198），建阳县人，是朱熹的大弟子，也是一位很有学问的理学家，朱熹一生视其为师友，很多学术问题都要与其探讨，尤其是在《易》学问题上多与之商量。朱熹的另一个大弟子黄干称："晦翁（朱熹）先生之门，从游者多矣。公（蔡元定）之来，先生必留数日，往往通夕对床不暇寝。从先生游者，归必过公（蔡元定）之家，听其言论不忍去，去皆充然有所得也。"（《宋元学案》），可见，蔡元定在朱门弟子中的重要地位。但就是这样有学问的弟子，在政治斗争中，却成了牺牲品。朱熹的反对者，为了达到打击理学的目的，首先从他的弟子入手。所谓"编管道州"，也就是把蔡元定发配到道州（今湖南道县），对其言论、行为加以监管，限制其自由。临别的前一夜，他仍然在与他的老师探讨理学的问题，据《朱子语类》载：

> 是夜诸生坐楼下，围炉讲问而退……先生往净安寺候蔡。蔡自府乘舟就贬，过净安，先生出寺门接之。坐方丈，寒暄外，无嗟劳语。以连日所读《参同契》所疑扣蔡，蔡应答洒然。

这真是一段师徒间友谊的千古佳话。蔡元定就要被发配到道州之时，如果是一般人，应该有很多的话要向亲友家人交代，或者还有很多其他的事情要赶紧去做。可是，他并没有这样，而是来一场师徒之间的学术交流，用这种特殊的方式来告别自己的老师。师徒间正是以这种学术的尊严抗击政治上的迫害，显示了一代学者的凛然风范。

第二天，临行告别，蔡元定略无惧色，据载，"翌日，诸生乃知其有指挥。郡县捕蔡元定甚急，元定色不为变，毅然上道。熹与诸所从游百余人送别萧寺，坐客感叹，有泣下者。熹微视元定，不异平时"（《庆元党禁》）。正是这样的理学干诚，他们弘扬道学精神，鼓舞士气，为理学的传播树立了典范。

党禁发生以后，朱熹并未被现实的残酷所吓倒，仍然著书立说，讲学不辍，传播理学思想。在这样的艰难环境中，朱熹与弟子的讲学活动并未停止，朱熹的坚持讲学为理学的延续奠定了坚实的基础，为理学发展与再次复出保证了学术力量。故朱熹去世以后，党禁未除，在他的葬礼中，仍有许多门人弟子毅然会葬，他们以这种无所畏惧的姿态向朝廷统治者发出抗争。朱熹生前通过讲学活动，培养了一大批有影响的弟子，如黄干、蔡沈、陈淳等，这些弟子在朱熹去世后，为维护和传播朱子理学做出了巨大的贡献，为理学在党禁之后的再次强势复出，准备了充足的条件。这些弟子羽翼师门，攻讦异端，弘扬师说，不为政治权势所惧，积极宣传理学思想，从而延续和扩大了理学的力量，对理学的发展起到了极大的促进作用。正是由于他们的不懈努力，使得朱子理学思想得以发扬光大。故清人张伯行曰："昔孔子之徒三千，而斯道赖以昭著。朱子门下知名之士，如黄（干）、蔡（沈）、陈（淳）、刘（爚）辈，亦不下数十人。故其著述最富，问答最多，而理学因之大明。"（《正谊堂文集·续集》）朱熹去世后，其弟子及后学们为恢复理学名誉而努力，为朱子理学的复明起了重要的作用。

思　亲

余　霞 ○○

又是一年暮春，站在门前的桃树下，一片落红滑过指尖，让我再次想起你，想起从前。

儿时，清晨不愿起床，你索性跟我一起赖在床上背诵古诗，给我讲诗中的故事。还记得第一次吟诵的是《七步诗》，你给我讲了群雄逐鹿的三国历史。午后，你带着我挖土种花，告诉我：花乃灵性之物，识花之习性，谙养花之道，所养之花才会为你绽放，世间万物皆是如此。傍晚，伴着悠扬的钢琴曲，你教我如何下棋，告诉我棋如人生——下的是棋，学的是做人的道理。你还带我跋山涉水，亲近自然，认识自然；带我捉蝌蚪、放鞭炮，体验孩提时纵情的欢愉。那个年代，生活不易，但你总能把日子过得浪漫有趣。母亲有时会抱怨，小孩课业负担重，还天天带着她玩这玩那，耽误了学习怎么办？你总是不以为然地说，有时间和精力就让她多接触一点新鲜事物，不能成为书呆子。在我的眼里，你就是书呆子的"反面典型"，爱音乐爱生活，写得一手好字，做得一手好菜，修得了电器，做得了音响，盖得了房子，养得了花鸟。即使生活待你不公，你也能活出自己的精彩。

你的爱子护子之心人尽皆知。当年，邻居家小男孩十分调皮，经常欺负人。一次，他砸伤了我的脚。你忍无可忍，狠狠教训了他一番。自那之后，他再没敢欺负我。学校离家不远，我也慢慢长大了，但校门口还有你接送我的身影，这似乎已成为你的习惯。熟人看到了，时常打趣道：这么大的孩子，还要接送呀！你给予的这份安全感，一直伴我长大。

上大学后，暑假实习，在家的日子越来越少。有次姐姐跟我说，门前的桃子熟了，你采了一箩筐，自己没舍得吃，就想等我回去吃。可等到桃子都烂了，也没等到我回家。听闻这些话，我的眼眶湿润了。但真正让我泪如泉涌而且悲恨交加、悔不当初的是听闻你去世的消息。悲的是你毫无征兆悄无声息地走了，未留下只言片语；恨的是我为什么没有多陪陪你，没有多关心你。如果能重新来过，或许你就不会那么早走了。当初，你通过言传身教，给予了我一生受用的品格，用伟岸身躯为我撑起了一片蓝天。可还没等我羽翼丰满，为你遮风挡雨，你却溘然离世，给我留下一份永远无法抚平的伤痛。

岁月流逝，不经意间时光的年轮已刻下六余载春秋。然而，时间的磨砺并不能冲淡所有的事物，一如阅尽世事后愈加深刻的思亲之情。多少次梦回故里，看到你笑，听到你对我说："一切都很好，一切都要好。"是啊！现如今不论大家小家，都已如你所愿。但最无奈的是留不住你的岁月，最悲凉的是无法膝下承欢。桃花树下，酌一壶清酒，对空畅饮，让思念划过心尖，让教诲铭记脑海。

远处嬉笑玩耍的小儿，或许是生命的轮回，让我看到了一脉相承的影子，让我用爱的延续填补些许内心深处的缺憾。

2020 年 4 月 29 日于福州

走不出父亲的视线

陆开锦 ○○

献给一个普通的农民党员——我的父亲。

——题记

世事无常，生活往往在瞬间被改变。7月24日，带着一世的辛劳和无限的眷恋，父亲永远地走了。这些天来，悲痛就像一根绳索，紧紧地捆着我，让我无法呼吸。想着今生今世再也见不到父亲，阵阵悲凉涌上心头。无尽的思念，撩起了心底的记忆，驱使我写下这篇文字，以纪念我的父亲——一个普通的农民、普通的共产党员。

父亲一生渴望安宁与祥和，但动荡却伴随了他大半生。他出生在兵荒马乱的1931年，于是村里人就给他取了个小名"阿乱"。父亲12岁丧母，16岁丧父，与一个年纪比他小5岁的弟弟相依为命。兄弟俩孤苦伶仃，无依无靠，为了生活，只好寄人篱下，给别人打长工。父亲18岁时，到离家几十里外的地方修马路，辛辛苦苦干一年，不料回家路上遇到土匪，身上的东西全部被抢，连穿的衣服也被扒光。还有一次，父亲去山上烧炭，因为肚子饿，走不回家，在路上昏死两个小时。衣不蔽体，食不果腹，这是父亲那时生活景况最真实的写照。因此，父亲痛恨旧社会，同情支持革命。中华人民共和国成立之初，他积极参加剿匪斗争，跟着解放军去战斗了60多天。由于表现突出，回来后被任命为村里的团支书和民兵队长，并于1953年加入中国共产党。父亲一辈子以自己是党员为荣，总是忠诚而质朴地信任党，真诚地投入，艰苦地付出，无论是"大跃进"时的大炼钢铁，还是后来的农业学大寨，父亲都是积极分子。改革开放以后，父亲又和一些老人组成耕山队，凭着简单的工具，开山造林，居然为集体留下了一个颇具规模的林场。父亲一辈子普普通通，但他为家庭、为集体奉献了全部，我以为他是一个合格的农民党员。父亲去世的时候，组织上为他这样一个普通党员覆盖了一面党旗。我想，父亲若九泉有知，他一定会感到欣慰的。

父亲一生节衣少食，辛苦劳作，养育了我们7个儿女。因家庭困难，姐姐5岁时送给别人家做童养媳，为此父亲一直深感愧疚。三年困难时期，家里常常揭不开锅，有时每个孩子一餐只能吃3个柿子。由于营养不良，二哥4岁了还不能走路。那时父亲在铁厂工作，劳动强度大，一天只有一斤大米，连自己都不够吃，但为了孩子，他硬是省下6两，自己用野菜充饥。1961年铁厂下马，公社要招父亲去工作，每月工资18元。父亲考虑到孩子的吃饭问题，毅然决定回家种田。父亲白天参加生产队劳动，早晚上山开荒，先是种番薯，而后又种桃树，种山苍树，种柿子树等。记得我念小学、初中时，家里基本上是靠番薯米度日。1968年五弟出生后，家里增加到七口人，经济更加困难。冬收后父亲就去烧炭，白天砍柴烧炭，夜里做炭笼，然后挑到一个叫枣坪的地方去卖。100斤卖3元，一天来回走 50 公里。父亲就这样披星戴月、夜以继日地劳作，靠着一股自立自强、不屈不挠的韧劲，一步一步地把我们兄弟拉扯成人，在艰难困苦中创下了一份家业。

父亲没有上过学，所以他渴望文化，对文化有一种近乎神圣的尊崇。1949 年后，他积极参加扫盲班，带领村里的年轻人互帮互学；知识青年上山下乡办夜校，他也是积极分子。父亲因此认得不少字，算盘打得好，看得懂简谱，曾经还参加过闽剧社。父亲视孩子的教育为头等大事。家里再困难，他还是想尽办法让我们读书。记得我念初中时，父亲有次对我说："只要你能念书，家里即使卖炉灰也要支持你。"由于时代的原因和家庭的困难，大哥和二哥没有受到更好的教育。1980 年我以全县第一名的成绩考上北京大学，成了村里有史以来的第一个大学生。父亲知道这个消息后，高兴得说不出话来，但上学的钱却让他犯了愁。第二天，父亲就拉了几百斤谷子和几十斤黄豆去卖了。1982 年暑假我回家探亲，却没有钱回校，父亲带我到村信贷员家里贷款。我估计那是父亲一生中第一次贷款。到信贷员家里时，信贷员一家人正在吃晚饭，灯光很暗淡。等他吃完饭，父亲说明来意，要求贷 60 元。那人说，太多了，最多只能贷 50 元。那一幕我至今难忘。后来，我大学毕业考上了研究生，五弟考上了中专，小弟也考上了大学。再后来，我又留学英国，考上了博士生。在无暇重视教育的 20 世纪 80 年代农村，这应该算是奇迹了。真的很感谢父亲对知识的执着追求，使我们兄弟在艰难困苦中有书可读，从而认知大山外面更大的世界。

父亲是大山的儿子，他对土地的情结，对劳动的态度，以及他的坚强的性格，同样是他留给我们的宝贵财富。父亲常常教导我们做人要有骨气和志气，他常说："鸡屎落地尚有三寸气，做人怎么能没有一点骨气和志气呢？"父亲不仅这样要求我们，他自己更是这样做的。父亲一生最反对贪图安逸，最讨厌好吃懒做，最痛恨贪官污吏。在我们兄弟还很小的时候，他就带我们上山劳动，培养我们吃苦耐劳的精神。他认为劳动最光荣，也最公平，一分劳动一分收获，不劳动，坐吃山空。若非万不得已，父亲是绝不会向人借贷的。在他眼里，借贷似乎是很丢人的事。他说："别人两只手，我们也两只手，别人有的，只要我们肯劳动，也一定会有的。"父亲参加农业劳动一直到70岁，晚年依然把自家的一小块山沟地耕作得像一座花园，种满了各种各样的水果和蔬菜。哪怕是短暂地告别家乡和土地，父亲也总牵挂着家里的农活。"穷年忧黎元，叹息肠内热。"父亲对农业和农民的态度，深深地影响了我，让我无论走到哪里，都记得自己是农民的儿子，感受到脚下厚实的土地。

虽然日子总是很艰辛，但父亲对生活却有着乐观的态度。不知从何时起，父亲喜欢上了二胡，甚至还有了一定的造诣。听说父亲在家乡拉二胡，身边总是聚拢不少的小孩和老人。前几年我接父亲来榕小住，他除了随身带些衣服，就是一把二胡。每当看到他一边拉着二胡一边随着曲调轻轻哼唱，一副旁若无人、怡然自得的样子，我就会深受感染，顿生许多的感慨。每次下班走到宿舍楼下，隐约听到从家里飘出的二胡声，我就想，也许那是父亲最快乐的时刻。有感于此，一个亲戚专门写了一篇散文《有声而乐》登在报纸上。有天中午，父亲又情不自禁地拉起了二胡，可能影响了楼下住户的休息，不知是谁在楼梯口贴了一张幽默纸条："楼上依伯，请不要在中午时拉'锯'。"我看到后，委婉地告诉了父亲，从此，父亲再没有在中午拉过二胡。今年春节期间，父亲生病住进省立医院。有一天他好像很累，对治疗没有太大信心，我就鼓励他："等你病好了，我给你买一把好二胡。"父亲的眼中就闪出了光彩。父亲出院后，我就去买了一把高档二胡。这把二胡成了父亲的心爱之物，伴他走过了生命最后的日子。

父亲对儿女只知道付出，从不求回报。2002年，我们安排父母去北京旅游。父亲很高兴，说起20多年前，我在北京念书时，曾经说过要带他去北京。我才想起自己有过这个许诺，突然心酸内疚得眼泪盈眶。一个心愿埋藏在父亲心里20多年了，因为怕增加我们的负担，他从不提起。作为儿子，我是多么粗心啊！那次，父母在北京玩了一个星期，看了长城、天安门、故宫、颐和园等，还去了承德的避暑山庄。看到父母那么高兴，回来后，我就陪他们去了武夷山。这之后，只要有空，我就尽可能地陪他们出去走走，看了福建几乎所有的重要景区。本来还想带父亲去上海、杭州，遗憾的是，我们再也没有机会了。这些年，由于忙忙碌碌，没有更多时间陪父亲，我就想多给他一些钱，让他自己多买点东西吃，有点病赶快去看医生。今年春节，父亲突然病得厉害，县里的医生建议转院，父亲不得已来到福州住院。他知道省城看病贵，把自己所有的积蓄都带来了，我一算居然有两万多元，也就是说这几年给他的钱他几乎没花。我心里才明白，父亲晚年最需要的其实不是钱，而是儿女的平安，是一家人的和睦，是我们"常回家看看"。当我们懂得要抓紧时间、更加孝顺的时候，父亲却永远地走了。子欲养而亲不待，这是何等的遗憾和哀痛啊！

父亲宽厚豁达，为人热情诚恳，办事公道正派。记得小时候邻里闹纠纷或是分家析产之类，都喜欢找父亲去主持公道，做裁决。父亲乐于助人，邻里有困难，他总是愿意帮忙。父亲富有同情心，小时候看到一个乞丐到家里，父亲不仅给了他一些米，而且还端给他一碗水，让他在凳子上坐下休息。晚年父亲身体不好，无法参加重体力劳动。我怕他闲下来不适应，就去省闽剧实验中心买了几十部的闽剧碟片，父亲悉数拿到村老人会播放，和其他老人一起欣赏。他总喜欢把自己的欢乐与他人共享。因为如此，父亲有着非常好的人缘，在邻里中有口皆碑。父亲去世后，亲朋好友送来的花圈、花篮摆满了灵堂，送行的队伍排了一二里长。

父亲一生操劳，带着一家人这么艰难困苦地走过来。现在国家好了，我们家的日子也好了，总希望着他能跟着我们好好地多过几年，没想到会这么快地离开我们。父亲曾经把他精心耕作、种满各色水果的小山沟称为"花果山"，称自己是"花果山的主人"。虽然父亲晚年也在省城住了一段时间，甚至学会了早晨到西湖边跳舞锻炼，但他终究是一个农民，他离不开土地，离不开山。按照父亲的遗愿，他去世后，我们在老家为他找了块墓地。墓地坐落在一个山头，方圆一公里全是果园，除了大部分的桃树，还有李子、油奈、梨等。我就想，每当山风吹过，那么多的桃李芬芳，那么多绿色的生命在歌唱，父亲该会拿出二胡拉上一曲吧。尤其是每到清明，桃花盛开，漫山遍野，该是多么绚丽啊。长眠在这样一个真正的花果父亲曾经把他精心耕作、种满各色水果的小山沟称为"花果山",称自己是"花果山的主人"。虽然父亲晚年也在省城住了一段时间,甚至学会了早晨到西湖边跳舞锻炼,但他终究是一个农民,他离不开土地,离不开山。

山中，我相信是符合父亲质朴的意愿的。

父亲，我愿常在梦中，看见您在花果山与花树为伍，以二胡为伴，神态自若，身心悠然。我愿您的目光穿行千里万里，陪我走过万水千山。

父亲，我永远走不出您的视线。

2006 年 10 月

老师一声三十年

陆开锦 ○○

在近二十年的求学路上，我有幸遇到了许多优秀的老师。其中邱珠玉是第一个，同时也是教我时间最长的老师。她对我的影响是巨大的，也是终身的。我很感谢上天对我的厚爱，让我在求学的第一步，能够遇见像邱老师这样的良师，使我即便在一个不正常的年代、不太好的环境里，依然没有错过学习的机会，没有错失生活中的种种美好。

我的家乡古田县凤都镇石坑村，坐落在闽东北的大山中。因为偏僻落后，中华人民共和国成立前曾经是闽浙赣游击队活动的重要据点。20世纪70年代初，像这样的小山村，老百姓的生活依然非常艰苦。村里不仅没有幼儿园，连小孩上学似乎也要比城里人晚一些。村小学设在一座叫作"和尚庄"的房子里，中华人民共和国成立前是村里大财主存放谷物的地方，后来听说因为子女不孝，财主把它捐给了一个寺庙，中华人民共和国成立后被政府改作学校。房子为两层木质结构，除了靠边的两间，其余几个房间光线较暗。现在回头来看，景致倒是不错，屋后有几棵大树，房前是层层梯田，不远处有一条小河蜿蜒地从村中穿过。但对一个从未走出过小山村的农村孩子来说，再美的风景，头脑中也不会有特别的印象。

1971 年我上小学时，已经整 8 岁了。第一次去学校之前，父母叮嘱我一定要听老师的话，好好学习，并"威吓"我，若不听话，会叫老师打我的手板。去学校的路上，我幼小的心忐忑不安，对老师充满了畏惧。但是，站在我眼前的邱老师，却是那么和蔼可亲。她笑眯眯地站在黑板前，优雅地打开课本，慈祥地看着我们，声音很轻柔。她 30 多岁，中等个儿，短发齐颈，面净齿白，一身朴素打扮，整洁，高雅，亲切而又有威严。这一幅画面我收藏了 30 多年。在以后很长的一段时间里，我一直认为，所有的老师都应该是这个形象。幸运的是，在我后来遇到的许多老师那里，这个形象一次次地得到了强化和印证。

当时正是张铁生交白卷成为英雄的年代，读书越多越反动，谁也不知道后来还有改革开放上大学等好事。邱老师在那样的年代，却有着自己固执的坚持。她的最大特点，是对知识有极强的认知，对学生有很强的爱心。那时我们也响应毛主席的号召，搞勤工俭学，每周至少有一天要参加劳动，或是帮农民收割，或是为碗厂挑土，同时我还要帮家里做很多的家务杂事，比如耘田、砍柴、拔兔草，甚至捡猪粪（作为肥料）等等。但邱老师不为潮流所动，她动员村民无论如何要让孩子上学。她谆谆教导我们，要努力做一个有文化的人。她给我们忆苦思甜，讲很多旧社会的苦难，讲穷人因为没有文化被人欺凌，讲古人为了学习如何凿壁借光、闻鸡起舞、头悬梁锥刺股等等。邱老师苦口婆心、日复一日的坚持，让我们这群懵懂的少年，在那样一个特殊的年代，在那样一个封闭的山村，依然能够得到比较完整、比较正规的教育。

当时学校大部分教师属于民办性质，像邱老师这样的公办教师是很少的。她是我们的班主任，既教算术又教语文，偶尔也教我们唱歌。最重要的是她一直跟着我们，从一年级教到四年级，直到四年级下学期调离村子。邱老师把班上每个学生的情况都放在心上。哪个孩子有哪些长处，哪个孩子交不上学费，学生父母和家庭情况都了然于胸。我现在依然认为，这种老师和学生"跟班"的办法真是不错，有利于老师加强对学生的了解，与学生建立更加融洽的关系，更好地做到因材施教。

邱老师给人最深的印象是平静平和，我从来没有看到她对谁发过脾气，即使在批评学生的时候，她也是那么和风细雨。她是能够做到重话轻说的人，现在想来这实在是人生的一种境界。她上课语气温和，条理清晰，循循善诱，有时又很生动风趣，很容易入耳入脑，激发学生对学习的兴趣。比如她讲数字"1"时，告诉我们要写得像电线杆一样笔直挺立，不要像蚯蚓那样弯弯曲曲，说着她就在黑板上画了一只蚯蚓，引得全班同学都笑了起来。

由于我诚实、听话，加上学习成绩好，上学不久，邱老师就让我当了班长。现在想起来，邱老师给我的疼爱，显然要比其他同学多一些。她对我的这种信任与厚爱，增强了我的上进心，驱使我比别的同学更加努力学习。那几年，我一直保持着比较好的成绩，年年被评为"三好学生"。邱老师在给我的评语中，除了表扬和肯定，少不了的就是提醒我要"戒骄戒躁，百尺竿头更进一步"。由于有邱老师的鼓励，我对上学充满期待，对学习充满信心。就是在寒冷的冬日，我也会忘了身上的寒衣，忘了未填饱的肚子，只想上学能看到邱老师的微笑，领回老师的奖励。邱老师激发并培养了我喜欢读书的习惯，为一个山村少年开启了一个全新的心灵世界。

四年级上学期结束时，邱老师告诉我们，她下学期要调走了，不能再教我们了，要我们一定要好好学习，听新老师的话，将来做一个对社会有用的人。这是我一生中第一次与一个亲人之外最亲的人离别，我稚嫩的心为此空落了好久。还好接替的老师像她一样，使得我整个小学阶段以及在这个小学所附设的初中班学习期间，成绩一直保持在前列，直至 1978 年考入县重点中学——古田一中，1980 年又以全县文科第一、全省前十的成绩考进北京大学。这些，都离不开邱老师给我打下的基础。

在古田一中念书时，我知道邱老师的家就在县城，几次想去寻访，也打听到她家的大体方位，但都因一个农村少年的羞怯而作罢。拿到北大录取通知书后，我第一个想到的是向邱老师报告，于是急急忙忙地找到她家。邱老师很高兴，夸我聪明好学，鼓励我继续努力，又给我煮了两个鸡蛋，还在其中加了冰糖。那甜味至今还留在我的内心。多年以后，邱老师的女儿告诉我，那天我走后，邱老师还在不停地说我学习如何刻苦，为人如何懂事，希望他们几个兄妹向我学习。我成了邱老师教育孩子的"具体榜样"，对她几个孩子的学习也产生了一定的促进作用。

大学期间，我常常给邱老师写信，除了向她汇报学习和工作的情况，生活中遇到一些苦闷与烦恼，我也会向她诉说。大二时，我喜欢上一个女孩，但由于各种各样的原因，两人间产生了许多误会，对双方都造成了很大的伤害。在对方对我误解最深的时候，我无处倾诉我的无辜，觉得同学朋友、父母兄弟都不能解决我的问题。我不断地给邱老师写信。邱老师在回信中，除了给我安慰，还给我分析，给我启迪，给我鼓励。邱老师的关爱，帮我度过了人生中最困难的日子。近些年，通讯发达了，我已经很少给邱老师写信了，但偶尔翻阅以前的信笺，心中仍会涌起美好的记忆。

邱老师从不讲大道理，她更多的是言传身教，用自己的善良和真诚来影响、教育她的学生。但有一次却是例外。大学毕业那年，我暑假回去，有一天到邱老师家，聊到自己的青春苦闷，她出乎意料地拿出她以前的照片，对我谈起了她的往事，我才对她有了更深的认识。那次，她还结合自己的经历，给我讲了许多人生的哲理。她说，人生几十年，难免会遇到风风雨雨，难免会遇到挫折与痛苦。人生坎坷，有时是很可怕的，许多人走不出来就毁了。痛苦是一时的，从中走出来就好了。许多事情，常常与人的善良愿望相左，但这就是生活。只有把困难当作人生的考验和锻炼，才能泰然处之，才能在磨难中成为精神上真正的强者。邱老师的一席话，就像那日午后的阳光，实实在在地照进我现实的生活。我当时就明白了，邱老师对我是既心怀期望，又心怀担忧，她担忧的不是我的学业，而是我的情感，她希望我在感情上也能够变成一个坚强的人。

我在北大和南开求学期间，也包括参加工作的最初几年，每次回到古田县城，都是住在邱老师家。那是一座老式的房子，有天井，有厅堂，被收拾得很干净，天井里大大的一盆兰花，为整座房子增添了不少生气。特别是在暑假的夜晚，我和邱老师一家人坐在厅堂聊天、下棋、练字。月光从天井斜斜地照进来，那份安详静谧，那种亲情的和谐融洽，现在想起来依然让人怦然心动。后来，邱老师把它拆了重建，增加了不少房间，但天井和厅堂没了，在我的心中，好像丢失了一件美好的东西。如今，每次回古田老家，我依然会抽时间去看看邱老师，到她家坐坐聊聊。但已经不会再住在她家了。生命中的一些美丽，过去了就永不会再回来了。永远不变的，是我对邱老师的感激！

在邱老师七十华诞之际，谨以此小文呈给我的老师，呈给白发芬芳的老师，呈给桃李芬芳的老师。我衷心地祝愿邱老师，也祝愿我所有的老师新春吉祥、健康长寿！

（本文为启蒙老师邱珠玉的七十华诞而作。）

2008 年 5 月

只留清风在人间

——记宋德福同志在福建二三事

陆开锦○○

宋德福同志逝世后，党组织对其生平做了高度评价，不仅肯定他"数十年如一日地勤奋工作，殚精竭虑，鞠躬尽瘁"，而且指出他"光明磊落，一身正气，坚持原则，刚正不阿"。"他的清正廉洁，有口皆碑，堪为楷模。""具有很强的人格魅力，在群众和干部中具有很高的威信。"下面，记述几件他在福建任省委书记时日常生活中的小事。虽然是小事，但我们从中可以窥见其为官做人的品德与情操。让我们在追思中感受他的人格魅力吧。

稿费与抽烟

2002年8月19日，我和省委办公厅的几位同志收到了宋书记的一封信，打开一看，原来是有关他的稿费处理问题。信中写道：

> 送上最近一段时间的稿费1700元，请你们商量着处理，结果不用告诉我，全由你们。

过去，我都分给有关参与草拟和提供素材资料的同志，这样过于麻烦，我还得总想着这件事。这次，请转告《福建通讯》、《福建党建》等省内刊物，不要再给我发稿费，由他们自行处理，或捐给他们，在加班时买夜餐，以补爬格子之苦累。

另，发稿费、拿稿费都是应当的。因我多年如此，请不要给采取另外方式处理稿费的同志增加负担。

于是，按照他的意思，我们就用这些稿费买了牛奶、饼干、快食面，放在办公厅综合处，以补大家爬格子之苦累了。

那年春节前夕，我们又收到了秘书转来的宋书记的几百元稿费。宋书记如此关爱我们，我们都很感动。因为宋书记会抽烟，我就与综合处的同志商量，用这些稿费买了一条香烟，作为过年的礼物"送"他，还写了一张纸条，让秘书转给他，以表达我们的心意。宋书记把我叫到办公室，说："我抽了几十年的烟，烟友之间你一支我一支递来递去是常有的，但我从来没有收过别人完整的一包烟。这次，既然是你们的心意，又说是用我的稿费买的，那我就破例一次吧，但只能收一包，其余的你送给办公厅会抽烟的同志。"

一次下乡调研，途中停车休息，宋书记看到省委政研室一位同志递过来的香烟牌子与自己抽的一样，就微笑着问他多少钱买的。那位同志说了一个价格。宋书记听后说："我买的价格可比你的贵啊。你是从什么地方买的？"那位同志说："我是从省烟草专卖局的门市部买的。你要买烟，我帮你到那里买，按那里的价格收你的钱，而且不会假。"宋书记笑了笑拒绝了。后来，我从宋书记的警卫那里得知，从那以后，他的警卫也就到省烟草专卖局的门市部去买烟了。宋书记知道后，也没说什么。

按习惯做法，领导下乡，当地接待部门经常会在房间摆上一两包香烟，但我从来没有看到宋书记把它们打开过。他抽的烟都是用自己的钱从市场上买的。

两次破例喝酒

宋书记会抽烟，却不喝酒。但有两次，我看到他例外地喝了酒。

一次是与利用外资有关。宋书记2000年底到福建任职时，由于爆发了厦门远华特大走私案，福建经济社会发展遇到了比较大的困难。那几年，全省利用外资一直徘徊在40亿美元左右，在全国的位次有所下降。利用外资上不来，对福建经济发展影响很大，而且也影响福建的对外形象。其中对全省利用外资举足轻重的泉州和厦门，2001年利用外资都在8亿美元左右。为了尽快把利用外资工作搞上去，2001年8月，省委、省政府专门召开了全省利用外资工作会议，宋书记在会上做了重要讲话。接着他又到沿海几个市做专题调研。在泉州和厦门两市吃饭时，当地领导要敬他酒，他就对他们说，你们知道我滴酒不沾，但如果你们利用外资上得去，比去年增长1亿美元，我就喝一杯酒。那年年底统计，由于全省上下共同努力，利用外资比上年增长了3亿多，其中泉州和厦门做出了较大贡献。宋书记兑现了喝酒的承诺，虽然用的是最小的杯子。

记忆中还有一次喝酒是敬张廷发老首长。2003 年 2 月底，80 多岁的原空军司令员张廷发回到家乡福建沙县。宋书记在崎岖的山道上驱车 4 个小时从福州赶到沙县（当时不通高速公路）拜访，恭恭敬敬陪老首长喝了一杯酒。事后我们才知道，宋书记那时身体实际已经有状况了。还不到一个月，他到北京参加全国人大会议，会议一结束，就住进了医院，从此再也没有回到他热爱的工作岗位。

那次，我们和他谈起喝酒的事，他就给我们讲了他在军队的经历。他 1965 年入伍，是从海岛雷达站的一名普通的战士成长起来的。1972 年后任空军政治部组织部处长、总政组织部副部长，1983 年后任团中央书记。1993 年被授予少将军衔之后，他的关系才正式转入地方。因为是从部队成长起来的，是部队锻炼和培养了他，他说："我这辈子养成了不喝酒的习惯，但对空军的老首长，我肯定是要敬杯酒的。我对军队有着难分难舍的情结，与军人有着深深的情缘。"这让我想起了宋书记刚到福建时，专门交代我们，别忘了给他订一份《解放军报》。

他与军队的这种特殊情结，直到生命最后一刻都没有了结。早在 1993 年离开团中央书记岗位时，他在《我走了，共青团》一文中就写道："如果有那么一天，我比你们当中有的人先走到了人生的终点，我相信一定会有同志还记得团中央机关有过那么一位老团干，赶着去看一眼。不过，我不要眼泪，不要花圈，不要大的场面，只希望穿上军装，盖上一面团旗，再把一条红领巾系在胸前。"临终前，他又向前来探望的中央领导提出这个要求。按规定，作为一个已经离开军旅生涯多年，经历过团中央书记、人事部部长、福建省委书记等岗位的国家公务员，去世的时候是不能穿军装的。作为一名优秀的共产党员，宋德福同志从来不向组织讲任何条件。这是唯一的一次也是最后的一次。对于他这个临终提出的要求，组织上经过反复研究，最后经批准，他终于实现了穿上军装、系上红领巾离开人世的愿望。就这一点，充分体现了他对自己曾经作为一名军人和从事共青团工作的极为深厚的感情。组织上这么理解他，宋书记九泉有知，我想他一定会说一声"理解万岁"，并为此感到深深的欣慰。

西装与补贴

2002 年 11 月，宋书记率福建省代表团出访香港。这是他任职福建期间唯一的一次出访。在港几天时间，他拜访了以董建华先生为特首的特区政府，广泛接触在港闽籍乡亲，参加首次在香港举办的"福建节"活动，并在香港福建社团联会、闽港经济合作论坛以及驻港外国商会暨企业晚宴上发表演讲。他特有的气质和风度，他生动的演讲，在港引起轰动，访问取得巨大成功。

出访之前，省政府一位领导看见宋书记的西装比较旧了，就提议并带他去福州津泰路一家香港品牌的西装店量身定做两套西装。他原以为，两套西装差不多也就四五千元吧，没想到最后花了他七八千元，让他心疼得要命。事后，他对身边工作人员说："没想到这么贵，几乎花了我两个月的工资，要知道这么贵，做一件就好了。"听了他的话，我们心里说不出是什么滋味。一个堂堂的省委书记、近二十年的省部级领导，为出访花几千元做两套衣服，竟如此心疼。联想到一些其他的情况，我们真的是无限感慨。我们只好对他说，值得值得，比书记原先穿的那套帅多了。

从香港回来后，按财务规定，每个人都有一点出差补贴。当工作人员把补贴交给他时，他交代秘书一定要把补贴退掉，说："这次出访香港，我个人没花什么钱，我不应该拿这补贴。"工作人员解释这是按财务规定拿的，而且从财务部门领出来后也不好退了。他说："我不管，你们想办法把我的退了。其他同志按财务规定处理。"

宋书记生活俭朴、廉洁奉公的事例还有很多。比如，按规定像他这样级别的领导，家里可以配一名公务员、一名炊事员，但他从来不要，就是在生病治疗期间，也是这样。家里卫生包括洗衣服等，都是自己利用周末与警卫员、司机一起做。秘书本来也可以配两个，但他只要一个。平时在食堂吃饭，他也都按标准交纳伙食费。

宋书记不仅严于律己，而且对家属和身边工作人员也是严格要求。他夫人金萍从北京到福州和他团聚，为了节省，几次都是坐火车来；去厦门看看，也是自己买票坐大巴，自己掏钱住普通的宾馆。唯一的儿子结婚，他不让办酒席，连女方也不能办，担心别人利用这个机会送红包。包括兄弟姐妹在内，宋书记一家人没有一个经商的。在福建工作期间，除公务之外，他的秘书从来没有与别人出去吃过一餐饭。可以肯定地说，宋书记一辈子，包括在最后病重住院期间，他没有收过别人一分钱！正像他在一篇文章中写的："我敢保证一点，我没有以权谋私。"

市场经济的浪潮，排山倒海般地改变着我们的生活，改变着我们生存的环境，同时也冲击着我们的内心。有时，我们也会同宋书记谈起社会上的一些现象，官场上一些潜规则。谈起诸如"领导干部不喝酒，一个朋友也没有"等等新民谣时，他说："这个世界已经变了，这我心里很明白，我也不是刻板的人。但我一辈子培养形成的信念，我不愿再改变了。人总要有点精神。要想做一个好党员，做个男子汉，总要有所坚守，有所舍弃。"

毛泽东同志说过一句至理名言，一个人做点好事并不难，难的是一辈子做好事。宋书记之难得，正在于作为一名高级领导干部，一路走来，始终如一，严于律己，刚正不阿。正因为这样，他在《我尽力了，福建》那篇文章中，才可以向所有的人坦言：为福建的发展，我尽职了；为福建的老百姓，我尽责了；为福建的干部成长，我尽心了；我无愧、无悔、无怨。我用言行来证明：我是共产党员。

我是共产党员——多么朴实无华的一句话啊。

每一个时代的共产党人，都有时代所赋予的历史使命，但他们的优良品质和崇高精神是一脉相承的。在我们党内，虽然还有腐败现象，有这样那样的问题，但我们也真切地看到，还是有许许多多毕生立党为公、言行一致的好领导，有许许多多严于律己、廉洁奉公、艰苦奋斗的好党员。宋书记就是其中突出的一位。他们是伟大的中国共产党的脊梁，是我们民族和社会的希望。他们值得我们发自内心地信赖和敬重，是我们永远学习的榜样。

2007 年 9 月

附录

我写《只留清风在人间——
记宋德福同志在福建二三事》前后

○○陆开锦

2020 年 5 月下旬，我在北京列席全国政协会议。出于疫情防控的需要，今年两会会务采取了特殊措施，所有代表、委员和工作人员实行封闭式管理，会议期间除了去会场开会，我基本都待在宾馆房间。这也挺好，正好利用这样一段时间，把我省党史研究专家钟兆云呕心沥血创作、洋洋 34 万字的报告文学《项背——一位省委书记的来来去去》认真读了一遍，从中深受教育、深为感动，既为改革先锋、扶贫先驱项南老书记的功绩、人格和精神世界，也为作者的情义和手笔。我觉得这是我这些年读过的最好的一本书。掩卷而思，我不禁想起福建的另一位省委书记——宋德福。项南和宋德福主政福建的背景和时长不同，其留下的业绩当然也有区别，但在党性原则、政治品格和为人风范上，他们有太多的相似之处。

也正好在两会前夕，我十几年前所写旧文《只留清风在人间——记宋德福同志在福建二三事》被人翻出来在微信公众号里重发，一时间竟在网络上流行开来。先是出现在一个叫"不说官话"的微信公众号上，几天时间阅读量就逼近20万；接着又被"中改研究"网站转发，阅读量也很快突破了5万。当时，引发媒体关注的热点是陕西省委原书记赵正永因为受贿7.17亿元而在天津中院一庭开审。也许是因为这个背景，再加上"不说官话"在我文章的原标题前面，又加了一个吸引眼球的标题《原副秘书长回忆：堂堂省委书记，衣食住行竟如此寒酸》，因而使得旧文被刷屏。这有点出乎我的意料，也让我不由自主地回想起宋德福逝世前后以及我当年写作此文的过往。

宋德福是2000年12月12日"空降"福建的。当时最直接的背景是厦门远华特大走私案的爆发。赖昌星的远华集团从1994年成立到1999年案发，短短5年间走私货物款额达530亿元，偷逃税收300亿元，总共给国家造成经济损失800多亿元。此案牵涉到一大批党政领导干部，包括公安部副部长、福建省委副书记，以及厦门市委副书记、常委、副市长和厦门海关关长、厦门工商银行行长等在内，仅厅级以上干部就有十几个。涉案人员中，最终15人被判死刑和死缓、13人被判无期徒刑、58人被判有期徒刑。案发后赖昌星外逃加拿大，于2011年7月被引渡回国，被判无期徒刑。远华特大走私案被称为中华人民共和国成立以来第一大经济案件，备受海内外关注，对福建的对外开放、投资环境、政治生态都带来很大的负面影响。在这种情况下，中央决定对福建省委领导班子做适当调整。宋德福曾任团中央第一书记，后到国家人事部任部长8年，此次南下福建任省委书记，可以说是临危受命、重任在肩。

宋德福到任时，我刚从省委办公厅综合处处长提拔为省委政研室副主任不久。我的职责是分管省委综合文字工作，说白了，就是负责起草省委主要领导的讲话稿和省委的一些重要文件，依托的处室主要是办公厅综合处。宋德福来后，让我继续负责这方面工作，我由此跟在他身边工作了几年，直到他生病、去世。

针对当时福建的形势，宋德福上任伊始就提出了"旗帜鲜明反腐败、聚精会神抓发展"的口号。他认为，抓其他工作都是单项的，作用也是有限的，只有抓发展，才能最大程度地凝聚人心，才能从根本上改变福建的形象。于是，他在不同场合反复强调发展的重要性，诸如"九九归一是发展""悠悠万事，发展为大""发展是硬道理，是主旋律，是最强音""福建工作的关键词是发展"等等。继而在2001年底召开的省第七次党代会上，提出了"构建三条战略通道，加快福建发展"的总体战略构想。在以宋德福为班长的省委领导下，福建逐渐从远华特大走私案的阴影中走了出来，经济社会发展开始步入正轨，不仅经济增速有所加快，而且干部队伍稳定了，对外开放的形象也重新树立了起来。

正当他满怀信心准备大干一场时，没想到身体却出现了问题。我们后来才得知，他来福建工作一年多以后，身体已经有了状况。他担心治疗会影响工作，影响好不容易才取得的良好发展态势，就一直没有将病情告诉别人（只是利用晚上时间去福州总院检查，连病历上的名字都是假的）。就这样，病情拖到了 2003 年 3 月初全国两会结束，他到北京 301 医院检查，被确诊为胸腺瘤，后转到协和医院治疗，从此再没有回到他热爱的工作岗位，直至 2007 年 9 月 13 日凌晨逝世。

宋德福病逝后，省委派时任省委办公厅主任的张广敏和我几个人去北京帮助料理后事。有天晚上，我忙完后回到住处，想着这么一位可亲可敬的领导就这样永远地走了，难抑内心的悲痛，含泪写诗：

你要去山高云深处宁思静想了
——献给敬爱的宋德福书记

你要去山高云深处宁思静想了

磐石是你的意志

深远是你的情感

六十一载的日月光华

吸纳晨曦、雾霭、雪雨

日积月累

你内蕴无限的热量

燃烧——燃烧——

直至灰烬

滋养漫山遍野的花草

你要去山高云深处宁思静想了

苍野天地间

你是一座兀立的高峰

挺拔、刚毅、伟岸

巍然屹立

又气象万千

你以你淡定从容的神情

以时间为火

以道义为质

铸就不可动摇的

骨气、正气、大气

你要去山高云深处宁思静想了

你高挑而单薄的身影

在我的心海

树起了一面旗帜

在庸常的世风中

猎猎作响

纵然这世界还有许多丑陋

我的信念

不会坍塌

只因你——

注予我的力量

请用你丰厚的雄浑

覆盖我生命的脆弱

用你酣畅的淋漓

洗涤我疲惫的心灵

人生如果没有彻骨的疼痛

又如何收拾爱戴的泪水

汇流成河

你要去山高云深处宁思静想了

我在时光的轮回里

找寻世间最朴素的思想

　　泪光闪闪中，我把此诗用短信发给了《福建日报》总编室。当晚值班的报社领导是副总编张红，极富正气，看后就决定刊发。但因为诗中出现了宋德福的名字，按规定要报省委审批。如果这样做，事情就复杂了，而且根据当时的情况，很可能一时批不下来。于是张红就打电话给我，说她非常崇敬宋书记，这首诗让她很感动，应该发表，让更多的人看到。她说，为了不给一些领导添麻烦，建议把诗的副标题"献给敬爱的宋德福书记"改为"献给一个真正的共产党员"，这样就可以免去审批一事。我当然同意。过了几天，9月23日，《福建日报》在副刊刊发这首诗时，专门加了个粗黑的边框，广大干部群众一看就知道在敬悼谁。

　　宋德福的遗体告别仪式于9月19日举行。我和张广敏主任早早地来到北京协和医院，早上 6：20，医院的医护人员为这位与病魔顽强斗争了 4 年多的硬汉子举行了一个简短的告别式。6：40，在中组部副部长李智勇、国家人事部副部长唐军、团中央书记处常务副书记杨岳以及福建省委一位领导等的护送下，灵车缓缓驶出协和医院，转上十里长街。经中央特殊批准，那天交警部门破例为一位正部级领导的灵车开辟了绿色通道（一生清廉、从不搞特殊的宋德福，绝不会想到，他在去世后竟然享受了这样一次"特殊待遇"）。7：10，灵车抵达八宝山，中组部、福建省委、团中央等单位的领导已等在那儿迎接。党和国家领导人及许多老领导都献了花圈。8：10 不到，党中央、全国人大、国务院、全国政协的许多领导也都来了。8：50 左右，带着福建广大干部群众的深情怀念，福建省四套班子领导，宋德福生前工作过的地方和共青团、人事系统的干部群众，以及亲朋好友约 2000 人，缓步来到他的遗体前，向这位"数十年如一日勤奋工作，殚精竭虑，鞠躬尽瘁"的好领导做最后的告别。当天下午，宋德福的骨灰被安放在八宝山革命公墓。据说，一个病逝的前省委书记，能够不约而同地得到这么多党和国家领导人以及普通群众真诚的怀念和哀悼，在那些年是不多见的。

从北京回来后，我依旧沉浸在对宋书记的深切怀念之中。宋德福在福建工作的时间并不长（从上任到去世，算起来 6 年多，实际在岗不到 3 年），加上他身居高位、为人低调，真正了解他的人不多。我想起这些年来他为福建发展、为福建干部和百姓而付出的心血，就觉得有责任、有必要为他写一点东西，让更多的人了解他、走近他，并从中得到教育。宋德福热爱学习、思路清晰，而且很有个性，可写的东西很多，主政福建后所谋大事，诸如抓发展、反腐败、谋布局、解难题等，我想福建党史上自会留下一笔。而他严于律己、清正廉洁、光风霁月的事迹，他身上透出来的那种骨气、正气、大气以及日常生活中一些耐人寻味的故事，若非身边工作之人，就不一定能够了解，且很容易被时光的流水淹没。俗话说，"一滴水可以映出太阳的光辉"，从某种意义上讲，一个人的官德与人品，往往更能从一些小事和细节中体现出来。那么我就先从他的小事和细节入手吧，诸如稿费、抽烟、喝酒、做西装、拿补贴等等。这就是我当年写宋德福在福建二三事的由来。

其实，除文中提到的这些，宋德福清廉的故事还有很多。比如他爱人金老师想去海边看看，他就利用一个周末，不和任何人打招呼，带着司机和警卫，一车四人去了闽江口的琅岐岛。当时琅岐还没有通桥，他们自己买票、排队，然后坐轮渡。等看完海，时间已经12：30了，本想找家小店吃饭，看来看去感觉不太卫生，只好饿着肚子往回赶，下午两点才回到家。又比如，他中午去食堂吃饭，担心刚喝的茶叶被公务班的服务员清理掉，他就留下一张小纸条："小姑娘，这个茶叶不要倒掉，下午还可以喝。"再比如，他不许妻子用家里的公家电话打长途，专门买了一张电话卡，让她去街上的电话亭打。诸如此类的事例写多了，我担心难免会给人留下这个省委书记不近人情的印象，因此就给省略了。可有谁知道，他严于律己之外，那颗对同志、对百姓博大而又宽厚的心呢！

文章写好后，经好友冰凌推荐，人民网于2007年9月26日首次发布，新浪网、新华网等几十家网站随后转发。宋德福清正廉洁的事迹在网民中立马引起了热烈反响，短短两周，阅读量累计几十万次，跟帖、评论数千条。网民纷纷为宋德福点赞，称他是真正的共产党人，是党的好干部，人民的好公仆，他的形象就是一座丰碑！有的感叹现在社会风气不好，像宋德福这样的好干部太少了，要多加宣传。有的说，心中总是装着人民的人，人民会永远怀念他，做官就要像宋德福那样。有的提议评选宋德福为 2008 年"感动中国人物"，建议中央树立宋德福为领导干部的典型等等。除了跟帖评论，一些网民还根据我这篇文章提供的素材，引申写了不少评论文章，如："一个让爱人坐大巴的省委书记""要大张旗鼓地宣传宋德福这样的好干部""省委书记宋德福的临终遗言振憾人心""宋德福把谁比了下去"……新华社福建分社看到网民反响如此强烈，认为是近年来少有的舆情现象，把网民的跟帖和评论做了分析整理，又补充采访了省人大常委会原主任袁启彤等老同志，由记者苏杰执笔，专门写成一份内参《宋德福清正廉洁的事迹在干部群众中引起强烈反响》，上呈中央领导。

在此期间，在《福建支部生活》杂志担任副主编的好友曾慧清建议我把标题中的"只留清风"改为"长留清风"，因为作为一名党的高级领导干部，宋德福给这个社会留下的财富是多方面的，"清风"只能体现他清正廉洁的方面，"长留"要比"只留"更贴切。后来，《人民日报》决定发表此文时，我就采纳了这一意见。和《福建日报》发表我那首诗一样，《人民日报》编辑也遇到了同样的问题。那天当班的梁姓副总编想到了一个能尽快刊发的办法，把此文当作文学作品转给了"作品"副刊。11 月 3 日，《人民日报》第 8 版全文刊发了此文。

现在回头来看，这篇纪念文章涉及的事例中，关于宋德福的少将军衔和去世后穿军装一事，在此需做一点更正说明。原文写到，宋德福"1993 年被授予少将军衔"。"中国军网"转载我文章之后，有读者指出，1993 年中央军委并无举行授衔仪式，宋德福何来的"少将军衔"？有的读者查阅了相关资料，历年被授予少将军衔的名单中并没有宋德福的名字。对此，我也有点纳闷，宋德福 1993 年获得少将军衔是他亲口说的，岂能有误？为此我专门问了宋德福的妻子，金老师开始也是语焉不详。一直到几年之后，福建省委党史研究室要为已故的历任省委书记立传，我受托撰写《宋德福传略》。为此我专门去看望金老师，她从箱子底下找出一本证书，我才恍然大悟，这本由中央军委主席江泽民签发的证书，上面写的是宋德福"晋升"为少将。原来我文中写的"授予"是不准确的，"授予"需要举行仪式，"晋升"则不然。那么，作为国家人事部的部长（起初几个月，还兼任团中央第一书记），宋德福怎么会晋升为少将呢？原来，他进入团中央时，代表的是军人这个群体，人事关系一直在部队，晋升少将后才转到地方。

此外，我在文中写道，宋德福临终前曾向前来探望的中央领导提出，希望离开时能穿上军装。这句话有误。后来也是从金老师处得知，宋德福并没有提过这个要求。实际情况是，宋德福去世后，金老师忽然想起他离开团中央时有个临别讲话（后来以《我走了，共青团》为题发表，共青团系统知之者甚多），他说："如果有那么一天，我比你们当中有的人先走到了人生的终点，我相信一定会有同志还记得团中央机关有过那么一位老团干，赶着去看一眼。不过，我不要眼泪，不要花圈，不要大的场面，只希望穿上军装，盖上一面团旗，再把一条红领巾系在胸前。"金老师认为，这应该就是宋德福为自己后事所做的安排，是他生前的一个愿望，于是她就向中组部领导提出，希望组织上能满足他的遗愿。后来，经上级研究，同意了这一请求。宋德福终于实现了穿上军装、盖上团旗、系上红领巾离开人世的愿望。

宋德福逝世数年后，金老师带着儿子又一次来到了丈夫生前无限眷恋的福建。我特地邀请正着手负责编撰历任福建省委书记传略的钟兆云一起去看望。听金老师讲起宋德福的往事，钟兆云深受感动，称他和项南老书记一样，是改革开放以来省委书记的廉洁楷模，必将名留青史。那次金老师送给钟兆云一本书——宋德福在病中撰写的《情趣·情思·情怀》。宋德福在书中回忆了他小时候和在部队当兵时的一些经历。有感于书中透出的思想和境界，我曾经写过两篇读后感，即刊发于《福建日报》2005 年 12 月 19 日的《行者胸中天高海阔》和刊发于《光明日报》2006 年 3 月 6 日的《从人性的本真到文学的话语》。

钟兆云著述等身，写过数十位党史人物传记，项南辞世当天的"绝笔"即为他所留。在项南逝世 20 年后，他以其如椽大笔写就《项背》，为我们留下了一代公仆项公望之弥高的背影。多少人遥望"项背"，无论顺境或是逆境，都能从中吸取一股精神的力量，在这纷纭复杂的人世，坚定步伐，朝着光明的方向前行。和项南一样，宋德福离开我们也已经多年，但他似乎并没有走远。直到今天，其名字仍不时地被人满怀敬意地提起，我的那篇拙文也不时在新媒体上亮相，斯人斯事得到如潮好评，能不让人想到诗人臧克家的名句："有的人活着／他已经死了；／有的人死了／他还活着。"宋德福生前也有一句名言："把人民的利益高高举过头顶。"臧克家说："他活着为了多数人更好地活的人，／群众把他抬举得很高，很高。"正所谓：天地有正气，于人曰浩然；时穷节乃见，一一垂丹青。

习近平总书记说过，"人心是最大的政治""党的作风就是党的形象"。诚哉斯言，善哉斯言！守好共产党人的精神高地，事关党员干部的信仰操守，事关党的事业的兴衰成败。斯人已去，风范长存，但愿我们这些后来者，都能在望其项背中，读懂为官做人之道，并深思之，践行之，努力做一个具有高尚情操的大写的人。

最美是天使

○○陈 瑾

谨此献给"5·12"国际护士节。

——题记

朋友，你曾听说过这样一个故事吗？1848年，克里米亚战场上硝烟弥漫，黑夜里，南丁格尔手里高擎着一盏风灯，正逐个逐个地检查战士们的伤势。她捏着伤员的手，轻柔地给他们以抚慰。姑娘温柔的小手给痛苦的伤员以多少安慰，姑娘亲切的低语又给将去的生命以多少希望。伤员们口中喃喃着："哦，美丽的女郎，圣洁的天使！"那沉寂的黑夜，摇曳的灯光，飘动的衣裙，多么美丽的一幅画！

天使——白衣天使，多么美好的称呼！人们赞美她们是诗——韵味悠长；人们赞美她们是画——绚丽多彩。她们婀娜的身影给病房带来了春光，她们迷人的微笑给病人带来了欢乐。姑娘的微笑和轻吻，使年轻的战士幸福地离去；姑娘的辛劳和忙碌，使临危的病人幸运地归来。在这国际护士节即将到来的日子里，我要尽情地赞美这伟大的事业，要放声讴歌这些英雄。

　　一个冬天的正午，突然停电，中心吸引器和电动吸引器停止工作。一位气管切开术后的病人痰液堵塞，急需吸痰，病人面色苍白，呼吸困难，家属们一片惊慌。一位年轻的护士挺身而出，用自己的嘴对着病人的嘴迅速地吸了起来。一口、两口、三口……病人的呼吸改善了，家属们提着的心放下了。你看，这就是我们的护士，勇敢的白衣天使！

　　护理工作，多么平凡的岗位。没有边关战士血与火的风采，没有体育健儿力与美的英姿。发药、打针、点滴——平凡的工作；银针、托盘、绷带——战斗的武器！日复一日，年复一年，耳闻病人痛苦的呻吟，目睹亲属焦躁的神情，无怨无悔，把无私的爱奉献给了病人，把无限的情倾注给了事业。没有誓师大会上的豪言壮语，没有花前月下的呢喃爱语，青春就这样伴随着病房里那匆匆的脚步走了，把岁月的痕迹无情地留在了自己的额头。

　　记不清了，多少个深夜，年轻的母亲轻轻地起身，裹着寒风去上夜班。一位年轻的护士妈妈曾有过这样一次经历：一位病人的心跳骤停，经抢救恢复心跳后需马上特别护理，而这位护士妈妈一岁的儿子正在发烧，丈夫出差在外，家中只有一位手脚不便的婆婆。望着孩子无神的大眼，听着声声"妈妈""妈妈"的呼唤，她怎能忍心离去？可病房需要她，病人需要她，母亲望望孩子，狠了狠心还是走了。病人康复了，年轻母亲拖着疲惫的身子回到了家。望着垂泪的婆婆，望着哭肿双眼的孩子，她的心碎了！

　　谁都不会忘记 2020 年的开春，那是一段令人窒息的日子，天空在哭泣，山河在哭泣，大地在哭泣，突如其来的新冠病毒吞噬了多少鲜活的生命！祖国在召唤，人民在召唤，无数医护人员奉行着"国有难、召必回"的信念，她们不顾个人安危，冒着被感染的风险，逆行而上。父母在担心，丈夫在等待，孩子在期盼，她们告别亲人，义无反顾地奔向那没有硝烟的抗疫战场。整日高强度连轴转，她们脸上布满了勒痕。为了避免交叉感染，剃光秀美的长发……她们美吗？是的，她们不计报酬、将生死置之度外，为民族担当，堪称中国脊梁，是最美天使。

世界上有什么比迎接新生命的降临，聆听清脆洪亮的第一声啼哭更神圣的？还有什么比平凡岗位上铸就不平凡业绩更美丽的？又有什么比从死神手中夺回生命，让人们重享人间温暖更伟大的？

我要大声疾呼：天使，最美！护士，最美！

2020 年 4 月

在政和遇见廖俊波

林朝明 ○○

最近，以廖俊波为原型的电视剧《一诺无悔》在央视一套热播，面对始终挂着血肉温度的笑容，看到俯身帮助村民清理垃圾的身影，听到"我廖俊波就是再撇家舍业，也一定要把这件事做好"的铿锵话语……我不禁泪目，思绪一下子被拉回到多年以前，在政和遇见廖俊波的日子。

"那你还是我们南平老乡呢"

政和，远近闻名，"穷"得出名，也因此成为福建省历任省长雷打不动的帮扶县。习近平总书记在任福建省省长期间，曾三次到政和调研。2000 年 9 月，他在政和县调研时指出，希望山区县的同志们发扬愚公移山、滴水穿石的精神，实实在在地发展山区特色经济。那时廖俊波在邵武市拿口镇当镇长。多年以后的 2011 年 6 月，廖俊波接任政和县委书记。如何带领政和老百姓脱贫致富，成了他心头最重要的一件大事。习近平总书记当年的叮嘱常常萦绕在廖俊波耳边。那时，我在省委统战部工作。省直统战系统正准备实施

"同心工程"，助推政和县域经济发展。也因此，我有幸与廖俊波有过一段近距离接触，从而真实地感受到廖俊波身上散发出来的精神力量和人格魅力。

那是 2011 年 8 月 2 日上午，我们乘中巴从福州出发，一路向北。当时政和还未通高速，车子晃晃悠悠四个多小时才到县城。说是县城，我心里嘀咕着，还不如沿海的一些乡镇呢。我们住的政和县宾馆，条件很一般，据说已经是当地最像样的酒店了。当别人跟廖俊波介绍我曾经在南平工作多年时，他握着我的手笑眯眯地说："那你还是我们南平老乡呢。"廖俊波给我的第一感觉：仪表堂堂、性格爽朗、精神抖擞。和他握手，似乎有一股坚定有力的暖流从手心传过来。招牌式的微笑总是令人无法抵挡，那一刻，我感觉我和他是老相识了。微笑脸庞上面，我瞥见了他那开始稀疏的头顶。尽管时光转眼过了这么多年，廖俊波冲我说的第一句话犹存在耳——"那你还是我们南平老乡呢。"

"能在现场就不在会场"

当天下午的实地考察，廖俊波让我很惊讶。匆匆用过午餐，没怎么休息，廖俊波就陪着我们出去实地考察调研，印象中走的地方看的点还真不少。每到一处，廖俊波总是站在最前面介绍，声音洪亮，说得头头是道，中气十足，底气也足，好像他才是这家企业的老板，最清楚自己的家底。这位廖书记，接地气！我不由在心里暗暗竖起大拇指。记得同行的一位同事还问，廖书记每个考察点每家企业的情况都那么熟悉，估计来政和工作好几年了吧。他不知道，廖俊波刚到政和工作两个月。"能在现场就不在会场"，是廖俊波的口头禅，也是他抓工作的方法论。这两个月，他把政和跑了一个遍。"政和的夏天炙烤难耐，手臂晒脱皮，身上起痱子……"时任政和县县长的黄爱华对那次调研仍然记忆深刻，"廖书记带着大家下乡村、进厂矿、访社区。我也是第一次这么深入地了解政和的"。

政和县城不大。夜幕下的山城，显得些许破旧，有点冷清，几盏略带昏暗的路灯，时而在风中一摇一晃。一整天下来，我们长途奔波，马不停蹄调研。晚饭后，大家各自早早进房间休息了，一进房门我就一头栽倒在床上。

"同心干，想干的事一定干得成"

政和，常被人戏称为"省尾"，经济发展各项指标长期居全省末位。当地老百姓编了这么一句谚语，"当官当到政和，洗澡洗到黄河"，形容到政和当干部是件"倒霉"的事儿。第二天，我瞧见廖俊波眼睛肿肿的，有几条红血丝，这位"省尾"书记估计"睡得比狗迟，起得比鸡早"。后来我知道，每天除了几个小时的睡觉时间，都在忙工作就是廖俊波的常态。然而，他的眼光抑制不住流露出一股莫名的兴奋，介绍起政和基本情况和总体发展思路滔滔不绝，有板有眼，踌躇满志。常人眼中的"省尾"书记，哪有他这种底气与模样。不知道是不是受他这种激情所感染，接下来的两个多小时，会场气氛异常热烈，个个摩拳擦掌，畅所欲言，激情似火，空调温度一再调低，仍有好多人汗流满面。"同心·县域经济发展助推行动"就要在政和拉开大幕，大干一场了。

从政和回福州后，与廖俊波通过几次电话，聊些"同心"行动进展情况。记得有一次，电话那头传来这么一句——"同心干，想干的事一定干得成"，声音不大，语气中的坚忍毅勇却让我浑身每一个细胞真真切切感受到。我突然觉得，他的温和里透露着一种阳光霸气。"同心"是福建统一战线的那颗"同心"，也是廖俊波那颗为了党和人民的事业矢志奋斗、无私奉献的"同心"，那颗用来焐热别人唤醒众人的"同心"。早年政和发生过县委书记腐败窝案，受此影响，多年来干部群众一直干劲不足、状态不佳。廖俊波到任后组织全县副科级以上单位负责人，开了三天三夜的发展务虚会，提信心聚人心，百年事业始同心。他说："政和只能有一个声音，就是政和好声音；政和只能有一个目标，就是一切为了政和的光荣与梦想。"廖俊波以省统一战线的"同心"助推行动为轴，努力为政和这趟"慢车"添动力、增助力、聚合力，画出了一个个又大又美的"同心圆"。如今走进政和县，一个个"同心工程"随处可见。

"见过拼的，没见过这么拼的！"

上下联动共振，深入无缝对接。2011 年 12 月 4 日至 5 日，第二次全方位"同心"对接会再次进行。廖俊波带着政和人民与省统一战线碰撞出一片"同心"火树银花："一年打基础，三年有起色，五年见成效"目标、"产业发展、民生改善、实力增强、管理创新、生态一流"思路、"党委主导、统战协调、有统有分、统分结合"机制、政和县对接省统一战线助推发展工作方案、政和县"十二五"农民收入倍增计划、政和卫生和教育事业发展计划……

摆在廖俊波面前的事情一件接一件，项目一个连一个，现场推进会一场跟一场，上下左右沟通协调一次又一次……他实在忙啊，除了工作还是工作，除了在办公室还是在"办公室"，田间、地头、工地、车上到处都成了他的"办公室"。政和县政协主席郑满生曾这样评价廖俊波："见过拼的，没见过这么拼的！"功夫不负苦心人！县域经济全省发展十佳、县域经济发展指数提升35位、财政总收入翻了几番，政和发生了惊人的变化。"政和现象"一时让人啧啧称奇。殊不知，这些都是廖俊波带领政和人民一步一个深深的脚印，玩命拼杀出来的。后来，我调离了省委统战部，与廖俊波联系少了，但我一直关注着政和。因为那里有一个很拼的廖俊波领着一群很拼的人不知疲倦打拼着。

廖俊波虽然离去，"樵夫"永在

再后来，听说廖俊波获评"全国优秀县委书记"；再后来，听说他调任南平市副市长、常务副市长，还兼任武夷新区党工委书记。能干事者要有更大的舞台。我猜想，拼命工作的廖俊波肯定更拼了，每天已经睡得很少的他肯定睡得更少了。

晴天打霹雳，意外突如其来。2017年3月19日早上，朋友圈一条信息跳入我眼帘：一直冲刺在路上的廖俊波，在昨晚停下了追梦的脚步。你怎么能这么走了？那一刻，我不敢也不愿相信那是真的。樵夫，是廖俊波给自己微信取的昵称。我默默告诉自己，我认识的是"两个人"：一个叫廖俊波，一个叫"樵夫"；廖俊波虽然离去，"樵夫"永在。

"人民的樵夫，不忘初心，上山寻路，扎实工作，廉洁奉公。牢记党的话，温暖群众的心，春茶记住你的目光，青山留下你的足迹。谁把人民扛在肩上，人民就把谁装进心里。"这是给 2017 年感动中国人物廖俊波的颁奖词。

春日闽北，九峰山下，悠悠闽江在此汇集着这片大地的涓涓细流，一路向南，投入大海温暖宽广的怀抱。一朵朵俊美的浪波，跳跃着，折射出太阳耀眼的光芒。

2020 年 4 月

碎　瓷

黄树清 ○○

人生如瓷，易碎难缝。

　　　　　　　　　　　　　　——题记

　　翻过高高的樟元山，眼前便是绿得晃眼的世界。一望无际的田野上嫩绿的稻禾沐浴在暖暖的阳光下，远方崇山中映山红正绽放最后的红艳，炊烟从黑黑的破屋顶上袅袅升起……我记得自己就是在这样一片醉人的静谧中，牵着妈妈的手跟跟跄跄地闯进这个小山乡的。

　　上学之前的时光，我大都是随母亲在大山的原始森林里度过的。那是一个伐木场，每次进山前，我们都必须在这个叫石陂的小山乡歇脚中转。我二姐17岁时便由伐木场的工头保媒，嫁给这里的一户农家。二姐的婆家在一座阴暗、嘈杂的大杂院里，那儿挤挤挨挨地住着十几户人家，有吃"五保"的孤老太婆，有从邻县迁来的"建阳佬"……多数人家靠种田和编竹器、搓棕绳为生。二姐夫家在大院的最南面，门前有一口布满青萍的大池塘，塘边是一个杂草比菜长得还高的菜园子，西边的墙后是一条淙淙的小溪，上面用厚厚的木板搭着一座狭长的独板桥。

二姐夫一家都是编竹器的，整个院子终日飘着翠竹特有的馨香。每逢劈大竹的时候，我是最快乐的。我整天蹲在地上，满心好奇地看着一根根又粗又大的毛竹，被姐夫哗地一下劈开，敲去竹节，变成竹条，又用竹刀一层又一层地片成几乎透明的竹皮，然后编织成晒谷席、箩筐、菜篮子……

英子就是这个大杂院里魏家的孙女。有一天，我正趴在地上聚精会神地看一群蚂蚁把青竹虫搬回窝里，眼帘里突然出现了一双有点发黄的白凉鞋。顺着鞋子往上看，我先看到黄色碎花的裙子，月白色打着补丁的衬衫，然后是一张冒着热气、红红的小脸，平洁的额头下，闪动着一双深湖般的眼睛。这便是我初次见到的英子。那天她跟奶奶上山采野菇回来，背着一竹篓的野菇，手里拿着一把搂松针的竹耙。她似乎早就知道我从哪里来，又将往何处去，还没等奶奶开口，她便热情地发出了邀约："哥，晚上来吃野菇吧。"

事后，英子告诉我那天她犯了大忌，回家后奶奶唠叨不说，还差点挨爸爸一顿打。原来乡下吃野菇中毒死人的事常有，久而久之便形成了不成文的规矩，就是决不主动请别人吃野菇。一般采了野菇回来，都是煮成野菇粥，富裕的人家先用银针试一下，针尖变黑说明混有毒菇，便挖个坑将整锅粥埋掉；穷人家通常只是用竹勺舀起一瓢粥，细看饭粒有没有变黑来判断是否有毒。野菇煮好后，主人家便用大锅盛好，放在大家都会经过的走道上，乡邻们谁爱吃谁就自个儿盛，吃多吃少是没人管的，大有怕死莫来，后果自负的味道。我记不清那天晚上喝了多少碗野菇粥，反正我认定，至今我都

有一天，我正趴在地上聚精会神地看一群蚂蚁把青竹虫搬回窝里，眼帘里突然出现了一双有点发黄的白色凉鞋。顺着鞋子往上看，我先看到黄色碎花的裙子，月白色打着补丁的衬衫，然后是一张冒着热气、红红的小脸，平洁的额头下，闪动着一双深湖般的眼睛。这便是我初次见到的英子。

没吃过比那更鲜美的东西。也许，以后也不会再有了吧。

鲜美的野菇很自然地拉近了两个无猜少年的距离。再说，在这陌生的地方，有了英子，一下子使我等待进山的日子以及上学后的每个假期都变得生动和充实起来。

我们在荒废的菜园子里，翻开残砖断瓦抓四脚蛇，有时眼见快抓到了，四脚蛇却狡猾地扔下一截尾巴，一溜烟钻进墙脚下的小洞逃走了；有时，我们用长长的竹竿粘一个蜘蛛网，到鱼塘边去捉红红绿绿的蜻蜓。有一次，为了捉一只停在水草上的红蜻蜓，我不留神一脚踏空掉进鱼塘，呛了好几口脏水，幸亏英子冒着被拖下水的危险，眼疾手快一把将我拉上来。我全身湿透了，不敢回家，我们就躲在塘边的草丛里，等衣服晒干了，才悄悄溜回去。不过，事情最后还是因家住塘边的邻居"泄密"而败露，二姐夫一家大为震惊，他们担心我在鱼塘里丢失了魂魄，便连夜打着火把一圈又一圈地绕走鱼塘，高喊着我的名字，为我招魂。

在愚钝的我面前，英子总是显得特别利落和能干。她认得山间的每一种野菇，会采颜色红红的、吃在嘴里连牙都会变黑的浆果，还能从山上弄来一种叫不出名的植物，捣出汁来，用草碱做成又滑又酸的"绿豆腐"。我们爱闯进别人家的菜园里玩耍，每到一个菜园子门前，她总是先狡黠地笑笑，然后随手便准确地从草丛或门边的砖缝里，掏出主人家精心藏匿的竹钥匙。在别人的菜园里，我们尽情地捕捉五颜六色的蝴蝶，采摘怒放的野菊花……即便是夜里，我们也不会闲着，英子经常从家里偷拿了火柴，我们便在小溪边折纸船，在折好的小船头插上一根划亮的火柴，然后同时把纸船放在小溪上，比谁的船在独板桥下顺流漂得远而火光不灭。每次小船下水前，英子都要双手合十，微闭双眼默祷点什么。那时，远方的天际时常还残余着最后一抹晚霞，夜风中飘忽不定的星点火光在她的脸上闪烁，虽然没能将脸庞全部照亮，却使黑黑的睫毛显得更密更长了。她经常会劝我说："哥，你也试试。"而我一门心思都在想着怎样趁她不备，好早一点把小纸船放到溪水里。

　　我们偶尔也会随二姐的小叔子到窗户糊满破报纸的教室里，坐在最后排的泥地上似懂非懂地听老师讲课。她总是爱听我讲城里的小学生期末要交够很多担农家肥才能领回成绩单，学生自己下河捞沙铺起水泥球场之类的事情。但我记得有一天，老师正在教《火红的金达莱》一课，讲到小志愿军战士接过老班长鲜血染红的方向盘，驾驶窗前美丽的金达莱沐浴着如血残阳，军车继续在布满弹坑的山路上穿行时，一阵大风刚好"哗啦"一声刮走了糊窗户的旧报纸。她目送着随风而去的碎报纸，突然转过脸来快快地对我说："哥，以后我怕是读不上书了，你可一定要读好。"言下颇多无奈，她说这话的时候，从窗外射进来的光线正好斑驳地洒在她秀气的脸上，使她的脸色变得十分苍白而凄楚。

　　然而，我们最常玩也最爱玩的游戏还是英子发明的"比碎瓷"。碎瓷片都是我们在旧碗窑、小河边、城墙脚收集来的，有的是破碗的碎片，有的是破花瓶的碎片，有的是破杯子的碎片，也有的是破盘子的碎片，只要是有花纹、有色彩的，我们全都收藏。游戏的规则很简单，双方公认图案漂亮的为赢家，同样图案的碎片大的赢，动物图案大于植物图案，输方的碎瓷片归赢方所有。不过，真正开始游戏的时候输赢反倒变得不重要了，更多的时候，我们都是在逐片欣赏自己的"战利品"，为发现的每一块新瓷片而欢呼。那些碎瓷片真的就像阳光下的肥皂泡一样多彩和美丽，有的是青花瓷，淡雅如水墨画；有的是釉下彩，浓墨重彩，像老人们舒展不开的眉头；有的虽然只是普通的陶片，但古朴高洁，也独有妙处。英子最爱做的事情就是把淘来的碎瓷片放在大簸箕上，然后一片一片细细比对，拼出原来的图案来。她最得意的作品是接近还原了一个盘子，那是个白色、浅底的瓷盘，是由十五六块碎瓷片拼成的，上面的图案是一只优雅的红天鹅静静地游在倒映着岸边红松林的湖面上。在那之前和之后，我从未见过有谁能把天鹅画成红色的。而我自己最满意的碎瓷片是来自一块破碗，图案就是很简单的"松下问童子"。其实，更确切地说我不过是喜欢瓷片上那道黑夜里会闪光的金色镶边罢了。我们都像珍藏宝贝似的珍藏着自己的至爱。我后来想起一个问题，如果在比瓷片的时候，她出了她的"天鹅"，而我出了我的"金边"，那会是什么结果呢？现实中，这种事情从未发生过，仿佛心照不宣似的，我们都小心翼翼地守护着那片属于自己的最美丽的碎瓷，都害怕再发生不可预知的碰撞和遭遇，会让那瓷片变得更碎。

在碎瓷片叮叮当当的脆响声中，时光转眼把我们带到了同桌男女生之间画线而坐、互不相让的年龄。心理上的变化，再加上大人们不经意中意味深长的眼光，终结了和谐的碎瓷交响。虽然每个寒暑假我仍会从县城跑到二姐家小住几天，但英子每次都只是站在远远的地方，趁人不注意的时候酸涩地对我微笑，大大的眼睛流露出掩抑不住的倦怠。正如她自己所料，她最终还是和多数乡下的女孩子一样进不了学校。再往后，我也离开了故乡，在大姐的呵护下，混入城市，考进大学，在喧嚣的红尘和都市冰冷的高墙深院中，那些碎瓷片清脆的声响渐渐从心底飘逝。

……

英子以后的消息，我是从已经长大成人的外甥女那里无意中得到的。她说，英子17岁那年便为他二哥换亲嫁到了邻近的一个山区县，日子过得颇为艰难。春节回娘家，还经常向二姐问起我。

我二姐夫家也早就搬出了那个大院子，在靠近汽车站的斜坡上盖起了小洋楼。有一年，我回家探亲途经那个小山乡曾盘桓了几日。一天夜里趁着月色正浓，我信步逛进了那个大杂院，院子里早先的住户大都已不在，没人在意我这陌生的访客。门前的池塘早就被填平，盖上了新房。菜园子还在，但已被蚕食得七零八落，只有西头的小溪还和从前一样热情而欢快地迎接故人。独板桥却已老朽了，它和着我空旷而孤寂的脚步，发出一声声不堪重负的哀鸣。看着小桥下碎银般粼粼的溪水，在清朦的月光下，我想起了许多人、许多事……我想起了终日溢满庭院的竹香，想起了无比鲜美的野菇，想起了糊满旧报纸的破窗户，想起了那些插着火柴消失在暗夜里的小纸船，想起了英子从一座大山走向另一座大山的命运……

我要离开独板桥的时候，夜已渐深。我独自伫立在小桥前的青石板上，耳畔出奇清晰地响起了熟悉的碎瓷片叮叮当当的叩击声……

2004 年 8 月 15 日深夜于福州屏山

2020 年 4 月 11 日深夜于福州屏山修改

哦，那比遥远更远的

○○黄树清

谨以此文致敬曾为理想而奋斗的大姐。

——题记

小时候常扯着比我年长 14 岁、自诩能当我大半个妈的大姐，指着土墙上那张破破烂烂的蓝灰色世界地图不厌其烦地问：

"姐，福州远吗？"

"远。"

"那北京呢？"

"很遥远。"

"那比遥远更远的呢？"

每回问到这，身为学校俄语老师得意门生的大姐，一定会给出标准答案——莫斯科。

我知道像我大姐这辈唱着"让我们荡起双桨"长大的，莫斯科就是心中的圣地，他们的痛哭与欢笑、青春和激情，都毫无保留地献给了她。我由衷地敬重她，我始终认为她这一辈人是和平年代里拥有过理想并为之奋斗的人。

苍茫的白桦林，潺潺的小溪，跃动的阳光，曾无数次像和煦的春风拂过我焦渴的心田。

莫斯科、莫斯科、莫斯科……大姐至今不知她不经意说出的这三个字，对我这个 20 世纪 60 年代出生的人会有那么大的魔力，我经常站在地图前面，嘴里念叨着那三个字，对着那个地球上最大的国度发呆。我渴望知道，为什么那块比遥远更远的地方，能让他们心潮似海，会使他们双眸发亮。

记忆里最早接触苏联的东西，是从一本破旧的二战小说开始的。我已经想不起确切的书名了，好像本来就没有封面。那本书是我用垃圾堆里翻捡的三个牙膏皮从废品收购站换回来的，讲的是一个叫鲍什么的苏联英雄飞行员不幸被德寇击中，坠落在一个丛林里，摔断了双腿。他靠着顽强的意志，战胜艰难险阻，终于找到自己的部队，重上蓝天，并赢得了美丽女护士真挚的爱情。那是一本竖排、繁体的书，我当时大概只念到小学二年级，看得颇为吃力，在昏暗的煤油灯下，为了避免看乱了行，每看完一行就得移动自制的木尺遮上。印象最深的是历尽千辛万苦的飞行员终于爬出了密林，炫目的阳光刺得他的双眼无法睁开的那一段……苍茫的白桦林，潺潺的小溪，跃动的阳光，曾无数次像和煦的春风拂过我焦渴的心田。用假票混看过无数次电影《列宁在 1918》，警卫员瓦西里又成了心中最大的英雄。下课铃一响，便高呼着那句家喻户晓的"让列宁同志先走"，从教室的破窗一跃而出，直扑简易的露天厕所；而"面包会有的，一切都会有的"，经常是代课老师用完最后一节粉笔头，只好蘸着清水在黑板上写字，苦笑着安慰我们的话。似懂非懂地看完法捷耶夫的《青年近卫军》，隐约觉得克拉斯诺顿共青团员们身上的理想和激情，似曾相识。《钢铁是怎样炼成的》是上小学五年级时读的，有一次贪玩香烟盒忘了做作业，被老师罚写字，我非常自觉自愿地把保尔在墓地前那一段著名的内心独白，工工整整地抄写了五遍。老师阅后转怒为喜，挑出写得最好的一张，打了一个大大的红钩，贴在教室的破门上，无上光荣地和邱少云烈士的画像并列在一起，为全班同学堵上了一条寒冬漏风的细缝。那也许是今生写字最规整的一次。我倒不是十分理解那段话的含义，但书中那些烽火连天的艰难岁月、激情四溢的动人篇章，时常会像闪电一样划亮贫乏的生活。我喜欢书里所描写的又阴郁、又冷清，但有"松树林轻轻的低语和从复苏的大地上散发出春天新鲜气味"的墓地，喜欢想象保尔在蓝天掩映的墓前向牺牲的战友脱帽敬礼的庄严肃穆，喜欢幻想自己有一天也能像保尔面对暴风雪中的冬妮娅那样，对班上那些骄傲得像公主似的女生冷酷地说："你浑身已经发出卫生球的味道了，说句老实话，现在我和你已经没什么可说的了……"

上高一的时候，随大姐到了福州大学。大姐那时刚留校工作，住在集体宿舍里，只好把我临时安置在机械系党总支办公室的沙发上。白天放学，无处容身，我便常常一个人躲在屋顶的天台上，一边看书，一边哼着那些熟悉的旋律，让思绪随着翻滚的白云飘向异国他乡的白桦林。夜里，整座大楼只剩下我孤零零的一个，想起关于这座空旷大楼的种种神鬼传说，如果不在黑暗中扯起嗓子吼上一段《三套车》，那是无法安心地把身躯塞进短沙发的。我总觉得歌中老马的命运和我当时的处境，以及未来命运的难以预知是相通的，那歌声里隐含的忧伤，与我少不更事便离乡背井的心绪也颇有共鸣。我很庆幸能背负着一个美丽富饶的"精神故乡"流落远乡，在忘情的歌唱和恣肆的冥想中，伏尔加河畔的纤夫、曲曲弯弯的小路、开遍天涯的梨花、夜幕中工厂的灯光、开满白花的山楂树、飘扬在夜风中的蓝头巾、坚强冷峻的保尔、美丽动人的冬妮娅……伴随和支撑着我在艰难中长大。不论是上大学，还是参加工作、下乡扶贫，我都经常满怀感激之情，虔诚地回到我的"精神故乡"，去寻找那些蕴含在平凡生活里感人的诗意，寻觅那些跳动在白桦林中纯洁的心灵。

记得上大学的第二周，人民文学出版社同时出版了托尔斯泰的三部曲，当时毫不犹豫倾囊而出一次买齐。后果是不但干啃了半个月的馒头夹白砂糖，而且连理发的钱也没留下。

《普希金抒情诗集》《莱蒙托夫诗集》都是从同学那里借来连夜手抄的。《致大海》中那些"自由的元素"是漫步海滩时随着缤纷细雨飘落心田的音符；奥涅金与达吉雅娜曲折缠绵的爱情，是多思的季节里最难排遣的愁绪；肖洛霍夫把沉郁壮阔的顿河和勇敢彪悍的哥萨克深深地烙进我的心底；高尔基高亢的《海燕》、马雅可夫斯基火花四溅的激情，不止一次让我难以成眠；别林斯基、杜勃罗留波夫赋予我理性看待文学和艺术的目光；契诃夫、果戈理、车尔尼雪夫斯基、赫尔岑、陀思妥耶夫斯基、索尔尼仁琴、帕斯捷尔纳克……一个又一个闪光的名字，他们对人性和人生冷峻而深刻的思考，常引导我在山重水复中找到柳暗花明。

对那个深藏心里的"精神故乡"，内心的向往日甚一日。用工作第一年的全部积蓄买了一台收录机，只是为了每晚准时收听中央人民广播电台的"今晚八点半"，在那里经常能听到擅长演唱苏俄歌曲的老歌唱家杨洪基、刘秉义等的经典之作。如今，那台收录机已经破旧不堪了，但忆起和它一起度过的那些冷清而又美好的夜晚，仍是舍不得将它丢弃。

工作了十几年之后，终于迎来了一次接近"精神故乡"的机会。那是2002年的9月，我远赴新疆考察，在察布查尔的伊犁河畔举行篝火联欢晚会时，意外地获悉伊犁河的源头和终点都在境外。赶紧跳下河用手掬起一捧清凉的河水，想起它来自并将继续流向我魂牵梦绕的"精神故乡"，心里不禁一阵狂跳。第二天，当地州委的同志带我来到在地图上已无比熟悉的霍尔果斯口岸。界线的那边就是哈萨克斯坦，红色屋顶的小房子隐藏在青山绿丛中，一派祥和安宁。我贪婪地猛抽鼻子，呼吸着来自边界那边夹杂着牛粪味的清新空气。趁边检不注意，我装着弯腰系鞋带，飞速地将右手大拇指伸过界线一厘米。

我终于触摸到自己的"精神故乡"了！

在返回的路上，我一直痴痴地端详着那个刚刚偷越过国境的大拇指，忽然又想起如今的哈萨克斯坦已经是一个独立的国家，它最多不过曾经是我的"精神故乡"的一个部分。想到这里，心里不禁又涌起一丝悲凉：终究还是游子啊。

我深深地知道，就年龄和人生经历而言，我的"精神故乡"不论是时间上还是空间上都是错乱的，就好像把房子鲁莽地建在别人家的后花园，好像在炎热的七月穿着皮大衣闯进趴满比基尼女郎的沙滩。我既可能为唱着"让我们荡起双桨"长大的前辈所不屑，也未必能让同辈所理解和容纳。同僚的女同胞中，能合作唱一首《山楂树》或《纺织姑娘》的越来越少了，她们宁可去唱虚情假意的《知心爱人》。在卡拉 OK 厅里，我能点的歌就像珍稀动物一样越来越少，也越来越难找到。

然而，我并不在意自己的落伍，我心甘情愿做一个时尚世界里的"多余人"。因为，我所理解的人生就像塔里木河一样，最终都是注定要消失的，它的全部意义就在于是否曾流经那些动人的风景并留下濡湿的痕迹。

我愿意像沧海桑田孕育了琥珀一样，在自己的心里把那些美好的记忆永久地、坚固地封存起来；

我愿意时光的列车将我抛下，就扔在莽莽的白桦林边，让我静静地倾听屠格涅夫笔下蜿蜒远去的春潮，倾听聂赫留朵夫轻声的忏悔，倾听伏尔加船夫由远而近的号子……

我愿意时光的列车把我抛出，让高度越来越低的理想和飞速而来的现实，将自己挤压成一张薄薄的相片，我好把它贴到另一列速度越来越慢的列车上；

我愿意聆听着柴可夫斯基的《天鹅湖》中大提琴和小提琴如泣如诉的对歌，平静而优雅地老去……

这一切，不为别的，只为了那比遥远更远的。

2004 年 9 月 15 日深夜于福州屏山

2019 年 4 月 11 日深夜于福州屏山修改

幽谷芝兰香自远

——为林冷同志文集出版而作

黄树清 ○○

　　春节前文滨阿姨打来电话，希望我能为她的爱人、我的首任主编林冷同志即将出版的文集写几句话。我的第一反应是惶恐和推辞，因为我深知林冷同志手把手带出来的年轻干部中职位比我高的、文笔比我好的大有人在。阿姨告诉我，林冷同志因病长期住院，思维尚清晰但语言表达能力严重受限，家人于是列了一个名单逐一念下来，当念到我的名字时，他点了头。听到这里，我毫不犹豫地打断了阿姨的话头，郑重地把这件事应承下来，尽管我心里知道自己的分量不够、水平也不够。

　　33年前，屏山玉兰飘香的时节，刚刚走出大学校门的我，一脸懵懂、惴惴不安地背着简陋的行囊沿着石头铺砌的陡坡来到省委政策研究室，开启了人生新的旅程。林冷同志当时任职于中共福建省委机关刊物《福建通讯》编辑部，也因此成为我人生中的第一任主编。他是一位瘦小寡言、德高望重、学养深厚、认真严谨、敦厚慈祥的老同志。记得我们第一次正式的工作交集是他审阅我平生采写的第一篇通讯报道，当时他已经临近离休。那篇题为《良药苦口》

的报道写的是全省压缩基建规模之后各方动态和心态的，我骑着自行车跑了一个星期，又熬了两夜才写就。我忐忑不安地站在他的身后，看着他逐句逐字地细细阅读，不时用微颤的手握着钢笔做修改，花白的头时而轻点时而轻摇，时间漫长仿佛穿行在不见尽头的隧道，我的心情也像坐过山车一样高低起落。终于，他转过身来，满心喜悦地对我说："小黄，你放了颗卫星！"回到集体宿舍之后，我誊抄着那份被改得快看不出原样的稿子，从字里行间我读懂了一位前辈对后生的宽容和对文字的敬畏。三明市委政研室一位才华横溢的老领导曾洋洋洒洒写了三篇、两万八千多字关于破解农村二元结构的调研报告，而按规定刊物最多只能刊发五千字，我花了三天认真地把三篇稿子修改整合成一篇。作者为此专门向不知名的责任编辑写来感谢信，林冷同志立即提议召开党支部会议，当众宣读并表扬了我的学习精神和职业素养……

在编辑部一个个金子般的日子就这样悄无声息地过去了。我和林冷同志在文字以及与之紧密相连的精神层面的沟通和理解与日俱增，他能从作者被修改过的文章中读懂"记人善，忘人过"肯定是我添的；离休多年后仍能从全省期刊成就展《福建通讯》的展板上，一眼就看出刊头的那段话出自于我；许多年之后我还无意中从别的同志那里知道平时话语极少的他曾为我争取派驻香港的名额而跟领导据理力争……2004年我依依不舍地离开辛勤耕耘了18年的编辑部，2009年底我挥别工作了24个春秋、留下无数美好青春记忆的屏山大院到了省政协，再后来又辗转漂泊到了省文史研究馆。不论走到哪里，一路都伴随着他的叮咛、担忧和祝福。他总是牵挂我一介寒门书生，仗笔走天下，世态炎凉而势单力薄；经常向领导、同事说，这孩子心地仁厚，是非分明，文笔不错，应当会有前途的。春节去探望他，他总是穿戴整整齐齐、端坐在轮椅上静候，听我絮叨工作的喜悦和生活的烦恼。口虽不能言，但关切、祝愿都从他的眼神中满满地溢出……

罗素曾说："生命是一条江，发源于远处，蜿蜒于大地，上游是青年时代，中游是中年时代，下游是老年时代；上游明净而婉转，中游狭窄而湍急，下游宽阔而平静。"回眸往事和岁月，我非常庆幸自己"明净而婉转"的人生小河能够交汇一条"宽阔而平静"的大江，在迈出职业生涯也是人生重要第一步的时候，幸运地遇到正直宽厚、学识精深的林冷同志。正是从他的身上，我看到人性和社会最初的善良与淳朴，看到一位老共产党员、一个职业文字工作者坚贞不移、静水流深的操守和境界。他身上这些宝贵的品格无形中浸染了他的家风和身边的许多同志，对于我往后的人生更是意义非凡，匡定了我大致的成长目标，匡正了我审视自己和外部世界的视线。我时常自觉或不自觉地以此待己待人待物，很多时候也勉励自己能够像他那样淡定地承受艰苦和磨砺。当然，我所能达到的境界是远远不如的。

帮助重病中的林冷同志汇编出版一本文集，不仅是他的家人，也是同事们和同志们共同的心愿。这本文集收入的文章跨度很大，题材丰富，内涵深刻。既有写于 20 世纪 50 年代初期的调研报告，也有写于 21 世纪初的读后之感；既有反映先进典型的长篇通讯，也有战友、同志、同学之间情真意切的往来短函；既有反映改革开放探索和成就的经典之作，也有对母校、对党刊的深情记忆，还有作为作者、读者或编者的点滴心得……

应当说，我到省委机关遇见的林冷同志，他的身上已经淡褪了战争硝烟和人生磨难的烙印，留给人们印象更深的是历尽沧桑之后"一蓑烟雨任平生"的豁达与平和，对于过往他也绝少提及。读罢这些耗费他家人无数心血收集的文稿，我感到自己很荣幸，因为不仅感触到了一位前辈一段纵贯半个多世纪的曲折心路，而且借助他的足迹、视野和思考，浏览了一部我们党和国家艰巨而辉煌的奋斗史。我所敬重的不仅是他坎坷的命运和深厚的学识，而且还有高贵的灵魂与深邃的思想。

林冷同志 17 岁就在母校参加了党的地下组织城工部，由于受特殊历史事件的株连，背着沉重的思想包袱度过无数不眠之夜，直到 1986 年才得以平反昭雪；在反"右倾"运动中，他为当时的龙溪地委起草文件，真实反映农村的实际情况，遭到轮番批斗；在那场史无前例的浩劫和波折中，造反派给他特制了一块"叛徒、特务、黑秀才"的大牌子，要把他关进牛棚……虽然大半辈子风雨交加、饱受磨难，但他屈而不怨，始终坚信党、热爱党，把全部心血倾注在工作上，发烧吐血仍然坚持蹲在田埂上指挥春耕；文滨阿姨三次分娩他都因在农村搞调查而无法请假；为了办好省委机关刊物，在病床上还坚持审稿、给读者写信……他跑遍了全省每个县市，在深入调查研究的基础上牵头或参与撰写了许多重要文稿，有 300 多篇发表在省级以上刊物，其中刊登于《人民日报》、《求是》杂志、《农村工作通讯》等全国性报刊的就有 60 多篇。

敢讲真话需要极大的勇气，有时甚至需要极硬的骨气。他始终怀着一颗真心，敢于说真话讲实话。写于 1955 年的《一个整社的好经验》，真实反映农村农业生产合作社的情况和农民的心态及对策，调研深入细致，文章条理清晰、语言生动凝练，毛泽东同志曾为此文写了 300 字的按语予以褒扬，这段按语被选入《毛泽东选集》第五卷，编入高中课本，并被刻在石碑上竖立于漳州华安县原先锋农业生产合作社所在地。刊发于《红旗》杂志的《对调查研究报告的几点看法》，以及《关于更高层次扶贫的若干政策》《关于耕地向种田能力集中的若干建议》等等，都是求真务实、敏锐把握时代发展趋势和群众需求呼声的力作。

他始终怀着一腔真情，把友情视作生命的支撑物，字里行间渗透着对战友、对同志的一片深情。他在《感怀》一文中说："友情是仅次于爱情、亲情的一种特殊的感情，一个人拥有了友情，即使是晚秋，也不觉得悲凉，即使是冬夜也不觉得寒冷，即使是身处异国他乡，也不觉得远。"文集中有一封 1948 年初写给因为领导学生运动而被校方开除的战友的安慰信特别引人注目。这封信虽然历经 70 载岁月的洗礼，但我的同事们无意中在桌上读到它的复印件时，仍然震撼和感动于那份穿越时空的激情和深情。信中写道："我常常这样想，一个光辉的人格，其感人的威力常常大过高压的手段和强大的压力，威武和富贵只能收买少数的败类，而一个具有光辉的人格的人物，却可以号召大千热情和正义感的群众……真理是永远存在的，友情是历久而愈挚的，一切毒辣的手段，都不足分化我们的力量，一切时空的间隔都不足浇冷我们深挚的友情，形体上的分离，不能算是真正的分离，我们的心永远糅合在一起，永远跳动着同样的脉搏"……

坚强党性和纯洁人性相交映，铮铮铁骨与古道热肠相交织，这本身就是一股巨大的力量。在人们的步履越来越匆忙，社会的色彩越来越斑驳，背上的行囊越来越沉重的今天，能够静下心来听一听这些正在远去的心声，定下神来想一想我们从何而来又将往何处而去，对于我们再抚来时的初心、汲取砥砺前行之力都具有十分重要的意义。从这个意义来说，这本文集不仅仅只是汇聚曾经的记忆，而且还捍卫着我们所应追求的精神价值。

最美不过人间四月天。书房窗外的屏山层峦叠翠，绿意盎然，与33年前我第一次走进她的时候相比，山还是那座山，而我已经不再是那个我，但有一点恒定不变的是，山上的玉兰依然如约开放、飘香……

2018 年 4 月 16 日凌晨于福州屏山

2020 年 4 月 11 日夜再次修改

（2018 年 6 月 5 日林冷同志因病逝世于福州。悲痛之余聊感一丝安慰的是，曾将本文录制成音频，以便在他清醒的时候播放，文滨阿姨说他听毕全文并泪下。）

且为"明月"歌一曲

谢荣雄 ○○

寻声溪水歌者谁，夏到人间草木知。

又在一个雨雾充沛、万物葱茏的初夏季节，怀着崇敬之情来到明月先生（薛令之的号）祠前，古榕参参仍旧，花果飘香更甚。

老家距廉村约 30 公里，廉村乃往返市府、省会必经之地。回忆旧时少年光阴，赴省城求学，或假期归来，每每经先生祠前，总虔诚谒见，或顿足瞻仰，或车行注目，脑海里总浮现出先生蜗居草堂苦读的身影。似乎总是看到先生对着远行的游子，深切叮嘱"男儿立志须稽古，莫厌灯前读书苦"。先生幼时聪敏好学。时家道业已中落，村中还未形成"学而优则仕"的观念，偶有读书被取笑。但先生有"人不堪其忧，回也不改其乐"之定力，坚持求学上进之志向，结庐于村庄对面，在"灵谷草堂"内日夜苦读十载。23 岁时，"文破八闽之荒"，由此成为中国有科举制度 100 年来福建"开闽第一进士"。而后，廉村出了 33 名进士。特别是从北宋大观三年（1109）至南宋宝祐六年（1258）的 150 年间，廉村共出进士 17 位，甚至涌现出"一门五进士，父子兄弟俱登高第"的盛况，一时传为佳话。先生开闽，气象万千！

　　先生进士及第后，雄姿英发，被任命为右庶子，是东宫僚属，因直言敢谏颇得重用，被提升为左补阙。时李林甫为相，擅权误国，民怨沸腾。对李林甫的所作所为，先生异常愤慨，怀揣少年时的立功志向，便以"屈轶草"的特性为诗眼，作《唐明皇命吟屈轶草》一首，其中"头昂朝圣主，心正效忠臣。节义归城下，奸雄遁海滨"一对，直抒胸臆，表达了谏臣忠诚、正直的品格。特别是这首诗的尾联"纶言为草芥，臣为国家珍"一句为后世所传颂。又作有《自悼》诗："朝日上团团，照见先生盘。盘中何所有？苜蓿长阑干。饭涩匙难绾，羹稀箸易宽。只可谋朝夕，何由保岁寒。"借物寓意，劝诚皇帝，一腔忧国忧民之情溢于言表。幸有初唐"朕非唯能容之，亦能行之"之开放纳谏机制，先生于开元时官授左补阙谏官之职，后又任东宫侍讲，为规谏皇帝、教授太子殚精竭虑。可知开元盛世因有先生而增光。先生之行，伟绩丰功！

　　在冠盖如云的首都长安，先生不改清廉本色，独自徒步来去，决不滥用公车，为后世实行公车改革树典立范。天宝末年，不为五斗米折腰，先生便辞官返乡了。从首都长安到闽东，何止千里之遥。作为后来皇帝的老师，先生仍旧保持清廉本色，"徒步东归"，回乡耕读诗书，传播儒学。留在深宫的唐玄宗对贤者耿耿难忘，空自嗟叹，听闻先生两袖清风、日子艰难，于是连忙下诏长溪县以岁赋资助。可面对官府送来的赋谷，先生总是"酌量受之"，决不多取一两一文。唐肃宗即位之后，感念先生清廉，敕其乡曰"廉村"。先生之德，金声玉振！

　　常说人民"伟大"。其伟大就在于对那些为国家、为百姓做过

好事、有过贡献、清廉守德之人总是念念不忘，并且要想方设法予
以各种形式的怀念。清明节的介子推、端午节的屈原、明月祠里的
薛先生、纪念碑上的革命先辈，不时引人以各种方式祭拜追思。

　　窃以为，无论大自然馈赠的礼物，抑或文明时代的珍贵遗存，
一景一物都是有灵性的。典雅整齐的古官道、藤蔓相绕的古城墙、
苔迹斑驳的古道碑、卵石铺砌的古渡口，横亘于斯，你对它恭敬，
它必以恩泽回报。闽东的山山水水，路遇的先贤明哲们，你们自管
安坐祭坛，且受我深深一礼，赋联一对曰：

　　　十里廉溪，日夜流淌，永为先生颂高洁

　　　百寻廉岭，天地立心，长策学子守忠贞

第二辑

似 水 流 年

致 同 学

○○卢德昌

　　斗转星移，光阴似箭。离别母校，融入社会，弹指一挥间，20多年过去了。今日在此相聚，意在重温昔日的同学之情；明日各奔东西，志在追寻昔日的同学之梦。

　　对同学们来说，这短暂但具有特别纪念意义的聚会，怎能不让人为之心动，怎能不为之而感慨万千呢！

　　人世间情为何物？亲情、爱情、友情、同学情、师生情，这些无疑都是人世间最为珍贵的情感。解读这些情感，虽有遗憾，有伤感，有痛惜，但更多的是温馨，是欣慰，是理解。这些情感，是人的生命链条中不可或缺的部分，是人生精华之所在，是人生灵性之所悟，是人生奋进之动力。这些情感的演绎，给多彩多姿的大千世界平添了最亮丽的风景线。

　　人生短暂，你我为同学是一种缘分。今天，我们为同学之情而来，为同学之情而聚，我们没有理由不为之欢呼，不为之雀跃！

　　想当年，青春年少的我们，沐浴着改革开放的春风，踏上了人生奋斗的旅途。奋斗就会有艰辛，艰辛孕育着发展。这期间，我们经历了许多风雨，经受了许多考验，为的就是在人生坐标上留下奋进的足迹。

　　看今朝，不惑之年的我们，带着改革开放的成果，相聚于母校。同学们济济一堂，诠释着人生的真谛，诉说着奋斗的艰辛，倾吐着成功后的喜悦。值得自豪的是，在同学当中，有为国家和社会做出突出贡献的功勋企业家，有在不同岗位上屡创佳绩的行家里手，有各行各业的先进人物。他们是社会的精英，是国家栋梁之材，我们为他们所取得的成就而感到骄傲。值得欣慰的是，更多的同学在平凡的岗位上，爱岗敬业，为构建共和国大厦添砖加瓦，默默奉献着自己的聪明才智，我们同样为他们所从事的平凡工作而感到骄傲。

　　时代在前进，社会在发展。我们生活的这个世界变得越来越小，你我同行，你我不期而遇的机会越来越多。希望作为同学的你，露一张笑脸，给一个回眸，说一句祝福，道一声平安，以此表达同学之情。也许你我远隔千山万水，但有意者，只要轻轻拨弄你我手中的"掌中宝"，就能聆听你我亲切的话语，感受到同学之间的关心和理解。我们希望以这次相聚为契机，把同学之情编织得更加牢靠，维系得更加紧密。

　　相聚是美好的。但有聚必有散，世上没有不散的筵席。毕竟，我们都是社会人，都有奋斗的事业，都有不懈的追求。昨天，我们因为是同桌的你而相识；今天，我们因为是同桌的你而相聚；明天，我们会因为同桌的你而给予更多的关注，会为你取得的每一点进步而感到高兴。

　　同学们，让我们携起手来，在人生旅途上，充分展示自我，奋发努力，再创佳绩，昂首阔步迈入新世纪。

　　（本文为中学同学毕业20周年庆而作。）

记忆中的最美芳华

○○叶琼瑛

满心的感恩与感激，满心的眷恋与不舍。仿佛就在昨天，才接到去参加学习的通知，内心还满是期待和想象；仿佛就在昨天，才迈入党校这个神圣的大门，看到了从各个系统各条战线来的一张张友善和可爱的面孔；仿佛就在昨天，开班动员仪式上刚提出"三个转变"的要求，句句鼓励的话、暖心的话、坚定的话，让我们心潮澎湃……然而，美好的时光总是短暂的，她总在精彩处戛然而止，不愿说毕业，也不想说再见！

短短的两个月，满满的收获，满满的回忆，满满的感动。

最触及心灵的是理论的温度、信仰的力量。50多堂理论课，堂堂精彩，堂堂发人深思。从马克思主义到毛泽东思想再到习近平新时代中国特色社会主义思想，从党的群众路线到改革开放的历程再到"不忘初心、牢记使命"主题教育，从中国共产党宣言到支部工作条例再到党内法规，老师们带着我们回到原点，沿着思想小径，重寻理论根源，重温革命足迹，让我们感到，原来理论也可以这么生动，原来信仰也可以这么有味道。

最滋润心房的是课程的多彩、知识的富足。课程安排非常用心，教学方式非常灵活，参观省档案馆、艺术党课等现场教学，破冰之旅、情绪管理等互动教学，以及经典诵读、红歌传唱、学员论坛、微型党课等分享式教学，开展重温入党誓词和组织生活会，多样的形式让我们通过交流讨论和思想碰撞，学会调查研究思考，学会理论联系实际，学会理论指导实践。在中国人民大学为期一周的异地教学，每一场讲座更是头脑风暴，如同精神盛宴，让我们豁然开朗、深受启发、受益匪浅。

最暖心回味的是相处的缘分、彼此的温情。我们一起动手制作纸杯蛋糕，一起在趣味运动会上高喊"安全第一、友谊第二、比赛第三"，一起在篮球场、排球场挥汗如雨，一起相约摄影分享好书，一起在森林公园参观珍稀植物对着无人机挥手问好，一起为同学过集体生日，一起施展才艺共同联欢。"不是在最好的时光遇见了你们，而是因为有你们，才有了最好的时光。"从相识到相知，从交流到交心，一朝朝一暮暮再次浮现眼前，我收获了你，你收获了我，深深的友情，甜甜的回忆，永远的挂念。

"林花谢了春红，太匆匆……相留醉，几时重。"今天，大家都已回到工作岗位，我将永远记住这段难忘经历，记住这份中青情怀，记住这场最美芳华。聚是一团火，散成满天星，愿此次分别成为人生新的起点，再次扬帆起航。

爱心妈妈想和你共读一本书

○○史秀敏

亲爱的孩子，上次你来到省政协机关，我送你一本来之不易的书——《爸爸的十六封信》。当初拿到手时，我马上抓紧时间，一口气看完。读完感觉好喜欢啊！现在，我们也以书信的形式，一起阅读这本书吧。

这本书的作者林良爷爷生活的地方是与我们福建仅一水之隔的台湾。当林良爷爷还是爸爸时，为了和会思考的女儿更好沟通，他以书信的方式，选取了她在家里、学校经常会遇到的 16 个问题，利用各种方式，试图让女儿能了解，应该用什么样的态度处理这些人生问题。孩子，人生的道路千万条，总有一条非你莫属。但是，如果有合适的方法为我们指路，在岔道口上，你我就不容易迷路。你说是吗？《爸爸的十六封信》就是从 16 个方面，让我们认真想想人生之路要怎么走，才能走得更好。来，让我们一起走进信中的世界吧！

孩子，在学校，不知你是否有被冷落的经历。林良爷爷在《为什么大家不理我？》中，通过自己小时候的经历，谈到他被冷落时犯的一个错：只晓得关心自己，不知道去关心别人，不知道别人对自己也会有热心不起来的时候。通过自己的教训，他告诉我们："不要怕，把心放宽；不要计较，学习慰问别人。"是啊，你看，爱心妈妈最初和你打电话时，面对言语较少的你，当时也有被冷落的感觉呢！但爱心妈妈想，你或许是刚和我接触，怕说错话，一时也不知如何交谈吧？孩子，爱心妈妈希望我们都能像林良爷爷说的那样，要坚强，不怕寂寞，在真诚关心的过程中学会包容。我们彼此的无话不说，会在等待中到来的。让我们一块努力，你说好吗？

孩子，记得那一天，你到政协时，紧张得话都说不出来。想给爱心妈妈的信，也是在你爸爸反复劝说之下，才从书包里拿出来。你是那么羞怯，让我想起林良爷爷在《爸爸的十六封信》中写的《不敢站起来说话的人》。他在四年级时，面临需要当众说话的时候，"怕得发昏"，以至于用请假的方式，逃避在周会上向全校报告时事这一活动。但他也是勇敢的，最终拿定主意，绝不逃避。在一次说话考试时，鼓起勇气，走上讲台，用自己的言行，克服了羞怯，赢得全班的热烈掌声！亲爱的孩子，爱心妈妈衷心希望你能像林良爷爷小时候一样，通过锻炼，脱离"羞怯的黑暗区"，走到阳光下。亲爱的孩子，甭怕，无论你说什么，爱心妈妈都喜欢听。以后，我们多打电话谈谈天，好吗？

孩子，我看到你们几个结对孩子的成绩单，你的成绩都在90分以上，真是优秀。爱心妈妈祝贺你！但是，有一两个同学，成绩不大好，爱心妈妈很为他们担忧哟！为什么他们的学习会这么吃力啊？是不是读书时容易开小差呢？林良爷爷说，专心的人，是活神仙。你看，在《爸爸的十六封信》中，我们知道，林良爷爷在报馆里，旁边有人打电话，办事的人进进出出，窗外的汽车喇叭整天不停。但他早就养成专心的习惯。写稿时，除了稿子之外，没有别的杂念进入他的脑子。他的同事，在别人的高谈阔论中，在印刷机的隆隆声浪中，照样能静静地思想，静静地写，根本听不到任何声音。这都是专心工作的结果啊！孩子，我想，你的成绩那么好，一定和你学习的专心致志有很大的关系吧？你愿意将这个经验与同学分享吗？帮助他们在学习过程中集中注意力，不让任何东西成为障碍，定下心来上课、做作业。只要专心，我们就会有"把整个世界都忘了"的感觉，学习兴趣就能越来越浓，成绩也能越来越好。你说对不对？

孩子，《爸爸的十六封信》中还有许多精彩的篇章，用生动活泼的语言，让我们明白做人的道理。如《"乐观"使你万事如意》告诉我们，乐观是一种可以培养的好习惯，要学会往好的方面去看事情，同时要有积极的行动相配合；《最不应该的行为》用事例教导我们，面对残疾人，不要大惊小怪，而要用我们的同情心，平静地让他接触到"爱"，与他一起灌溉、培养"生存的意志"，使他和我们一样能使生命发光，能对社会有所贡献；《谁都怕失败，但是……》鼓励我们不要怕失败，虽然会有一阵恐慌和痛苦，但它可以告诉我们做错和应该改进的地方，让我们从中学习新的东西，从而获得进步……孩子，爱心妈妈觉得，林良爷爷在书中真像他女儿的好朋友，听她倾诉，用信答疑解惑，分析她的想法，解除她的困惑。让我们在平常的生活中，也像他们一样，互相帮助，共同成长，好吗？

孩子，想写的话还有很多，因为时间关系，我只能写到这里了。你在看这本书的过程中有什么不一样或一样的想法，也可以写信或打电话告诉爱心妈妈，让我们一起分享这本书的精彩，好不好？

祝你学习进步，身心康乐！

爱心妈妈

2014 年 11 月 2 日

小区的猫和猫的小区

○○朱苑璟

　　前几日时常深夜回来，在小区深处碰到久违的几只流浪猫在垃圾箱里、在垃圾箱附近觅食，远远地看我走过来，似乎也没有怎么受到惊扰——大约是我表现得足够友善的缘故。等走得近了，它们反而一哄而散。

　　很久以前也在小区里碰到过类似的流浪猫，比它们更容易受惊些，看着似乎也成熟些，仿佛在小区待得久了，看透了人性，不怎么喜欢亲近人。

　　老家后来养的猫，现在跟我一点都不亲近。有时候大雨天，坐在天井边看雨，它们爬不上屋顶，会特别开恩让我轻抚两下；或是冬日太阳好的时候，我在天井边看花，它们敞开了肚皮晒太阳，会赏我高冷的一瞥。跟我们这些不常回家的人不亲，跟爷爷奶奶倒是亲得很，没事都要去脚边转两圈，蹭两下。但是它们喜欢上屋顶这件事让全家都很头疼。

　　老宅的年代有些久远了，如今依然保留了我刚记事时的样子。小时候小伙伴们常说，你家的屋顶很漂亮。是啊，很漂亮的瓦当，被两只不懂事的猫儿扒了几块，至今也没有修补。中秋碰上了大雨，老宅的年代有些久远了，如今依然保留了我刚记事时的样子。小时候小伙伴们常说，你家的屋顶很漂亮。是啊，很漂亮的瓦当，被两只不懂事的猫儿扒了几块，至今也没有修补。

在屋后的山顶上拍照，被屋顶常年积累下的黑色尘灰晃了眼。

天井是石砌的，爷爷不喜欢成片的水泥。小时候下雨时，我们喜欢徒手接屋檐下的雨水，常常有黑色块状的东西随着雨滑下来——那之前，我们都觉得雨水是很干净的。

大约因为是秋天了。

也因为过了一个八月，转眼又是九月，又是十月，又是十一月……以为没完没了的日子，眨眼就过了。

人类的悲欢并不相通啊。从前如是，今后想必也如此。

后来遇到了那些猫儿。有一段时间出门，时常在小区门口碰上不明死因的老鼠蜷曲的身体，总要想起那个叫奥兰的城市和这个城市里艰难而幸运的人们，然后心里不免还要担心一番，担心哪一天灾难降临到这个城市。后来老鼠不见了，小区的猫似乎也不见了——赶是没有人会赶它们的。前排楼上的阿婆，会为了楼下一块石头的摆放和邻居吵得几乎惊动了整个小区，也没有见她赶过猫。

从未见过蟑螂老鼠之类的客厅和厨房突然来了不速之客，白天不知如何作威作福，夜里还将自己当作主人一般猖狂，吵得人夜不能寐，也只能看它们悄无声息地溜走。

想养猫的心情又被吊起来。后来同事支援了三块粘鼠板，第一夜就请君入瓮了两位，立刻在马云家订购了一整箱，它们似乎识趣了，再也不敢现身。

你偶尔想起小区流浪猫，却不见得人家会想起你。有时候甚是羡慕——大约它们在这里住得不痛快了，可以痛痛快快走，再去造一个猫的小区，而不是成为你所在小区的猫儿。

在天气晴好的客栈里醒来，感叹一声今天又是一个好天气，或是在被窝里沉醉一天，或是即刻出发去看那些从未见过的世界——谁又想成天关心柴米油盐呢。

2018 年 10 月 5 日

写在第二十四个教师节

○○庄丽娟

忽然想起今天是教师节。距离自己离开教师岗位已经那么多年，从来没有对教师节有太多感触的我，今天却有一种想说话的冲动。真想对教师们说一句："教师节快乐，你们辛苦了!"

大灾前显示大爱。100多天前，一场惨烈的地震灾害，让国人重新认识了教师这个平凡而神圣的职业，看到了教师心中的大爱。

当灾难降临的那一刻，在生死的一瞬间，教师们放弃了自己的生命，放弃了自己的亲人，将生的希望留给了学生。当人们还沉浸在悲痛中，一些教师强忍失去亲人的悲痛，坚守岗位，在第一时间恢复教学……"没有时间选择""孩子们怎样了""当时情况危急，根本就没想那么多"……多么坚强无私的行为、多么朴实无华的语言，在大难面前这种无意识选择的行为和操守，最能体现教师们真正崇高的职业道德和无私的奉献精神。

关爱学生是师德的灵魂。从古至今，这崇高的师德就薪火相传，生生不息。"春蚕到死丝方尽，蜡炬成灰泪始干"——我们用这样的诗句赞美教师的无私奉献；"学为人师、行为世范"——我们用这样的标尺来度量教师的职业操守；"捧出一颗心来，不带半根草去"——我们用这样的语句形容教师的崇高精神。

　　教师节之际，让我们为缺席的英模教师默哀，向他们致敬！愿他们英名永存，师魂永驻！

2008 年 9 月 10 日

感动着幸福

○○巫丽妹

倾听，一帘春雨；

萌动，生命蔓延！

似乎，天地间总是运动着和谐，生命与生命之间总是相惜着恒久悠长。岁月飞逝，有种力量在启迪世人：美好总在不经意的时候出现，幸福只在一念之间。世界在条件规律下无条件地运转前进，平凡总在不平凡的孕育中更加雄浑壮阔！有时候，淡淡才能留意淡淡情丝，细细才会品味细细真情。

车窗外，雨淅淅沥沥地飘落，迎着向前行驶的车辆，风吹雨成花。它偶尔淘气地从微启的缝隙钻入窗内，顽皮地戏弄我的脸颊，轻轻的，柔柔的，凉凉的，舒服极了！不一会儿，玻璃起了水雾，拦住了视线，我像丢失了宝贝一样赶忙拉开车窗。幸好，雨还在，清风依然。房屋、街道、车辆都已经被雨抚得干干净净，草地披上了一层层新绿，还有星星点点的小花，紫的、红的、黄的、白的……各种颜色清新跳跃，舞动着充斥着人的视野，仿佛童话里复活的城堡，透着无限生机！心竟为之动容，仿佛贴着柔软的清水，顿时神采飞扬！晕车的不适，也被这自然之气涤荡得干干净净。

抵达大学城，雨又大了，上下客自顾不暇。当公交车缓缓开走，才想起落在座位上的雨伞，唉，来不及了。望着渐渐远去的车，不抱任何希望地呐喊："司机等等……"车已驶出 30 米开外。突然，一抹蓝色从车窗朝着我的方向，划进我的眼帘，是我的伞！真是我的伞啊！心海漪涟，没有预告，又一次无名的感动油然心生，每寸肌肤为之动容！撑开伞，如同获赠一片蔚蓝的天空。谢谢啊，如此心细的好心人！

清风又起，老旧的落叶在春雨中纷纷扬扬，旋转着落下，一地金黄。新生的叶子，油光发亮，像小鱼睡上枝头，可爱极了。自然总是如此温柔地唤醒生命！心潮涌动，跳啊转啊，满怀感恩，拥抱自然！雨停了，阳光穿透雾气迷漫的天际，流动着，变幻着，传递着人间真情，勾勒着五彩虹桥！

一点感动，一串幸福！

雨后的太阳缓缓地蒸着大地。下午，和同窗好友从大学城转站繁闹的东街，夹在拥挤的人流中，无比闷热。留好坐公交车回学校的硬币，花光了预算，用最后的几块钱买了矿泉水和面包。正当我咕嘟咕嘟往喉咙倒水，感到无比畅快的时候，突然感觉有东西紧紧勾住了裙角，回头一看，吓了一大跳！那是一个断了双腿的残疾老人，身体贴在地面上，脸很皱，头发很乱，全身上下是破烂脏透的衣服，嘴里呻吟着……他一手紧拉着我的衣服一手微抬着抖动……我吓到了，有点想哭，想呵斥却出不了声，想打掉他的手却不敢下手……"把水给他吧！"好友一句看似普通的提示却让我心口瞬间一松，低下身子将剩下的半瓶水送到他手边，一秒，两秒，三秒！

老人晦暗的眼神有了一点光，他松开我的衣角，双手握住那半瓶水，顶在额头，朝着我的方向趴下，再抬头时，他湿了眼眶……和好友四目相视，摸摸口袋，把剩余的零钱都放进了他的讨饭碗。

步行回校，尽管奔波了一天，却心情愉快、一身轻松。

夜幕降临，伴着又一阵淅淅沥沥的雨声，进入了甜甜的梦。梦里，重温那一连串的感动，享受着一连串的幸福！

生命形形色色，旅途有几多悲欢，不管是有知生命还是无知生命，都需要世界用真情去感知，用心去意会！感动着，幸福。

《政协天地》，我的良师益友

李榕光 ○○

我认识《政协天地》缘于3年多前。当时，我刚从党政机关调入政协专门委员会办公室工作，对政协的一切感到既新鲜又陌生，不知从何入手了解政协、熟悉政协。

一天，我偶然在办公桌上看到一本印刷精美的《政协天地》杂志，随手翻来，不经意间为其中的栏目所吸引。"本期策划""特别报道""本刊特稿""政协经纬""学习园地""工作交流""人物风采""九州内外""读书时间""他山之石""海外见闻"等一个个栏目都吸引着我的眼球。继续往下看，我从一篇篇文章看到了政协的工作动态、工作成效，看到了委员的作用、委员的风采。我想，这不正是我梦寐以求的熟悉了解政协的"窗口"吗？从此，我非常留意《政协天地》，每一期都认真拜读。有时候出差，没能"第一时间"看到《政协天地》，回来以后，我都想办法从其他同事那里借来阅读，有时甚至张口向编辑部索要。编辑部的同志对我的要求也是有求必应，让我深受感动。几年来，借助《政协天地》的帮助，我完成了从党政机关干部到政协机关干部角色的转变，从一个对政协工作不甚了解的门外汉成长为能较好地胜任政协工作的干部。

可以说，我比较全面地熟悉、了解政协是从认识《政协天地》开始的，我与《政协天地》共成长……

作为《政协天地》的忠实读者，在从《政协天地》汲取营养的同时，我也总想着为《政协天地》做点什么。我在专门委员会办公室工作，主要任务是为委员参政议政、建言献策服务，每年都要完成若干个调研课题。我何不把组织委员开展专题调研、视察等活动的过程生动地加以宣传、报道，让更多的人熟悉了解委员的观点、思想动态呢？在委员会领导的启发下，我有意识地将组织委员调研、视察的成果，以轻松、活泼的笔调，图文并茂的形式在《政协天地》上发表，积极宣传委员会的工作、报道委员的真知灼见。2005年8月，我参与组织省政协委员到宁德市开展"耕地开发与土地整理"视察活动。视察结束后，我在完成视察报告的基础上撰写了《以田生田，推动耕地占补平衡——省政协委员开展"耕地开发与土地整理"视察侧记》的文章，《政协天地》编辑部收到稿件后主动与我联系，他们觉得视察题目很好，想以此议题组织"本期策划"，要我联系三位参加视察活动的委员，围绕我省耕地保护撰写议论文章。2005年第11期《政协天地》以"留住我们的根"为题，刊登了"本期策划"的"前言""视察篇""建言篇"等六篇文章，全景式地宣传报道了视察活动的全过程，取得良好的社会效果。2006年，省政协以及专门委员会把参政议政的重点放在为海西新农村建设建言献策上，经济科技委员会组成四个课题组，重点围绕"发展农村经济，加强基础设施建设，建设社会主义新农村""加强闽台农业合作，推进农业现代化""加强科技支撑作用，推进新农村建设"

"发挥风景名胜区优势，发展乡村旅游产业"四个问题，有重点地开展调研活动。我参与了其中三个课题的调研，应约撰写了《为海西新农村建设献计出力》的专题报道，详细报道了委员们为新农村建设建言献策的过程，2006年第7期《政协天地》予以刊载。此外，我还主动将省政协领导参加会议、调研、视察活动以摄影报道的形式在《政协天地》发表，积极宣传政协专门委员会工作，让更多的人了解政协、熟悉政协、支持政协。

如今，《政协天地》已经成为我学习、工作的良师益友。

"雄关漫道真如铁，而今迈步从头越。"在《政协天地》迎来五周年生日之际，我衷心祝愿《政协天地》一路前行，越办越好！

2008年6月

淡极始知年易了

○○吴益坚

转眼又是 7 天。

从农历大年三十到正月初六，五分之四的时间都是在闭门"休炼"中度过，基本上大门不迈、二门不出。甚至有一天深夜要反锁家门时才愕然发现：这一天根本就没开过家门。

直到 7 天假期在不知不觉中淡去后，才恍然明白，这个新年对自己而言已然没有了"新"的意味，休息成了新年假期的主题。或许这与今年的天气特别阴冷也有关系吧。但细想之下，可能与时代的发展、年岁的增长也有很大的关系。

在我的记忆里，过年的味道往往从大年三十开始蒸腾：一早起来，过年的味道就如同是从山那边飘来的炊烟一样，微微地熏过你的鼻尖，同时勾起了心底莫名的期待与悸动。到了下午，母亲催促大家洗澡换衣服的声音逐渐唤醒了过年的感觉，一家人欢欢喜喜地坐在一起吃年夜饭时，年味终于笼罩了整个屋子，接到父母手中递过来的红包后，初一的晨曦降临，年于是欢天喜地地到了……

忘记小时候过年都穿过几件什么样的新衣服了，但不是年年都有新衣服穿是肯定的。印象中有一年就因为大年初一只能穿洗得发白的军用胶鞋而哭闹过。有一年因为没有新衣服穿而闷闷不乐过。那时，吃似乎不是过年快乐的主题，穿与玩才是快乐与否的衡量标准。

说到玩，对男孩而言，不外乎就是烟花与爆竹。那时的烟花基本没什么花样，主要是以爆竹为主，除了常见的排炮外，还有拉炮、摔炮等。爆竹是很可珍贵的（因为过年的压岁钱最初似乎是一块钱，到了读初中时也只有 10 块钱，充其量只能买 10 挂不到的鞭炮，毕竟还要买零食和小玩具），所以每次买来鞭炮，都是小心翼翼地把一挂拆成一个一个放进衣袋，再小心翼翼地一个一个拿出来点燃。放鞭炮最大的乐趣莫过于想着各种稀奇古怪的放法了。最简单的是把鞭炮插在墙缝里，看着炸开的鞭炮把墙缝中的沙掏开一个小洞；或者在地上把鞭炮点燃后，猛地盖上一个小茶杯，听着鞭炮在里面炸开时发出的闷响；遇到下雨天，还会把大个的炮仗插到烂泥里，点燃后忽地散开，离得稍近一些的一不小心经常就被溅一身泥；胆大一些的小孩，还会把鞭炮拿在手上点燃，在炸开前往人（经常是小姑娘）前扔，对方则满地乱跑，小点的小孩被吓哭后，扔鞭炮的少不了要挨正月的第一顿骂。而摔炮、拉炮更因为成为孩子们用来吓人取乐的"好"工具而在大人的反对声中日渐式微直到退出历史舞台。买来的鞭炮放完了，一堆小孩就只好往放鞭炮最热闹的地方凑，在一整挂放完的鞭炮中翻找没点燃的小炮仗，而且经常收获颇丰。老家正月里有个习俗，叫"攻炮城"，就是由当地的政府或是哪个单位在空旷的场所树起一根离地五六米的木杆，最上端搭一个四面留有"城门"、顶盖封闭的小木盒，盒内放着一大挂鞭炮，围在"城"下的人则拿着一挂挂二十响的小鞭炮，点燃后尽量瞄着往盒里扔，力图把盒内的鞭炮引燃，谁引燃了就算攻下"炮城"，并且当场有奖励。因为奖品很丰厚（记得最大奖是一辆自行车），所以想攻下"炮城"的人不在少数。但由于盒子四面留的口太小，要么扔不进，要么好不容易从东面的口扔进去了，却从西面的口丢出来，所以能攻下一个"炮城"的人往往成为众人艳羡的对象。由于攻"炮城"的鞭炮都是一挂挂的，丢上去又摔回地面后整挂还是完好无缺的鞭炮时有出现，因此这里也成了捡（抢）鞭炮的乐园。但也有意外事故发生。记得有一次，亲眼看到一挂鞭炮摔下来后没响，一个手脚快的小伙子一把抢上前捡起鞭炮就往口袋放，不一会儿，人群中响起了鞭炮声，大家四下一看，才发现是刚才被那人放进口袋的鞭炮竟诡异地炸响了！等到那冒失鬼反应过来手忙脚乱地往外掏时，没想掏出来的全是鞭炮纸屑和鞭炮灰，口袋早已成了千疮百孔的筛子，围在一旁的人，望着目瞪口呆张口结舌垂头丧气摇头晃脑无可奈何的冒失鬼，早已笑得上气不接下气。

吃给我留下的印象，则是在年前的几天，大人买来平常难得吃到的东西：一大块猪肉、一堆菜，外加一只鸡或一只鸭。然后父亲杀鸡杀鸭、母亲清洗锅碗瓢盆。我们几个孩子则围成一团，大的和面团、小的剁肉泥或搓肉丸，在欢天喜地地帮忙干活中提前享受着过年的乐趣。记得父亲每次杀鸡杀鸭时总是要我们在边上看，边杀边教我们怎么杀、怎么褪毛，甚至怎么剁块等等。父亲边教边说："你们都要学啊，不然以后我们不在了谁给你们杀鸡杀鸭呀！"当时感觉父亲说的理由很牵强，说的事情也很遥远，从未想到哪一天父母亲会不在。现在写起来，想到年近七旬的双亲，心里却莫名地有点发酸……由此才突然明白，现在过年，吃什么不重要，穿什么也无所谓，一家人团圆才是过年最值得期待的"年味"。一家人围在一起，外面再冷清也觉得像过年，不在一起，外面鞭炮声再响、阳光再灿烂，也失去了年的味道。

以往过年，更多的是从吃穿上感觉年味。随着物质的丰富，无论是吃的穿的还是玩的，过不过年都一样，过年也就失去了原有的意义，萦绕年关的，更多的是与家人的团聚。这，或许是绝大多数身在外地的人共同的感受吧。

今年，因为父母亲都在外地的大哥家里过年，所以我和妻子都没有回家。为了增加一点年味，年前特地去买了几挂鞭炮，在年三十晚上和初一早晨，和着周围热闹的爆竹声一挂挂点燃，也算多了几许过年的气氛。但两人独自留在他乡，无论鞭炮声怎么响，年的味道，终究还是淡了……

沉淀的岁月印证了曾经的青春

○○吴益坚

在某一个冬日的午后，暖暖的阳光透过窗纱懒洋洋地照在桌前，突然让我想起了高晓松的那首《冬季校园》。于是，校园民谣从尘封的记忆中逐渐清晰起来。

记得最早接触校园民谣应该是在 1994 年或 1995 年的寒假，在北京读书的姐姐带回了一盒磁带。当双卡录音机中飘来之后不久便流行开并传唱至今的《同桌的你》时，心底瞬时就涌起了一种莫名的感动，此后就一直沉浸在这些经久不衰的民谣中，直到不知哪天突然把它们锁进记忆的角落。那是一张大地唱片公司推出的《校园民谣 1：1983—1993》的专辑磁带，封面上写着这么一句话："每一首歌都来自一个动人的故事，每个故事都发生在你生活的四周。"背景是一张揉得皱皱巴巴的纸，像是一篇没写完的日记或者一封终究没有下笔的信……歌词印在一个印刷精美的小册子上，每张纸都有简约而精致的背景，歌词的第一页上写着这么一句话：唱一首歌爱一个人过一生……歌曲有：老狼的《同桌的你》《睡在我上铺的兄弟》《流浪歌手的情人》，艾敬的《那天》，景岗山的《寂寞是因为思念谁》，冯蓝、李蓉的《故事里的树》《我们相识》，郁冬的《离开》，

在某一个冬日的午后，暖暖的阳光
透过窗纱懒洋洋地照在桌前，突然让我
想起了高晓松的那首《冬季校园》。

廖岷的《等人就像在喝酒》，沈庆的《青春》，丁薇的《上班族》等。

此后不久，大地又推出了第二张专辑《校园民谣 2：1983—1994》，歌曲有：李晓东的《冬季校园》《关于理想的课堂作文》《老屋》《没有想法》，冯蓝、李蓉的《这种心情》，谢彤的《昔日重来》《最后》，陈劲的《红色天空》，冯蓝的《想你》等。记得大地好像还推出了第三辑，包装的风格与前两张似乎比较相像，但歌曲的风格却已然迥异。

后来记忆较深的专辑就是高晓松的《青春无悔作品集》了，其中的《好风长吟》《模范情书》《B 小调雨后》《冬季校园》《白衣飘飘的年代》《荒冢》等，也成为深藏在记忆中的歌声。似乎是从那时起，一首又一首的校园民谣或准校园民谣、近校园民谣不断推陈出新。但直到今天，真正的经典也只有那么几首，而经典的专辑，似乎也只有上面这几盒磁带了，起码在我看来是如此。至于此后的《白桦林》甚至《丁香花》等，虽然也有人将他们列为校园民谣，但于我已经不再是 90 年代回响在校园中的民谣了，倒是感觉更为接近一般的流行歌曲。

不知道从什么时候开始，校园民谣渐渐淡出了我们的视线，没有校园民谣的日子，却也始终沿着既定的路线一天天过下来。或许是因为校园民谣本就不是用来流行的，正因如此，他们反倒从来不会过时，他们的曲风，或许在这样的时代已难占有一席之地，也与我们的生活再也格格不入。但不管在什么时候，只要听着这样的歌声，我们就能清晰地感知时间的停滞与倒流，温暖的记忆涌泉般地溢出……

　　很庆幸生于那个年代，很感谢那些歌曲以及创作、传唱他们的作者和歌手，如沈庆、高晓松、老狼，以及叶蓓等，他们用最纯正的音乐诠释青春，用最低回的吟唱沉淀岁月，有了他们的歌声，90年代的大学生才成为真正意义上的大学生，90年代的大学生活才会永远地留在我们的记忆当中。那时的校园，经常能听到木吉他淡淡的和弦伴随着青涩但纯真的歌声：青春的花开花谢/让我疲惫却不后悔/四季的雨飞雪飞/让我心碎却不堪憔悴/轻轻的风轻轻的梦/轻轻的晨晨昏昏/淡淡的云淡淡的泪/淡淡的年年岁岁。

　　而今，十余载的光阴逝去后，当我们再也难以迎面撞上一曲足以触动心弦的歌曲时，也许就会更加怀念他们，比如那首《冬季校园》：我亲爱的兄弟/陪我逛逛这冬季的校园/给我讲讲/那漂亮的女生/白发的先生/趁现在/没有人/也没有风……

舌尖上的想念

○○何杨洁

思乡的一系列症候，往往始于味觉。乡愁有时从舌尖味蕾上悄悄泛起，于是为着心心念念的某一种家乡吃食，决定收拾行囊回家。

我的家在三明建宁。十几年前在大学城读书时，寒假回家过年，要先从福建师范大学新校区乘坐通往市区的唯一公交 978 路，到仓山老校区后换乘 20 路车到达闽运汽车北站，市内交通时间约两小时。然后坐上回家的大巴车，一路再颠簸弯绕 7 个小时才能到达。车辆进站的时候已是晚上 10 点，夜幕里行人稀拉，父亲从车站门口追着车进站，小跑到车门前帮我接行李，顺手扶我下车。我触到他的手冻得冰凉，一问才知他在零下的气温里等了四五个小时。父亲把我的行李箱横放在他摩托车油箱上，然后载上我去街边吃一碗牛肉粉，说是暖暖身子，其实是他知道我馋紧了那粉干。到嘈杂的店里坐下来，一大碗热气腾腾的牛肉粉端上桌，牛肉鲜嫩爽口，米粉顺滑 Q 弹，高汤浓香四溢，再加上一勺子辣椒油，撒上一小把香菜，便迫不及待大快朵颐起来，吃得微微冒汗。店老板手里不停活，嘴上还取笑道："你都还没回家就先来吃宵夜啦?"往后几年，在父亲的陪伴下吃一碗牛肉粉就固化成了我回家的第一道仪式。

更难忘的是暖菇糍。每年在传统的春社这一天，家家户户都会做暖菇糍以敬土地神。家里的妇人跨上竹篮，到田野间采回一篮子暖菇草（学名鼠曲草），洗净放入沸水中煮成一锅碧绿的汁水，同时按比例混合好粘米粉和糯米粉，再用滚烫的汁水和面，揉出青色的面团做面皮。馅料主要有两种，一种是用腊肉、春笋、香菇配上辣椒粉、韭菜等佐料炒熟，炒得稍咸一些味道更佳；另一种是把豆子蒸烂加入红糖揉成豆沙馅，这是专为孩子们准备的。两种馅的暖菇糍要包成不同形状以便区分。我家做暖菇糍常常是全家上阵，暖菇草是奶奶天晴时去田边采的，炒馅和煮汁的是母亲，揉面讲究速度和力道，这个环节是父亲的专利，最后到包馅的环节，大家一起围在桌边，边包边聊，有说有笑。等到蒸笼里第一笼暖菇糍蒸熟，大家顾不得烫就往嘴里送，淡淡的草香和诱人的肉香一起入口，便是春日里最好的小吃。奶奶赶紧拿碗装出五六份给邻居们分别送去。老人年龄大了，有时似乎忘记了时光的流逝，总把我们当孩子看，常常在饭桌上给我夹一个豆沙馅的，看我不动筷子，就用本地话问："我记得你喜欢豆沙馅的，怎么不吃？"我说小时候爱吃豆沙，现在已经不吃了。可奶奶耳朵背了，听不清，又问一遍："怎么不喜欢吃了？"我想着解释太费劲，就提高音量告诉她："喜欢吃！"三个字的回答她听得清楚，满脸笑意看着我吃豆沙暖菇糍。结婚后，也常吃婆家做的暖菇糍。他们溪源乡的做法是把暖菇糍放到油锅里煎熟，馅料类似，但面粉配比不同，口感是外层焦香，里层绵软，完全是另一种风味。婆家和娘家也常互相送暖菇糍，但总是吃不到一块，他说我家包的很奇怪，我说他家包的没法吃。这看似过于求同而不能存异的小争执，本质上是大家对各自乡村传统美食和乡土文化的极力维护吧。如今迁居福州，再也没了溪源派和伊家派之争，所有来自家乡的暖菇糍都是人间美味。

还有一味小食，是我从家乡带在身边的常备菜，就是豆腐乳。豆腐乳，用建宁方言叫"霉豆腐"，所谓"霉"，说的既是制作方法，也是它闻起来的味道。把老豆腐切成小方块状，放入垫着稻草的坛子，盖上盖子密封至豆腐发酵后取出，在白酒里过一下，均匀地沾上盐，裹上一层辣椒油，放入罐子中，再往罐子中倒入茶油至没过豆腐块，密封待食。无论是早餐的稀饭缺了味，还是清淡的面条不够劲，我们都会打开罐子，夹出一块豆腐乳，咸咸辣辣好下饭。多年前生活条件不好的时候，常常是半块豆腐乳就着一碗捞饭，就能吃得有滋有味。后来这上不了台面的豆腐乳，吃着吃着就成了习惯，在餐桌上有了稳固的一席之地。或许是因为它与清贫的日子相伴太久，被打上了贫穷的烙印，又或许是它的名字实在不怎么吉利，在过年、正月或者家里来了重要客人的时候是上不了餐桌的。但那时鸡鸭鱼肉已经过于荤腥，满桌佳肴好像都抵不上自家做的豆腐乳。于是看着我食之无味的样子，奶奶打开木头方桌侧面的挡板，从桌面下方的储物格里取出罐子，夹了半块豆腐乳，用筷子稍微拨去表面的红油，一边放进我碗中，一边笑嗔着："这孩子不知怎么就喜欢吃霉豆腐。"算是给桌上食客稍稍做出的解释。奶奶担心年龄大了手艺失传，就教了母亲和姑姑做豆腐乳，手把手带了几年，如今二人都已得了真传。

2017 年来福州工作时，大包小包带了很多行李。姑姑到车站送我，给我带了一桶家乡的水，说是怕我水土不服。一来行李太重拿不了，二来当下也觉得太婆婆妈妈，所以就没带上，后来果然感冒月余未愈。现在，常常在周五下午突然强烈想念某一味美食，便在下班后直接奔动车站去，赶末班车回家。

感谢有你同行

○○张雪莲

那一年挥手作别，我们头也不回地奔向了未知的远方。挥一挥衣袖后竟然相隔了 20 年的寒暑。今天，倦飞的游子，终于回到西师母校的怀抱，回到地理 90 的团体。

初相逢

走了那么久，终于又站在你面前。

再次听到熟悉的乡音呼喊我的名字，你张开双臂将我拥入怀中。我们执手凝望，惊诧于岁月在彼此脸上刻画的痕迹，仔细搜寻着被岁月漏掉的青春印象。无数次设想要用最优美的方式重逢，可这一刻，竟嗫嚅着不知从何说起。20 年的思恋只凝聚成浅浅一笑和一句轻轻的问候：嗨，你好！仿佛是假期刚过，今天在学校再次相遇。

明明已是跋涉千里，却感觉流年倒转，我们才初相逢。

相见欢

重逢的喜悦，如同火热的山城和辛辣的火锅。

山城特色的火锅店，当年的室友围桌而坐，或举杯对酌相饮，或执手相握眼神互抚，或轻謦浅笑欢声盈盈，或薄醉微醺穿梭席间。这夜的你，沥去了浮华，放下了矜持，抛开了谨慎，纵情挥洒，尽情绽放你的开朗、洒脱、幽默、豪情、魅力和自信……

看着大家频频举杯，我微笑着想：同学二字真是神奇，可以让一个人顷刻间恢复了自己原本的面目、清静无染的心境和年少无忧的热情。同学之间情有多深？在以往朝夕相处的同窗岁月里，清澈稚嫩的我们不曾留意。多年后的再相聚，才发现那纯真淡然的同学情谊竟是那样弥足珍贵。

真喜欢这样的夜晚，他日纵有良辰美景、赏心乐事，怎比得过今夜的美丽？

校园觅

多少年梦回西师，今日终于成真。

春秋代序，岁月嬗变，母校历经20年飞速发展，已让我们难以再有当年的感觉。感谢母校，还为我们保留着一些旧时的印象：虽已更名的学校门口、一如既往的毛主席像、长满杂草的樟树林、留影佳境的台阶、典雅古朴的行政主楼、爬满藤蔓的墙壁、改造后华丽的教学楼、廊腰缦回的亭子、斑驳围墙上面的李园宿舍、依旧写着的"男生止步"的女生五舍……稍显沮丧的是，地理系楼已被拆除，当年的精彩纷呈仅剩下空地一块。庆幸的是，更名后的地理学院还保留了"地理"二字，不至于让我们找不到归属。

熟悉而陌生的校园，来来往往着年轻的学子，一如当年快乐无忧的我们。二十年如一梦，不知道校门口对面的那棵根盘节错、枝繁叶茂的老黄桷树，见证过多少年轻的面孔。如今的我们已是尘满面、鬓渐霜。我们再也回不去了。

忆往事

当白色的投影仪映出你当年的模样，我们的思绪又回到青春年少的日子。

看着那些老照片，我们回忆起当时的点点滴滴。刚入校的军训生活，站队列操正步、持枪支练射击，穿着沾满泥土的军装站在食堂门口，傻乎乎先唱歌后吃饭……是谁在紧急集合时扎错皮带穿错鞋？上课时谁的笔记记得最好？谁是学霸？谁在课堂上敲碗催老师赶紧下课？谁为了帅气的老师占前排的位置？野外实习，听不懂的地质构造和地貌变迁；教育实习时的蹩脚普通话，带队老师的实习讲评，和学生的互动；综合实习时的美丽风景、美味小吃以及有惊无险的旅程……谁和谁同住一间宿舍，谁是我上铺的兄弟？谁和谁结成友好寝室？谁是男生心目中的女神？谁是女生倾慕的对象？

今昔对比，20年前我们风华正茂、朝气蓬勃、激情四射、理想远大，20 年后我们已是中年，老于世故、惰性十足、壮志难酬。我们发出年轻真好的感慨，抱怨着岁月让美女迟暮、帅哥发福的无情和残酷。但听完何老师经历生死的感悟，我们一时释怀，活着就好，健康就好！

亲爱的，请一定要好好善待自己。

缙云行

嘉陵江水流依旧，缙云山狮子峰仍在。

再一次和你行走在当年实习的山水间，回想那时的小径那时的足步。早已不记得当时老师讲授的什么土壤什么植物，只记得当时的你我如同郊游的小学生，一路打打闹闹充满欢笑。当我们再次拾级而上，一路停停走走，好奇于路边贩卖的各种东西，玩着当年没有玩够的游戏，互相拍摄记取今日的笑颜。

我注视着你的背影，内心充满着快乐和感激。仿佛一切都才刚刚开始，一切都还来得及，满心满怀的欢喜，只因为身边有你。

醉星辰

饮一杯酒吧，不诉离伤。

亲爱的师长们，感谢您的谆谆教诲，除了授予我们丰富的知识，更让我们明白了每个人都有自己的坐标的深刻含义。请原谅我拙于用言辞表达对您的敬意，您的谆谆之言，我会永远铭记，伴随往后的岁月。

亲爱的姐妹们，让我们相约长成开满香花的树，做自己的风景，不依附不攀缘，风起的时候，请你打开窗户，随风而去的芬芳是我不变的祝福。

亲爱的兄弟们，放飞你的志向，期待你们在各自的天空中盘桓翱翔，就算不能与你一同飞翔，但有你的天空也会让我更向往。我会一直守望着你，在你倦飞的时候，请你稍停一下，饮一杯为你沏好的香茗。

饮一杯酒吧，就此沉醉。真迷恋这样的深夜，薄醉微醺地走在北碚的街道，祈祷着黎明不要到来。

爱别离

当飞机离开重庆的地面，我的泪水开始坠落。

素来崇尚英雄豪情的我，竟然变得儿女情长起来。恍然明白，这些年来，我们似乎总在寻找着什么，寻找一种人群，适合居住的人群，没有世俗的目光，没有见利忘义的举止，只有清静无染的心地，还有年少无忧的热情。或许此时的留恋，仅仅是对那个青春岁月的留恋，对单纯明净同学情谊的向往。

美好的三天转瞬即逝。此时一别，又隔天涯。我们在彼此的眼中渐行渐远，如同我们渐行渐远的青春岁月，心中纵有万般的不舍，还是不得不放手。

亲爱的，你一定要幸福。

2014 年夏

家乡的路

陈　瑾○○

　　我的家乡在江苏南部一个遥远偏僻的小山村，那是我父辈生活和成长的地方。听爸爸说，小时候，因为没有通往县城的路，他从来都没有听过汽车的喇叭声和火车的轰鸣声。那时，连接村口与学校的就是一条弯弯曲曲，仅一尺余宽的羊肠小路，为了上学，他总是五更就开始赶路。去的路上全是下坡，仅后半个脚掌能着地；返回时，有几段路须手脚并用，手抓路边柴草，脚踩路凿出的坑向上攀。虽然只有十几里的路，但往返要五六个小时，有时一不小心，就会划破手脚，要是碰到刮风下雨，就经常会滑倒或摔跟头。就是在这样的路上，爸爸走了七八年，直到中学毕业。我想，这也许就是我记忆中最难走的路了。

　　6 岁那年，我随着爸爸妈妈第一次回到了老家。经过一路的颠簸，我们来到了镇上，距离村口还有 20 里。那时面对着一尺余宽的沙土小路，唯一的交通工具就是自行车。为了照顾年岁还小的我，爸爸到镇上大伯家借了一辆老旧的自行车，让我坐在前面的横杆上推着走。一会儿石子路，一会儿沙子路，一会儿上坡，一会儿下坡，坑坑洼洼，凹凸不平，颠得我在车上直叫唤。就这样也走了三个半小时才到村口。这时我的两腿已经麻木得什么感觉也没有了。我哭丧着脸说："以后再也不回来了。"奶奶马上抱起我说："会好的，一切都会好的，等你下次回来，就不会这样了，这比你爸爸当年已经好多了。"

转眼，到了80年代末，我军校毕业。怀着即将走上工作岗位的激动心情，我又一次回到了阔别已久的家乡，来看望年迈的奶奶。这一次，我是一个人来，坐在北去的列车上，我独自欣赏着窗外的风光，一片片绿油油的稻田，一排排新建的瓦房，一条条新开的土石路。到了镇上，还想再找找我一辈子都忘不了的羊肠小道，大伯对我说："没了，早就没了。改革开放这么多年来，党的政策好，农村发生了很大的变化，家家户户都富裕起来了，原来的羊肠小路早已修成了土石路。实行家庭联产承包责任制后，年年都是丰收年，农民要把生产的产品尽快地送到城里，就要有交通工具和路。因此，富起来的农民第一件事就想着要修路。现在道路和交通工具都改善了，往返的时间缩短了一半以上。路修好了，促进了致富，农民再拿出钱来修路。"大伯还高兴地说，"我们家的那架彩电就是路修好第一天，从城里买回来的。"望着当年的羊肠小路变成了今日宽大的土石路，我想起奶奶的那句话——会好的，一切都会好的。

改革的春风吹拂着祖国大地，一转眼步入了90年代。1998年初，大伯突然来电，奶奶病故，全家怀着悲痛的心情又一次坐上了北去的列车。一路上，我无暇欣赏窗外的风光，下了火车，乘汽车来到了镇上。只见大伯站在一辆工具车前，等我们全家。车驶出镇，很快就上了通往村口的新建公路。我很想看看这新建的宽敞的公路，就叫大伯把车停下，我们全家下了车。走在新建的公路上，我感慨万千，那崭新的、笔直的水泥路，多像一条连接城乡的纽带。路旁一排排农家小楼鳞次栉比，一排排乡镇企业的厂房拔地而起，两排整齐的电线杆就像武警战士两道威严的目光，两条绿色的草坪就像两道绿色的风景带。呵，美极了，好一条现代化的公路。大伯说，改革开放后，特别是90年代以来，农民更深知"要想富，先修路"的道理。像这样的公路，镇上已有了三条，它大大缩短了城乡的距离，为农民尽快致富奔小康起着添砖加瓦的作用。

光阴荏苒，时光飞逝。世纪交替之年我从部队转业，来到了政协机关，2013年借出差的机会我再一次踏上故土。时隔15年再一次回到家乡，我激动不已。一下飞机，出了机场，我们乘坐的中巴马上就驶向了高速公路，奔驰在家乡高速路上。我一边欣赏改革开放35年来家乡新美景、新气象、新变化，一边感受着改革开放后家乡的飞速发展——从原来的羊肠路、土石路、水泥路，到今天纵横交错的高速公路，四通八达的公路网……这一切的一切令我震惊，令我叫好。我们这一代既是见证者，又是受益者。

我不禁赞叹，赞叹祖国的富强，赞叹家乡的发展，更赞叹家乡那腾飞的路。

世界上纵有千万条路，但我最难忘的还是家乡的路……

2018年8月

故乡，回吗

○○陈根林

故乡，乃许多人心中之结。一句"月是故乡明"，千百年来不断叙述着游子心境；"告老还乡""解甲归田"，则一直诠释着国人崇尚的叶落归根。如此朴素情怀，在如今信息时代，能持否？

持之，不易。因为当今时代一日千里，绝非农耕社会日复一日、年复一年可比，"天上一日，人间十年"，几年光景故乡往往"物"非、"人"非，要回故乡融入其中，"和好如初"大不易——

儿时嬉戏的小河、池塘，或干涸或改道或堵塞，令人掩鼻，早已没有了往日的欢笑；昔日撒野的操场、小院，已被楼群或车辆"鸠占鹊巢"，痕迹不再、闹腾不复。当年的小伙伴大都散落他处、天各一方，相见的或被孙辈缠绕脱不了身，或沉迷麻将纸牌难以起身，或以"我真傻，真的，我单知道下雪的时候……"开场令人无以应对。至于你我自己，又何尝不另类呢？一日三餐、举止谈吐，乃至午睡小憩等养身之道，早已定式如磐难改变，似已无法再融入故土。

其实，持之，也不难——只是不矫情、不做作，换个角度和心态而已。

没了小河、池塘，不见了操场、小院，自有新的去处，图书馆、体育场、主题公园、农家书屋……早有另一番天地，也别有洞天，何必只强求昔日风景？再者，信息时代，网络让人天涯若比邻，找个故人畅叙有何难哉？更为要紧的是，常言道，"一代人有一代人的幸福"，我们正处于大变革时代，人类几千年积淀的经验、知识、财富徐徐展开，吾辈可品鉴、汲取、享用以往几代人才可能拥有的文明成果，如此大幸，夫复何求？

最关键的，回乡乃情所至。耳旁久违的乡音，眼前一张张不那么年轻、熟稔的面孔，特别是从一支烟、一杯酒，一句不经意的问候、一个无意相撞的眼神中，感受到的真挚、坦诚，令人心怀释然，总觉得自己从未离开、不曾别离。此情此景，足矣！

叶落归根，说到底是一份情感、一片心意，至于是否人回故乡并不是关键。如此说来，只要心存善念真情、心怀无疆大爱，身在何处，又有什么要紧呢？

第一站的回忆

○○林朝明

　　人生工作第一站，总有那么一些特别的回忆，无论岁月再怎么流淌，都不会从脑海中被擦拭掉。夏道镇，是我参加工作的第一站，隶属于南平市延平区，地处闽江上游，素有闽江源头"第一镇"之称。慢慢拾掇过去，那段重建家园的日子，让我倍加怀念。

　　那一年，"世纪洪魔"在中国大地到处肆虐。对南平人来说，1998年6月22日是刻骨铭心的。闽北大地，暴雨如注，山洪咆哮，漩涡翻滚，浊浪滔天，一片汪洋，房屋坍塌，水电路通讯中断……一个多月后的8月15日，我从永春老家出发，倒了好多趟车，到镇政府时已是黄昏。当时我脑子还晕乎乎的，可是眼前场景惊呆了我：一道醒目的油漆红线画在镇政府办公楼一层离地面一米多高的地方，边上标注"1998年6月22日洪水线"，墙面上白下黄，泾渭分明，洪水留下的无情印迹清晰可见。

　　报到后，镇里安排我参与桥头村的灾后重建。桥头村，紧挨着镇区，坐落于闽江畔，傍山枕水，村里绝大部分是夯土墙房子，洪水过后，全部坍塌成为废墟——桥头村是延平区乃至南平市受灾最严重的村庄之一。远远望去，满目疮痍，一片狼藉。叹息、焦虑、泪水、恐慌……桥头村村民们陷入失去家园的悲痛中。洪灾过后，镇村组织的恢复生产生活正常秩序工作紧锣密鼓地推进着。全力以赴打好灾后重建攻坚战，保证桥头村村民 1999 年春节前搬进新房（注：至少盖好一层砖房），这是上级党组织的明确要求，也是我们灾后重建工作队的共同心声。乡村道路、田间路头、废墟残址前、断石倒墙边，到处活跃着工作队员们一个个忙碌的身影。政策讲解、实地勘查、土地丈量、规划设计，工作一步步进展顺利。老百姓紧缩的眉头逐渐舒展开来，憨厚的笑脸也慢慢扬了起来，心中重又燃起对美好生活的希望。

周边各地重建工作如火如荼，砖头紧俏，供不应求，而且品质不一，有的貌似生坯子，有的欠缺火候，但还是有很多人连夜守在砖厂甚至蹲在未出炉的砖炉前"抢"货。桥头村的村民们提出来，村子挨着闽江，房子重建品质要高，才能扛得住风雨，希望工作队帮忙联系品好质优的砖头。也不知从哪里探来的消息，听说近百公里外的沙县青州镇的砖头品质特好，负责桥头村工作的臧副镇长火急火燎地领着我们一帮年轻人，带着村民们满满的期盼出发了。消息准确无误，整个青州镇有好几家砖厂，砖头库存不少，臧副镇长用他老辣的眼光瞄了瞄，左右手各抄起一块，轻轻碰撞，一阵均匀清脆的响声传来。"这个好！"他大声叫道。接下来，他亲自坐镇驻守砖厂，我们有的去取现金，有的找货车，有的押运车，各自忙开了。大货车一辆辆排列开来，轰轰作响，浩浩荡荡，满载而归，煞为壮观！这次特别行动持续了个把月。一块砖一块瓦，砌起了高墙，垒起了新房，筑起了一方百姓的幸福梦想。这次行动，我们戏称为

"沙"拉"青"砖。

重建工作中有时会遇到一些烦心事，有时工作难以推进，但是总有那么一种信念、一种精神、一种力量在支撑着我们往前冲。11月的某一天，传来省里领导要来慰问受灾群众并视察灾后重建工作的消息。下午大概四点多钟，我远远望见一辆中巴车在桥头村村口停下，一大堆人下车径直进了村。后来，臧副镇长告诉我们，刚才来视察的是省委副书记习近平，他看完后对桥头村重建工作相当肯定呢。工作队员们听完个个兴奋不已，像打了鸡血，干起活来更卖力更起劲了。1999年春节前，桥头村的老百姓们如期搬进新房，噼里啪啦的鞭炮声隔三岔五地震天响。

如今，当我坐在高铁上，听到广播传来"列车前方到站是南平北站（2019年底改名为延平站）……"都会扭头朝窗外深情地望一望，因为高铁站对面，闽江那一岸，有我的夏道第一站，那里珍藏着我永不磨灭的满满回忆。

千层之塔，始于一砖；万里之行，始于足下。后来，我出发去了下一站、再下一站。我想，每位党员干部何尝不是"一块砖"，人民需要我们往哪一站搬，就应该往哪一站搬！

2020年4月

客家乡土菜

钟荣誉 ○○

对于在外地工作的人来说，过年是一个团圆的日子，更能大快朵颐家乡味。家乡地处闽西深山，一条碧水穿城而过，年轻人都外出工作，只有老人家守在乡中，平静得仿似沈从文笔下的凤凰古城。老家山村，寥寥数户人家，静寂山坡边，一畦畦碧绿芥菜、萝卜，霜后清甜脆嫩。韭菜、小葱、蒜苗见缝插针，各自茁壮。勤劳的婆婆早已腌制好鸡鸭鱼肉，烧制了客家烧猪肉，晒了各色干菜干豆，酿了甘甜清洌的客家米酒，静待游子归乡。

客家人喜食鸡鸭、狗肉和野猪、山羊等，传统的盐焗鸡、酿豆腐和烧猪肉这三样过年必定上桌，常吃不腻，回味悠长。客家菜"无鸡不清，无肉不鲜，无鸭不香，无肘不浓"，用料讲究鲜嫩，野生、家养、粗种。乡中鸡鸭放养山上，啄食草籽虫，体健肉实，加工讲究煮、煲、炖，粗刀大块不破坏食物营养与纤维；以笋片炖鸡汤，有滋阴补肾等功效；盐水煮后的白切鸡、白切鸭，更是原汁原味，肉质鲜美，更有嚼劲。

山中物产丰富，野菜更多。深山红菇是滋补佳品，炖汤味道醇厚，补血养颜；近年来金线莲身价了得，一跃成为解毒抗癌神药，其实客家人早就用金线莲泡茶饮用了。普通农家过年要烹制的薯粉包、梅干菜、各色长菜干，也来自山野田间。木薯或者紫薯磨粉，较之白面粉或者米粉营养价值更高，口感更弹牙。梅干菜切成段，配以野猪肉，蒸制而成名菜"梅菜扣肉"，黝黑梅干菜吸取肥油，堪称佐饭良品。各色菜干，炖汤放入，既有菜的清香，较之新鲜菜叶又有不一样的味道。吃粗吃杂，有益身体健康。《黄帝内经》提出的"五谷为养，五果为助，五畜为益，五菜为充，气味合而服之，以补精益气"很有道理。

客家人尤其喜欢吃内杂，由于烹调得法，能做出各种各样的美味佳肴。例如爆炒鸡杂、牛杂，龙岩很多牛杂汤店做得都不错。家乡的猪胆干更是闻名，风味特异，初食者感觉苦中带甘，后回味香而微甜，柔韧适口，凡品尝的人无不拍案叫奇。年节时，将碟里蒸出来的原汁浇在切好的肝片上，再撒上一些熟鲜笋片或蒜（葱）片或少许香油保持它原有的独特风味，夹一小片于口中，细嚼慢咽，香、甜、甘、苦、醇、清的多种味道才能品尝出来，其味无穷。

家乡年味最浓厚，期待家乡风味菜。

乡愁的解药

高　琛○○

余光中先生说乡愁是小小的邮票，是窄窄的船票，是一方矮矮的坟墓，是一湾浅浅的海峡，让人生出无限的悲凉与惆怅。"乡愁"这个词的解释是"怀念家乡时忧伤的心情"。对我而言，乡愁没有那么多忧伤，没有那么多"愁"，也许是离家不够远，乡愁是家乡各种各样的吃食，是妈妈煮的饭菜，是阿嬷的味道。美食，是乡愁的最佳解药。

我的家乡——霞浦，对于本省人来讲耳熟能详，如今借助网络的力量，也已名声在外了。据说已成为网上票选的"摄影人必去的十大风光摄影胜地"，被称为"中国最美的滩涂"。

霞浦古称"温麻""长溪"，晋太康三年（282）建县，元至元二十三年（1286），长溪县升为福宁州，辖福安、宁德两县。清雍正十二年（1734），升福宁州为福宁府。清代李拔所著的《福宁府志》记载："霞浦即福宁州旧地，雍正十二年福建总督郝玉麟奏升福宁州为府，增置附郭县曰霞浦"。福宁府辖五邑，霞浦是府治所在地，另有福鼎、寿宁、福安、宁德四县，"福寿安宁四者俱备"。"浦"是指河流入海口的地区，因县境西南有霞浦江，"水如明露，江中有青黑元黄四屿，地折通潮入于海"，又有霞浦山，"昔普陀仙居此"，谢邦彦诗云："十里湾环一浦烟，山奇水秀两鲜妍，渔人若问翁朝代，为报逃秦不计年。"这是"山以江名，县以江名"。城关又别名"松城"，因"昔刘太守（明正德初知州刘象）种松万株于龙首（山），蜿蜒如城，因名松城也。"

霞浦自古就是鱼米之乡，海岸线长达480公里，滩涂众多，"八闽海鲜出霞浦"，特别是品种繁多的贝类。生于斯长于斯的我，是吃货一枚不足为奇。当乡愁袭来时，余光中先生的诗早已抛诸脑后，脑海中飘过的是鱼面、鱼丸、糊汤、炒肉糕、茶饼、剑蛏、全炸瓜……我不过个伪装成文艺青年的吃货。好在福州离家并不远，两个小时的高速或一个小时的动车，随时可以来一次说走就走的旅程。

依俤公的鱼丸

官井洋的黄瓜鱼自古闻名，叫作"官井瓜"，更盛产其他种类繁多的鱼，白鲫、鳗、鲳、鲈、马鲛、真鲷、红古……外地的朋友到了霞浦的市场里就如同进入了海洋馆，若非土生土长的本地人，根本叫不出名字。得益于家中长辈多在水产部门工作，我认识许多稀奇的品种，连"土咕噜"和"鳗吹"都能区别开来。在霞浦人的饭桌上，鱼丸、鱼面、鱼片是家常菜，也是年节不可或缺的传统菜。霞浦的鱼丸与福州的大有区别。福州鱼丸Q弹，霞浦鱼丸"幼"（嫩），鱼肉的比例要高，地瓜粉要少，馅是五花肉加香菇丁、葱末，讲究现打现吃。制作鱼丸叫"打鱼丸"，黏稠的鱼浆摊在掌上，放上馅后，合掌从虎口处挤出，再用特制的圆勺舀进热水中。鱼丸煮好后白白胖胖，嫩如豆腐，才是上佳之作。在我的私人最佳鱼丸榜单上，目前只有两家上榜。第二名是西门外观音亭对面的"东冠鱼丸"，现在的老板娘60来岁，已是第三代传人，每天上午备料，下午两三点开始营业至凌晨，鱼丸打得好，鱼羹、鱼片、鱼皮汤也很好吃。我把第一名给了东关老街上的无名鱼丸摊。这家老板极有个性，坚持不开店，在老街人家屋檐下摆个摊子，支两口锅，一张桌子。每天做固定的份额，11点前就会卖完，其中大部分都是当日一早到摊子前付了钱，一出锅就来拿的。所以我每次都很自觉地等老板舀出足够的份额了，眼巴巴地问："这锅还有吗？我要10个。"要不你就得付了钱，守在摊子前等下一锅，再迟的话那就对不起了，明日请早。

写到鱼丸我就想起家族中的依俤老太公，和我曾祖父同辈，小辈们都称他"依俤公"或"阿太公"。依俤公是城里有名的厨子，以前城中大户人家有婚丧喜事办筵席，都要请他掌勺。老太公虽然年事已高，却时有徒子徒孙上门请教。妈妈过年备年菜打鱼丸也要问上一句："阿太公，我这么多鱼浆要放多少粉多少水？"我生女儿那年在家休产假，依俤公已经92岁了，耳朵聋了，还有点老糊涂了。一天颤巍巍地端了一碗鱼丸来给我，我以为他是买给我女儿吃的，跟老人家解释孩子太小，吃不了。依俤公用颤抖的手指着我大声喊："给你吃的，琛琛吃的。"在阿太公开始暂停的记忆里，我还是那个坐在厅堂踏斗上等妈妈下班的小女孩吧。如今老人家早已作古，我还怀念那鱼丸的香味。

那一碗酸辣鱼片汤

每次想家时，我最想吃的就是那一碗酸辣鱼片汤。鱼片多用鳗鱼、红占鱼制成，口感筋道，如果喜欢嫩一点，可以用黄瓜鱼。鱼肉去骨切段，再片成约 4 厘米×6 厘米的鱼片，说是"片"，实际上略有厚度。用盐、糖、米酒、姜末略腌，再用干地瓜粉"抓一抓"，不可放水，让干粉把鱼肉本身的水分和佐料吸收，才能保证鱼肉的 Q 劲。鱼片先在滚水中焯熟，沥干水，煮时另用清汤。鱼片汤以酸辣为正宗，要用辣椒浸制的辣椒水，不可放辣椒酱，也可放胡椒粉，讲究汤头清爽，醋宜用白醋，不可用陈醋，有糟味，还要放大量白糖，酸甜辣兼备。这是正宗的本地做法，外婆教给妈妈，妈妈教给我和妹妹。我们家的女汉子们个个厨艺都不错，老爸常说我们家的男人都是有口福的。我最喜欢在寒冷冬日煮一锅酸辣鱼片汤，看着家人们把它一扫而空，充满成就感。如果再烫上一壶霞浦带来的寿松酒，夫复何求！

腌仔姜

初夏时节，新姜上市，又称"仔姜"，嫩黄色，每一节处包着三角形的绯红色的膜，这个膜学名似乎叫"鞘节"。仔姜既可生吃，又可热炒，古人称之为"蔬中拂士"。《本草纲目》称："姜辛，微温、无毒。"颜色淡黄，体态修长为佳。古人形容美女"手如柔荑"，可我觉得细长的仔姜更像修长的手指，绯红色的鞘节就如同粉色的指甲。

阿嬷会做好吃的腌仔姜。每年的初夏新姜上市时都会做几次吧。我很认真地学了这道小菜，夏天到了也会做上几次。如果没吃到腌仔姜，就好像夏天没吃上杨梅，秋天没有吃毛蟹这些应季食品，这个季节就不算过过了。

腌仔姜最好一次做多一点，放在冰箱里冷藏，个把月都不会坏。做法如下：仔姜三四斤，用小刀刮去外层苦皮，削去顶端的粗头，洗净沥干。先把靠近根部的老粗部分切掉（可以留着炒菜用），嫩的部分切成细丝。这是一项艰苦工作，切完三四斤姜丝，手臂几近酸麻。切好的姜丝放在一个大盆里，洒上适量盐，用力揉搓，力度要掌握好，太小挤不出苦汁，太大则会弄碎姜丝。揉到姜丝变软后，分小团挤干水分。另取一盆，放入姜丝，加大量白糖、白醋（不可用陈醋），少许盐，搅拌均匀，放在常温下静置两小时，让它微微发酵，中间搅拌几次，让糖醋汁均匀浸泡。两小时后装入保鲜盒，放入冷藏箱，冰镇一小时后即可食用，又脆又嫩，酸中带甜，还有姜特有的辣劲，配稀饭或下酒都极好。

《红楼梦》第 30 回里，宝黛钗三人闹别扭，王熙凤说："这么大热的天，谁还吃生姜呢?"借此打趣三人。看来北方夏天是不吃生姜的，但我们老家腌仔姜是一道传统小菜，也是夏季的消暑佳品，没有腌仔姜，夏天就少了一小部分，有味道的那一小部分。

阿玉阿婆的"扁肉面"

我家祖屋所在的巷子叫"文章阁",东西两边各有一条南北贯通的纵巷,东边的通往曲井头,因此叫"曲井巷",巷子中段有一座亭子,叫"康济亭头"(亭子在霞浦方言中称为"亭头")。曲井头的老街是旧时的大街,街两边的宅子都是从前城关出名的商户。"曲井头"这个名字是因为西门大街在此拐弯一曲,拐弯处有一口宋代古井,因此得名。《福宁府志》说:"曲井在西新城中,井窍通海,时或涨溢,则为吉兆。"曲井从前是这一带居民的水源,每日一早,家家户户的女人们聚集于此,打水洗衣洗菜,交换各路小道信息,此地就是主妇们的社交场所。如果给它起个时尚的名字,可以叫作"曲井沙龙"。

从曲井头拐出去是西门大街,街口有一家卖"扁肉面"的老店,老板是个老婆婆,妈妈这一辈人叫她"阿玉阿姨",我们称她"阿玉阿婆"。"扁肉面"是霞浦土话,意思就是"扁肉店里卖的那种面"。霞浦方言和福州话一样同属闽东方言,保留了大量的古汉语,言简意赅,用普通话解释起来虽然拗口,但也意趣盎然。言归正传,阿玉阿婆的店原本主业是轧面,然后批发给面店。店很小,大约 15 平方米,从前店里摆了一架轧面机,门口摆着煮面的摊子,店里只能放下一张桌子,其他的只好支在门口人行道上。这几张简陋的桌子从早到晚都没有空闲过。"扁肉面"是霞浦人日常生活中不可或缺的,早餐是"扁肉面";宵夜是"扁肉面";下午的点心是

"扁肉面";客人来了不是饭点,先上街买碗"扁肉面"回来奉客;小朋友们放学早了吃碗"扁肉面"再回家做作业;没有生计时那就摆个"扁肉面"摊,也能赚点小钱微薄度日。"扁肉面"做法很简单,盐、味精、酱油少许,葱花小撮,葱头油一小勺,滚水冲开,面一团放入锅中烫熟,捞起放入调好的面汤中,再放上一勺红烧肉末即可。简单清淡却有滋味,吃的时候还可配上一颗油炸过的荷包蛋。阿玉阿婆的秘诀在于汤中另加的那一勺蒜头醋,提味。去年冬至回家时,特特起了个早到阿玉阿婆店吃面,看到的却是一对年轻夫妇在忙活,说是阿玉阿婆瘫痪了,把店转让了,我面也没吃就打道回府了。不知道阿玉阿婆现在怎么样了。

　　旧日的时光早已远去,旧时的人有的已不在,我虽然离故乡并不遥远,但此刻想起往事,似有乡愁在萦绕。

2015 年 5 月 13 日

旧 食 光

○○高　琛

过夏、重酿和寿松酒

霞浦旧俗称坐月子为"做月里"，产妇要喝鸡汤、蛋酒。产后十四天，俗称"十四旦"，要向亲友分送油炸荷包蛋、米酒，称之为"送蛋酒"。亲友们来探视产妇和新生儿，主人也要奉上"蛋酒"做点心，这酒都是自家酿的米酒。

每年的冬至是酿酒的好时节，据说冬至这个节气的水最好，称为"冬至水"。家酿的米酒分红、白两种，酿造程序略有不同。我们家酿酒一般都在冬至这一天，妈妈一早就开始忙活了。先将准备好的糯米洗净浸泡两个小时，然后放入木蒸笼中大火蒸。不可加盖，不可加盖，不可加盖，切记！（重要的事情说三遍）米是从底下往上熟的，要注意观察，等到最上面的一层米都晶莹剔透了，说明蒸笼里的米都熟了，这时熄火再盖上盖子，捂 10 来分钟。糯米饭蒸熟时是孩子们最高兴的时候，这时妈妈会给我们捏一个大饭团，中间放一勺白糖，热乎乎的饭团咬开，半融的糖浆胜却无数美味，带来简单却纯粹的愉悦。

蒸米的同时，将备好的酒缸用滚水浇遍，起到杀菌消毒的效果，酒缸是专门用来酿酒的容器，宽口大肚，和酒瓮不同，酒瓮是用来盛酒的，大肚窄口。二者都是粗陶。

糯米蒸熟后，连饭带笼放在中空的木架上，下置一大盆，然后取冷水浇在糯米饭上，要淋遍淋透。怎样算淋透？将手放在蒸笼下测一下流下的水温，不温不热与体温接近即可。这时糯米饭已凉，但是这道程序尚未结束，还要将刚才放在蒸笼下的那个大盆中接到的淋过饭的温水再次用来淋米饭，谓之"回温"。

糯米饭淋好了，酒缸也烫过了，下一步就要"拌曲"了。将微温的糯米饭和一定比例的白曲粉放在大竹匾上拌均匀，通常饭与曲的比例是1∶0.4，米一斤曲四两。拌好的饭曲可以入缸了，用瓷碗一碗碗舀入酒缸，压实。然后将压实的饭曲中间留一条直通到缸底的直径五六厘米的"井"，这口"井"叫"酒窝"，是何用处我等下再说。然后要把缸口四周的饭曲清理干净，防止霉变，盖上盖子，放在温暖适宜的角落静待发酵。晚上夜深人静时把耳朵趴在缸壁上，可以听见酵菌们叽叽喳喳地成长着。这是儿时我和妹妹喜欢的一项开心又神奇的游戏。用白曲酿的叫"白酒造"，用红曲酿的叫"红酒造"，程序略有不同。如果天气寒冷，要防止酵菌冻伤，"发"不出来，就要用稻草或棉絮给酒缸做一个温暖的窝，叫"酒窠"。

接下来每天都要细心观察发酵情况，要发酵到什么程度才算可以呢？之前提到的那个井状"酒窝"，当酒汁充满这个"井"，与"井"沿持平时，说明发酵完成了，这个过程大概需要3天，这个

"酒窝"就是一个观测点。（如果 3 天还发不满，那说明酿造失败了。）现在要往缸里加水了，以井水为佳。饭曲和水的比例是1∶1.2到1∶1.5之间，1.2 的可以称为纯酿，1.5 的就差不多是梁山好汉们解渴的水酒了。特别要说明的是如果酿的是给产妇吃的"月子酒"，那就不可用生水，须用凉开水，生水酿的酒产妇吃了是要拉肚子的。现在开始每天都要用"酒探"（一根长棍子末端钉一块方形木板）均匀地搅拌一次酒酿了。刚开始饭粒是漂浮状的，几天后饭粒渐渐往下沉淀，逐渐层次分明了，上层是酒水，下层是酒糟，这个阶段叫"沉缸"。当酒糟完全沉淀后就不需要再搅拌了，让它静置发酵约 3 周就可以抽取酒水了。用细篾条编成的长柱形"酒篓"放入缸中，将米与酒水分离，将清澈的酒水舀入消毒好的酒瓮里，上覆竹叶和细篾条编成的盖子，再盖上一层红布，还要压上谷壳和黄土拌匀压制的盖子，安置到阴凉干净的角落，如此就算大功告成了。

　　冬至酿的酒，春节就可以拿出来待客了，保存得当可以一直喝到来年冬至。经过了一个夏天，水分蒸发，酒更醇，称为"过夏"。第二次酿酒时不加水，用第一次酿出的酒当水加入饭曲中，酿出的酒称为"重（chóng）酿"。重酿经过了两次发酵，米粒中的糖分得到最大限度的发挥，使得口感更加柔和，后劲绵长。重酿中最出名的当属"寿松酒"。这是霞浦酒厂的拳头产品，经久不衰，使得霞浦酒厂也成为为数不多的至今依然健在的国有企业。每年我都要到霞浦酒厂的门市部买几十斤带回福州，微温的寿松酒尤其好喝，冬日小酌必不可缺，夏日加冰亦佳，喝过的朋友无不惊艳，念念不忘。

曲井头的茶饼和炒肉糕

康济亭头往南到曲井头这一段，旧日是繁华的商业街，有当铺，大清邮政局福宁府邮局也在此。当铺旁是一条东西贯通的巷子，可以到达西面的双佛塔亭头。登俊巷里有谢家大宅，就是阿嬷的养父，我的谢家外太公的祖屋，老爸在这里度过了一段快乐的童年时光。登俊巷口往南是陈厝里（陈姓人家的大宅），当街的这间房曾经开了一家饼店，开了许多年。他家的炒肉糕好吃，茶饼更好，还会做猪油糕和花生糕。我每次回祖屋看阿嬷都要拐到这儿买点糕饼。老板说他祖居西门外，三代做糕饼，这附近街坊都在他家定做茶饼。

霞浦人说的茶饼，不是压制成饼状的茶叶，但也和茶有关，是喝茶时的点心，所以叫茶饼。茶饼通常为圆形，五仁馅，咸甜口味，直径约10厘米，厚约1.5厘米，用木饼模压制，一面有花纹，中间点红。这茶饼也是男女订婚时的必备之物。谁家有茶饼吃，一般都问句"谁家孩子结婚了？"茶饼是订婚时的礼饼，由男方定做好后送往女家，再由女家分送亲朋好友，仅限女方。也就是说有女儿的人家亲朋好友才有享用茶饼的待遇。茶饼定做的数目由女方说了算，亲戚多就多定，少则少定。少则六八百块，多则一两千块，但是不论多与少，都必须是双百（比如六百、八百、一千），不可单百（比如五百、七百、一千一），取其成双成对之意。其中还大有讲究，每一百块茶饼都要搭配两对鸳鸯饼（鸳鸯状的茶饼）和一块大茶饼。这鸳鸯饼还要一合一合（霞浦方言称"一对"为"一合"）用五彩丝线绑在一起，订婚当日和"四色"[①] 等其他聘礼一起送往女家，还要摆在最上面的显眼位置，寓意"百年好合"，霞浦人谓之"讨衣食"，也就是讨口彩之意。那块大茶饼叫"饼头"，更是了不得，不是一般亲戚可以受用。霞浦人最看重娘家舅舅，新嫁娘出嫁当日要由舅舅"封衣"后，再由舅舅背或牵上轿。这大茶饼就是舅舅专享的。如果女方要求1000块茶饼，那就有10块"饼头"，这10块饼头就由舅舅们享用了。这"饼头"可不是白吃的，外甥女们在夫家受了委屈，舅舅们可就得出面说话了。

再说"炒肉糕"。炒肉糕其实没有肉，是用地瓜粉加一定比例水、糖、少许薄荷冰调成浆，煮熟后放在大铁盘里冷却凝固，再切成约10厘米的方块，上面撒着碎花生、红枣、白芝麻，是夏日的小点心，清凉解暑又易消化。因为凝固后有弹性，颤巍巍的像块肥肉，所以称为"炒肉糕"。

登瀛坊的豆腐仔和糖塔

文章阁西边的巷子通往登瀛坊，中段也有个亭子，亭子边有两尊佛像，因此叫"双佛塔亭头"。双佛塔亭头往西的横巷里有一座出名的大厝，因为被雷击过，所以被称为"雷打厝"。穿过雷打厝巷就是"医院坡"了，外婆家就在"医院坡"的坡尾，小时候我常

---

① 四色：订婚时男方送往女方家的四种礼品。通常是黄瓜鱼一对、蹄髈（30斤起）、线面、蛋。其中鱼和肉是固定的，其他两样可自选。

带着妹妹走这条路去看外婆。

　　双佛塔亭头继续往南走到底就是登瀛坊了。我莫名地喜欢这古意盎然的名字，每次念它都会想起李白的《梦游天姥吟留别》中的"海客谈瀛洲，烟涛微茫信难求"，这登瀛坊的"瀛"是那个"瀛洲"吗？登瀛坊也有个亭子，街坊四邻的老人每日都在这儿谈古论今。亭边一到夏天就有个卖豆腐仔（豆腐脑）的小摊子，豆腐仔凝固在一口大瓮里，卖时用白铁皮做的平底勺"撇"出来。雪白的嫩嫩的豆腐仔，再加一小勺白砂糖，让小小的我可以满足上半天。那个摊子现在还在，不过豆腐仔已不是当年的五分钱一碗了。登瀛坊牌坊东边有座老房子，是妈妈的外公家。为什么不说"外婆家"而是"外公家"呢？我的外婆生母早亡，继母不容，外婆小小年纪常年寄居亲戚家，长大嫁人后因继母不喜，娘家也少回，妈妈没有外婆，所以只说"外公家"。不过缘分这东西甚是奇妙，妈妈的外公家和老爸的姑姑家是对门，我的父母第一次相见即是在此处。

　　登瀛坊前的大街到了八月十五都会有卖糖塔的摊子。糖塔是八月十五中秋节才有的，用白糖加食用色素熬煮后，浇入各种花样的木模中冷却凝固而成。最主要的造型是七层宝塔，所以叫糖塔。传说糖塔起源和戚继光有关。明代嘉靖年间的某一个中秋夜，倭寇围攻松城，由于援军未到，戚家军为了迷惑倭寇，组织年轻男子用绳索捆住青石块，在城中拖曳奔跑呐喊，让倭寇误以为城中兵马众多。老百姓用光饼和糖块劳军。倭寇被击退后，人们认为这种糖块是吉利平安的象征，后来经过手艺人的加工，出现了更多造型，常见的有宝塔、公鸡、麒麟、鸳鸯等。霞浦风俗中有两节和外婆有关，一是正月十五的元宵节，外婆要买花灯给外孙（女），因"灯"与"丁"谐音，"添灯"即是"添丁"。二是八月十五的中秋节，要买糖塔送外孙（女），寓意保平安。制作糖塔要大量的白糖，小时候能有个糖塔是件奢侈的事。我们家是两姐妹，所以外婆要买双份，也是笔不小的开支吧。外婆给我们买了糖塔总要交代别到舅舅家的表姐妹们面前"嘚瑟"。过完了节，糖塔不可以马上吃掉，要摆在五斗橱的玻璃柜里，到快融化了才有得吃。如今妈妈每次问我的女儿："阿婆给你买糖塔吧。你要什么样的，要几个？"现在的孩子却是不屑一顾。

后九节的炒糯米饭

炒糯米饭是霞浦正月二十九这天的应节食品。福州人称正月二十九为"拗九"，我们呼为"后九"，意思是正月的最后一个九，意味着正月即将结束了。这天要吃糯米饭，是糯米干饭，不同于福州的红糖糯米稀饭，所以是"炒"糯米饭，而不是"煮"。家家都会煮上咸、甜两种口味，咸饭尤受欢迎。现在卖糊汤（小吃）的早餐店多兼卖咸饭，但配料较少，味道尚可。

糯米要先蒸熟，木蒸笼蒸的最佳，如果嫌麻烦也可用电饭煲焖。焖时水需略比白米少，饭粒要煮得稍硬，然后翻松、凉透。配料有瘦肉、去壳小虾干、发好的目鱼或干贝、香菇、小葱。葱要白、绿分开，切成葱珠，其他配料一律切丁。泡发干贝的水留用。热油爆香葱白，再放入全部配料翻炒，加适量盐，少许米酒炝锅，再放泡发干贝的水，烧开后略焖 3 至 4 分钟，放入熟糯米，翻炒均匀，起锅前放葱花即可。炒糯米饭的秘诀在于少放水，保持米粒的 Q 感和嚼劲。

我偏爱咸饭，小时候一口气可以吃两碗。似乎小孩子都爱糯米类的食物，张爱玲小时候说："八岁我要梳爱司头，十岁我要穿高跟鞋，十六岁我可以吃粽子汤圆，吃一切难以消化的东西。"比起她来，我是个任性而又幸福的孩子。阿嬷最喜欢甜糯米饭，"后九尾"那天妈妈就会派我送一大碗给阿嬷，阿嬷每次必给零花钱，这在儿时是一项美差。

21号院的美好时光

○○黄国林

谷雨刚过，一场淅淅沥沥的雨也悄然而至。"沾衣欲湿杏花雨，吹面不寒杨柳风。"这个时节的雨自个儿带着几分轻柔曼妙。清晨的21号院，每一处的花草树木都宛然还沉睡在夜雨的节奏中，半梦半醒，任凭早起的鸟儿在枝头喧闹着。

晨昏交替，寒来暑往，20多年的美好时光悄然过去。从我迈进这个院子的那天起，这样的闹春图，年复一年地上演着。时光不老，而我却已从青丝到白头。古人说，人生如白驹过隙，诚不我欺也。

说起来，我能有机会成为省政协机关大院的一员可谓是机缘巧合。记得大概是1996年春末夏初的一个周末，我和女朋友也即现在的妻子前往华林路拜访一位朋友，路过省工业展览中心（现经贸大厦）门口时，看到里面的展厅人声鼎沸，走进里面看，有很多摊位，每个摊位前都竖着一张省直单位的牌子。原来，今天这里成了福建省首届考试录用党的机关工作者和国家公务员的现场报名点。

当时的我刚从福建师范大学毕业留校参加工作两年，是校长办公室的一名科员，负责校领导各种讲话稿的起草、校务会议的记录及纪要的整理。每周的校务会议，什么议题都有，记得有一次居然连某一座公厕改造要贴什么样的瓷砖都拿到这样的会议上来研究。所以，经常是一大摞的议题，一个上午开不完，吃完食堂送来的小笼包接着开。更让人糟心的是，那时候的高校教师住房普遍紧张，我和一位留在中文系任教的同乡合住在校内筒子楼的一间宿舍里，没有厨房，没有盥洗室，一层楼几十号人共用一个卫生间和洗衣池。

那时的记者职业，待遇好，还是人们眼中的无冕之王。大学毕业前夕，我曾委托同学，让他在福州晚报社发行部任职的父亲把简历投给总编办。得到回复说，他们很想要我，遗憾的是因为师范生的身份，按照当时的政策，不能直接接收，得先在师范口就业，然后再改行。

那阵子，校部机关先后有四位同事离职去了行业报。我正想着要不要也跳槽去报社，没想到碰上了首届公务员招考。更巧的是，在众多的"摆摊者"中我看到了一张熟悉的面孔——高中隔壁班同学、厦门大学中文系高才生林金章，此时的他是省政协办公厅人事处的一名干部。后来，当王菲的经典歌曲《传奇》满大街传唱的时候，我用其中的歌词和他开玩笑说"只是因为在人群中多看了你一眼，结果误打误撞成了你的同事"。

那时真是年轻啊！目标即定，就铆足了劲誓不罢休，两个月的暑假愣是闭门谢客、足不出户，一心只念"圣贤书"。如今，在我的办公室抽屉里，还保留着两张"福建省首届考试录用党的机关工作者和国家公务员准考证"。其中一张准考号是：00010175，考场设在福州三中，考试时间是1996年8月28至29日；考试科目那真叫多，分别是：马克思主义哲学基本原理、建设有中国特色社会主义理论、社会主义市场经济、行政职业能力、法律、行政管理、公文写作与处理。这是公共科目的准考证，上面盖着省委组织部的钢印。另一张准考号是：0145179，考场设在屏东中学，考试时间是 1996 年 10 月 12 日。这是专业科目的考试，上面盖的大红印章是"中共福建省委组织部考试录用专用章"。

在抽屉里，陪伴着准考证的还有一张泛黄的通知书。经过两轮笔试，终于盼来了面试通知。"黄国林同志：省政协机关公开考录工作人员面试时间定于 1996 年 11 月 7 日在省政协委员之家三层会议室（福州市五四路 21 号）举行。请您于当日上午 7：30 前到场，不得迟到，参加抽签，宣布考场纪律和有关注意事项。原定考生 11 月 5 日开会取消，特此通知。"落款是省政协办公厅人事处，时间为 1996 年 10 月 29 日。

多年后，作为当年面试工作人员的同事过丹虹还调侃我说，面试过程中我的双脚一直抖个不停，在一旁的她看得头都要晕了。这话虽有些夸张，可那真叫紧张啊！考官问了些啥，我是怎么回答的，如今我全然想不起来。开场白倒是记得很牢，因为我是报考同一岗位中最后一位出场的，我说：好酒沉瓮底。

有志者事竟成。经过两轮笔试，一轮面试，我最终以三轮第一的成绩得偿所愿，告别长安山，开启 21 号院的美好时光。

所有这些，历历在目，恍如昨日。然而，如同蔡琴在《油麻菜籽》中所唱："才盼望你将我抱个满怀，日子就已荡呀荡的来到现在。"伴随着大院的花开花落，我迎来了娶妻生子，也送走了至爱双亲。不知不觉，这一壶曾经自以为的"好酒"已然有了些年头。

几天前，一位比我年长五六岁的大姐带着她上幼儿园的孙子到我家串门，打过招呼后，大姐让她孙子叫我"小爷爷"。我愣了一下，半天没回过神来。大姐是北方人，大大咧咧的，全然未察觉我的小心脏已快承压不住。我有这么老吗？不过，想想在乡下仅年长我两岁的兄长，几年前就已经当了外公，且再过一年，我就将跨入古人所说的知天命之年。内心也渐释然。

也许时光的起承转合，总是如此出其不意。有句话说，岁月不曾败美人。然而，纵使是远在美国的演员陈冲，都不由自主地在日记中慨叹时光之刃的无情：有时它把你忘了，你也就把它忘了，甚至忘得干干净净。然后有一天，它好像突然想起，好久没去拜访这个人了。那天你会惊讶地发现，它在你不知晓时已经到来，你太大意了，忘了躲开。

躲是躲不开了，那就勇敢地去直面吧。"知天命"不是听天由命、无所作为，而是谋事在人、成事在天，努力作为但不苛求结果。正如前些日子，在省政协机关微信群里，当我感叹"虽还有一颗文艺的心，却已不再青年"时，陆开锦秘书长所说的——让我们重回青年！

又想起几日前赴口腔医院的那次调研。结束回到机关时，收到了医院一位副院长发来的微信："还是你们那风水好，90 岁的主席都这么精神矍铄、思路清晰！羡慕。"她所说的主席是省政协原主席游德馨。早在 1948 年 3 月，游老就已加入中国共产党并参加工作，如今已是耄耋之年还夙夜在公，闲不下来。

这些日子里，忙着文明创建展陈馆脚本的事，忙着新成立的文心社的事，忙着护士节系列活动筹备事宜……漏夜走出大楼，抬头回望，还有几间办公室亮着灯光。温暖，明亮。我想起了一个词：岁月静好。

　　其实所谓的风水，无外乎也是人的行为。在一座大院里，有那么一群人，永葆一颗初心，砥砺前行，就会产生强大的磁场，就有好风水，"革命人永远是年轻"。我想，这才是最值得羡慕的。

2020 年 4 月 22 日

春寒往事

黄国林 ○○

正月里，乍暖还寒时。鼓岭下雪了，老家下雪了，南方很多地方都下雪了……

在这个本应是草长莺飞、春暖花开的季节，很多生于斯长于斯的南方人在不经意间迎来了生命中的第一场雪。电视里，报纸上，微信微博中，有图有真相。雪不大，既没有歌中所唱的那种纷纷扬扬飘飘洒洒的姿态，也没有李白笔下所描摹的那种"燕山雪花大如席"的气势。但我可以想见的是，对于初见下雪之人，这一场景注定将在此后的岁月中成为心中永久的图腾，终生难忘。

我记忆中的初雪已是非常久远的事了，久远到只能依稀记得老屋外的干草垛、柴火堆和凌空的木栈道都落满了积雪，一片白茫茫；还有我在屋外嬉戏时一个大大的趔趄。那时的我才不到五岁呢。

对于大多数南方人来说，与雪的缘分是可遇而不可求的。就拿厦门来说，当这两天一张"同安下雪了"的微博图片在网上热传时，气象部门就出来辟谣了，那实际上是雾凇而不是雪！据史料记载，厦门地区最近的一次降雪是在 1892 年，那是清光绪十八年间的事了，那年的正月廿八至廿九，同安"有大雪，大地如铺白毡，坑洼皆不见"。遥想，已是百多年前。

因此，南方的雪终究还是属于小众的，难以"喜大普奔"，而阴冷潮湿常常陪伴着从冬到春，这才是常态。唐代诗人杜甫曾写下"霜严衣带断，指直不得结"的诗句。意思是寒霜满身，衣带断了，想给它结上，指头儿却冻得僵硬不听使唤。

拿"指直"二字来描述我儿时的生活情状实在是再贴切不过了。每年开春时候，乍暖还寒，当大人们在田间地头忙碌开来，孩子们的寒假也正式宣告终结，又是一个开学季。奇怪的是，春雨总是结伴而来。那时候，我的雨具就是一顶竹编的斗笠和一块当作雨披的塑料布。为了防止塑料布从身上滑落，我不得不用手指捏住绕在脖颈上的两角，这样一路走到学校。

那时一日三餐吃的都是稀饭，从家里走到学校，尿也憋得差不多了，于是直奔厕所而去，手指头却不听使唤，解不开裤头，好不容易解开了，又半天结不上。那个"指直"啊，那个"捉急"啊，真是不思量自难忘！

到了班上，还是不消停。教室的门窗是各种不严实，东西南北风透过门窗缝隙穿堂而过，简直是爱咋吹就咋吹，一张张小脸被冻得红红的。那时候的早读最来劲了，小伙伴们齐刷刷地把书本打开来竖着，把头蜷缩在里面，扯着嗓子大声朗读。在这近乎嘶喊的诵读声中，寒气也被驱走些许。

"交通基本靠走，治安基本靠狗，取暖基本靠抖……"对于20世纪70年代末我所生活的那个山村，这个概括很是恰切，只是对于我们这些小伙伴来说，取暖还可以通过另一种方式来实现——挤暖。

　　那时候，我的雨具就是一顶竹编的斗笠和一块当作
雨披的塑料布。为了防止塑料布从身上滑落，我不得不
用手指捏住绕在脖颈上的两角，这样一路走到学校。

课间铃声响过后，小伙伴们三三两两地从教室里走出来，聚拢在走廊上，多则十几个，少则三两个，背靠着墙，身体紧贴着身体，分成两个阵营对挤。随着"123，123，123……"喊声的此起彼伏，那阵势宛如一群小猪在奋力拱土，吭哧吭哧地乐作一团，不时有人被挤出队伍，又有替补跟上。如此周而复始，直到一个个原本瑟瑟发抖的小身躯被挤得暖烘烘的。

男生挤暖，女生也没闲着，在一旁助阵。也有调皮的男生冷不防地把女生往里推，于是在略显夸张的尖叫声中，挤暖的劲儿更足了，气氛更浓了。

然而为了挤暖，小伙伴们也是有代价的。当时大家身上穿的都是粗布衣服，这种衣服很不结实。靠在墙上来回地蹭，有时挤得墙土直脱，一阵挤下来，身子是挤得暖暖的了，可衣服后背沾满尘土，甚或起了毛破了洞，于是回家少不了挨家长的骂，甚至要挨打。

放学了，雨还在下着，又是一路冻着回家。快到家门口时我就脱下斗笠和雨披，三步并作两步直奔灶屋。在寒冷的天气里，灶膛口可是块宝地啊！暖洋洋，亮堂堂。蹲在灶台下，把冻得红红的小手直接往灶膛口上靠。母亲在灶台前忙活着，我们兄弟三个在灶膛前或帮着劈柴添火，或就着小板凳做作业。有时候运气好，在劈开的松木段里会有白白胖胖的虫子，把它抓了放在火铲上烤了吃，真是人间美味。

倘若是晚饭时节，等到饭菜都做好了，趁着灶膛里的炭火正旺，母亲会让我们把家里的火笼都拿来，往里加入烧红的木炭，以备晚上取暖之用。火笼者，是由竹子编成的，形如一个小小的灯笼，内置一瓦盆器具，有一弯形把手可以提着，天气寒冷的时候可在瓦盆里加入烧红的木炭再盖上一层炭灰，以供取暖之用，故而得名。城里长大的孩子很难见到，乡下却是随处可见。

那个时候，我对爷爷的一项"绝技"无比佩服，那就是晚上睡觉的时候，他可以整宿地把火笼都放在被窝里，即便是睡得鼾声四起，也不会把它打翻。在每个和爷爷一起入眠的寒夜里，我紧偎着他，感到温暖，放松。

2014 年 2 月

我的猪肉情结

○○黄国林

　　都说"萝卜青菜，各有所爱"，有人爱荤，有人爱素，有人爱山珍，有人爱海味。凡此种种都无可厚非。像我，如果几天不吃猪肉，要是在街上看见一头小猪，准和它急。

　　其实，除了民族习惯、宗教信仰会对人的饮食爱好产生有形无形的制约力外，我想一个人对于某种食物的偏好，应该都有它的由来。20世纪70年代初，我出生于闽南安溪的一个偏远山村。在那个食物相对匮乏的年代，山村农民餐桌上偶尔能够称得上奢侈的硬菜就是猪肉了。当时，我对于猪肉的那种渴盼之情，如今回想起来仍不无酸涩之感。其实何止是猪肉，连白米饭都极其稀罕。那时候，全家十几口人，每日三餐都是一大锅稀饭。那是真正的稀，总是要用勺子在锅底巡游几回才能捞起些米粒，而且这种动作通常是不被准许的。偶尔也煮白米饭，那一般是家里请了师傅做木工活或是初一十五过节的时候。至于猪肉，那要用耐心去等待。

　　有时晚上看完露天电影，父亲会拐到猪肉铺拎回一块猪肉，母亲便把它放到锅里焯一遍，然后用盐巴腌起来，等到家里来了客人才取出来切上一小块。我们几个小孩子的所得就是一人装一碗焯过猪肉的汤，撒上点盐巴，咕噜咕噜地喝光它。那种感觉真是无比美妙。

当然，一年中还有一些时刻更加令人神往，其中最怀想的莫过于杀猪了。这通常要等到春节前后，也是左邻右舍各家亲戚之间频繁走动的时刻，一般在杀猪的前几天就要把这消息通过各种途径传达给每一户亲戚。于是在杀猪的前夜，各路亲戚云集一堂，有的亲戚还会带上一两个小孩同往。大人们坐在一起闲聊各种农家话题，小孩子们则凑在一起交流各自制作玩具的最新方法，一夜无梦。清晨，天蒙蒙亮的时候，我们便被一阵高过一阵的猪嚎声给闹醒。于是全都没了睡意，一起挤到厨房灶膛前，帮着添火烧水，任凭通红的火光把每张小脸映得红红的。那真是一年中的好彩！

等到里里外外忙得差不多了，长辈们会吩咐我们，快去把左邻右舍谁谁叫来吃饭。我们便兴冲冲地得令而去。这样一餐下来，再加上分配给各路亲戚若干后，真正剩下的猪肉其实不多。于是还没等一个礼拜过去，我们便又开始怀想猪肉了。就这样，年复一年，日复一日，我和所有山村的孩子在"猪肉情结"中一天天长大。

等到我上了中学，"猪肉情结"未减，反又添了许多新的情结，只是再没那么根深蒂固罢了。我的整个中学时代都是在县一中度过的，县一中离家有60多公里路，交通又不方便，我一学期也难得回一两趟家，伙食就成了最大的问题。家里经济条件虽已有所改善，但我还是没办法跟其他人一样每月交给食堂10来块钱"寄全膳"，只好每次备足两三个月的大米带到学校，自己蒸饭吃。菜呢，则是由母亲把萝卜干、腌菜干等一炒再炒，直到水分全没了，盐巴充足了，才装到大罐子里让我带上，也是两三个月的量。多年后，我和母亲忆起这段往事，都还心有戚戚焉。母亲说我老是吃不胖，大概都是那时落下的营养不良。那时候，我对所有油腻的东西有一种本能的心驰神往，也就在那个时候我又添了个"扁肉情结"。校门口有家莆田人开的扁肉店，每次经过门前，里面飘出的葱油香对于我都是一种抵挡不住的诱惑。直至有一天，听人说可以用大米去换扁肉，从此我在每餐蒸饭时都要少放一把米，为的就是省下一些去换扁肉吃。这样，终于每个月我也能吃上一回扁肉了，但总是吃得不那么坦然，像犯罪一样。这种状态大约持续了半年多，我终于暂时舍弃了这一情结。后来在一次闲聊中，我和父亲谈及这段往事，父亲大为惊讶，他笑说当时要是让他知道了，准会打得我屁股开花。我不禁庆幸，还好当时的"保密措施"得当。

　　中学那几年，有些事情现在回想起来都觉得既心酸又好笑。记得有一回家中托人给我带来了一笼鸡蛋，有20来个吧，你猜我是怎么打发它们的？我仅用了两天的时间就把它们全都蒸了吃！还有一回，父亲托人给我带些钱，特意交代让我买补品吃，我却全部用来改善一日三餐的伙食了。一日，父亲来信说要来看我，急得我四处找人借"太阳神""蜂王浆"的空盒子，码了一床头，总算蒙混过关。

　　如今，回想着那些日渐远去的岁月，虽有些许心酸，但也略带着些许恬淡。随着时光的淡然远去，所有的辛酸渐渐淡去，所有的回忆都幻化为美丽。

2000 年 6 月

清乐忘忧

曾少鸿 ○○

　　小时候经常陪老父亲下象棋，听父亲说，围棋更难也更有趣，便心生向往。生活在闽南小镇，买不到棋，找不到书，周围也没人会，使得我很苦恼。到福州上学正赶上中日围棋擂台赛，学校里慢慢兴起围棋热，我时常到图书馆找几本入门书学个三招两式，一找到小伙伴就杀得天昏地暗。棋艺虽乏善可陈，可快乐和兴趣满满。这种自由式的野蛮生长自然而然走向了争勇斗狠的野路子，经常是布局还没完成，就开始近身肉搏。

　　研一刚开学不久，一天，正歪躺着翻棋谱，宿舍进来一个老师模样的中年人，方脸大耳，相貌堂堂，高我半个头，身着中山装，满口"京片子"，卷着舌头说话发出的气流声把我们都镇住了。我们还以为是校领导来看望新生，噌地一下从上床溜下来，大气也不敢喘，恭恭敬敬地等待训话。说了一会儿话，慢慢松了一口气——原来是我们同年级的同学，长我 18 岁，祖上是船政学堂留洋学童，到青海插过队教过书。我们顺口尊称其为罗老师。看到我手中抓着棋谱，他眼睛一亮，三言两语后就厮杀开来。那阵子与罗老师的差距比较大，中盘时大势已去，只得认输。不一会儿宿舍的人多起来了，能弈者自告奋勇，走马灯似的上前挑战，罗老师纸扇轻摇，谈笑间对手灰飞烟灭，同学们惊为天人。

罗老师有家有室，经常不在学校。所以课余一露面，总是被我们围住轮番厮杀。熟了以后，敬畏之心慢慢消退，发现他棋瘾大，玩心比我们还重。一开始他会摆谱，非要让子才下，小伙伴们纷纷听话就范，就我坚持让先可以、饶子不行。因而，他对我也特别狠，动不动就追杀我的大龙，想尽办法折腾我。起初输的人要钻桌子，我安慰自己说，你这么大的个子钻一次，老子钻十次都够本。同学们都说书桌下面的地板被我的衣服擦得特别亮堂。后来又说输的人洗碗，结果罗老师整个学期的碗基本被我包了。虽说如此，我的水平还是慢慢上来了。他一看不对，又重点打击我的自信心，规定输棋的人要到宿舍外发布走廊宣言："我是臭棋篓子，今天输了××盘棋，对罗老师口服心服。"临近期末，宿舍里来了个进修老师向罗老师发起挑战，观棋的同学里三层外三层，围得水泄不通。二人腥风血雨鏖战近3个小时，罗老师连输两盘，进修老师心满意足，施施然隐去，只留下罗老师铁青着脸，吧嗒吧嗒猛吸烟。我幸灾乐祸之余，心想：彼可取而代之。

研二时慢慢能扛住罗老师的重锤，胜负二八开或三七开。下棋的时候，旁边老站着一个人看棋，一问是历史系的新生。据说他是出去工作后又考回来念书的，年龄比我大，辈分没我高，我就叫他大师弟。他看了10来天，忍不住就出手了，一上来就给罗老师一个下马威，几个回合下来，二人难分胜负。他下棋时，整个头埋在棋盘前，目光呆滞、不苟言笑，问了才知是师出名门——此人乃福州一知名棋手的关门弟子。罗老师让他跟我下。他貌似轻敌，下棋也很随意，一会儿被我砍翻两盘。时已夜深，大师弟很不甘愿，约定择日再战。下一次三个人一起时他又被我砍翻两盘，这下他火冒三丈，说自己的实力肯定强于我，问我敢不敢下降级十番棋。年轻气盛的我不假思索就答应下来。输了要被让先让子，脸面攸关直如生死相搏。对待十番棋，我比任何比赛都更认真。大师弟科班出身，基本功扎实，一招一式有板有眼，但缺乏变通。我棋走偏锋，一上来就跟他扭成一团，在他的空将成未成之际勇敢打入。盯着打入的棋子，他又气又恨又无可奈何。他越生气我就越反其道而行之，竟然频频奏效。可能是棋风相克，到毕业时，他一壶未开。多年以后，终于被他扳回一局。据他家人说，他那天回家特别高兴，很少喝酒的他喝了不少，喝得酩酊大醉，睡梦中笑醒数次。

　　到了研三，罗老师输多赢少，慢慢不是我的对手。每次输了他都要复盘，口中念念有词，要是我下在这，如果我不打入的话……复盘的结果每次都是他赢。有个周末，我俩在他的宿舍下棋，观战的人不少，我下得不太好，一条大龙被屠，眼看回天无力，正准备推枰认输。不料他把我的手紧紧按在棋盘上，不准我认输，非要把棋下完不可。我说天下哪有这个道理，起身想走，他飞步上前把门反锁了，堵住门口恶狠狠说道："棋不下完谁也别走。"我拗不过他，最后下完点目，输了六七十目。接下来的一段时间里，他逢人便说，最近如何棋力大涨，我又如何不是他的对手，与他至少有几十目的差距。

　　春去秋来，转眼毕业，我依依不舍地离开校园。那些年，棋艺涨了不少，该读的书读得不多，学业不说荒废也离此不远，但竟然一点悔意都没有。工作不久，参加省里一个比赛，拿到了业余三段。在没有网络没有电脑的日子里，我经常像盼望约会般等待订阅的《围棋天地》和《新民围棋》的到来；有机会到北京，总是想方设法到中国棋院看一看，就如穆斯林到麦加朝拜天房似的，从北京扛回几十斤的棋墩一点都不觉得辛苦；第一次到上海，什么都舍不得买，就买一副云子回来，商场男售货员那鄙薄的冷眼至今想来还是很伤自尊……前些年偶然经过衢州，到酒店大堂方知烂柯山便在此地。王质遇仙观棋烂柯，棋人棋事神游已久。于是马不停蹄飞奔上山。

> 弈边忘日月，况复遇神仙。
>
> 石上无多著，人间几百年。
>
> 指杆如料敌，落子欲争先。
>
> 想尔腰柯烂，回头亦骇然。

下棋的人一摸到棋子荣辱皆忘，因棋忘事时而有之。最惨的还不是我。棋友王老师喜得佳偶，遍撒英雄帖，招呼狐朋狗友见证婚礼。酒过三巡之后，大家就找不到新郎官了，新娘一夜独守空房。事后才知，原来老棋友来了，两人急不可待地躲到清静处大战三百回合，不知不觉天就亮了。为此事也不知他跪穿了几块搓衣板。

朋友让我写个关于围棋的小文章，说是老家要创围棋之乡。记忆中并没有值得写的东西。现在，生活节奏越来越快，生活压力山大，清乐忘忧的人和事因稀少而珍贵。经常有人问：花那么多时间打谱下棋，你得到了什么。想了好久，苦笑曰："下棋的时候什么都忘了。"

看了险峰老师山僧弈棋图，往事上心，是为记。

茶　缘

潘景洲 ○○

一

　　晚饭后散步，忽飘起细雨，雨越下越大，转而回家。近来因工作岗位调整，晚上加班较少，工作相对规律，常泡煮饮茶，时而煮白茶、时而泡白鸡冠等。这样的雨夜，可不能辜负。于是取茶、泡水、洗盏，来一碗武夷山岩茶。

　　洗去浮尘，滤掉茶沫，注水入白瓷盖碗，看片片茶叶翻滚沉浮，在清气高淼的水中绽放，水由透明变成淡淡的橙黄，带些微红，清澈亮丽，略带兰花、松木气息的醇香随着轻汽慢慢舒展，氤氲满室，心间也温暖起来。耳之所及，是窗外传来雨落在窗台、建筑物及各种器物上所汇集的夜曲；目之所至，是透过窗槅灯光下的夜霭雾气在风中飘忽悠行的迷茫之画。这时，连心中也腾起了轻盈的团雾，不禁想起陆游的"矮纸斜行闲作草，晴窗细乳戏分茶"。

　　茶于我，实是一种解渴饮品、闲时手伴，虚是一种气氛、一份心境。至于对茶的认知，大多来自同事闲聊时的片言只语，只因近来工作可以自控，偶读《大红袍天下》《丝路闽茶香——东方树叶的世界之旅》《岩韵》等，联想以前阅读的茶诗，慢慢喝出了茶之不一样韵味，大抵能算个"爱茶人"。

第一次喝茶详时已无记忆，但小时候或放学，或嬉戏，或农忙后回家解渴牛饮"大碗茶"时的情景，倒还历历在目。记忆中，父亲每天上午，都会泡一搪瓷杯的茉莉花茶（山东多喜茉莉花茶），茶的香味清淡悠长，淡淡的茶水总比白开水的平淡无味来得好，茶有回甘，似比水更解渴，仅此而已。不时喝上两口，还一副悠然享受的样子。

大学毕业到基层任职，茶是喝得少的。到了机关工作，看着领导、前辈来上班，常常是泡上一杯茶才开始工作，联想"一杯茶、一支烟、一张报纸过一天"的民间讽喻，想着自己也要这样度过一段不短的时光，不免心生快意（总比在基层来得好）。随着工作展开，渐渐感到机关的文山会海也大多是推动单位运行，乃至建设发展的必要，在类八股的文章中也有不少学问和术业，并不可小觑，苦思冥想时也常和前辈们一样，桌边来上一杯茶。开始喝的是办公的散绿茶，用的是有瓷盖的单位的茶杯，放一小撮茶叶入杯，拎开水瓶冲入，茶叶随水在杯中翻滚，茶香随汽冲杯而出，小喝一口，温暖入胃、香气沁心，思维也活跃起来，对茶也有了好感。

庚辰年春节休假回老家，与姐夫闲聊及茶，回时他赠我一盒信阳毛尖，回榕顺便买了一只玻璃茶杯，想着一来喝办公茶、用公用杯虽不违规但有以公谋私之嫌，似与茶清淡之味不和；二来自购专用，清洁卫生；三来玻璃透明，与瓷杯相比可以欣赏茶之姿韵。一回宿舍就取水烧之，取杯清洗，取茶入杯，注水冲泡，看到茶叶在水中慢慢绽放、翩舞沉浮，茶香瞬间飘散开来。待茶全部沉入杯底，轻呷一口，青涩刚过舌喉，甘味就从舌尖返起，及至入腹，温暖随着血流漫透全身，旅途的疲乏顿消。

二

喜上茶，还得从工作调到泉州说起。在泉州工作6年余，自然少不了喝铁观音。铁观音，中国传统名茶，介于绿茶红茶之间，属于半发酵的青茶，大多产于安溪县。单位附近茶店较多，偶尔陪领导或独自去门市茶室蹭茶，故事听多了，也就对铁观音茶有了较深的认知。铁观音有清香型、浓香型、陈香型和炭焙等多种。一来二去与店主熟悉了，也顺便淘点中品茶自饮。泡一碗铁观音茶，看碗中"蜻蜓头加青蛙腿、绿叶红镶边"，品"滋味醇厚甘鲜、七泡有余香"，闻茶香与花香融合浓郁，鲜灵持久，不禁想起诗人连横的诗句"安溪竞说铁观音，露叶疑传紫竹林"。铁观音我尤喜"正味"的，好似打牢了我喜清香淡雅型茶的基础。

2012年初，因工作调动到福州，没想到这个以"茉莉花茶"享誉世界的城市，却对武夷岩茶甚炽，餐馆酒店、接待场所、家庭客室多饮岩茶。习惯于入乡随俗的我，也开始接触岩茶。书上或者老茶人说，武夷岩茶，因其采用深发酵重焙火制作工艺，闻之既具花果韵味，又有松木焙香，观之汤色则橙至金黄、清澈明亮，饮之瑞则浓长、清则幽远，滋味醇厚、滑润甘爽，带特有的"岩韵"。虽

"岩岩有茶，茶各有名"，亦各有味，皆可一尝，特别是放上一段时间，更别具时光的醇香。

我最先接触是不习惯的，觉得烧烤味太浓太烈，无法入口，不如铁观音来得柔和，茉莉花茶来得清香。记得第一次喝岩茶还是在朋友的带引下去的一家茶店，店主来自武夷山，虽年轻但已是持证的茶艺师。他一边泡茶一边热情介绍：岩茶是中国传统十大名茶之一，历史悠久，体现着极大的地方特色。因多生于岩石凹处或缝隙中，故而得名……一般的岩茶都可体现"香"；等而上之才体现"清"；再上之才表现出"甘"；最佳者才表现为"活"……鉴别就复杂得多了，什么外形、颜色、茶香、茶汤、茶味……娓娓道来。我一边聆听学习，一边品着滋味纯浓大烈的岩茶，感受着烧焦的"岩韵"，心中却一直想着铁观音的香气馥郁。

在福州工作时间长了，除了铁观音也接触了各种各样的茶，当然很多是福建本土茶，如永春佛手、漳平水仙、高山冻顶等。这些茶虽各有特色，但多属乌龙青茶味，我亦喜之。最具时光醇香的茶，于我要数"四大名丛"之一的白鸡冠。此茶，与我也好似有缘。在负责保障两会工作期间和一位同事偶然饮之，觉得它有淡淡清香又不失"岩韵"。它是生长在慧苑岩火焰峰下外鬼洞和武夷上公祠后山的茶树，芽叶奇特，叶色淡绿，绿中带白，芽儿弯弯又毛茸茸的，那形态就像白锦鸡头上的鸡冠，故名之。白鸡冠是所有岩茶中最具辨识度的一种茶，叶片是嫩黄色的，行走在茶山，你未必一眼认出水仙、肉桂、大红袍的茶树，可一下子就能看到白鸡冠，即使隔着百米远，那抹嫩黄色依旧醒目。

　　这样想着饮着，杯中的茶汤渐渐变淡，但依旧淡中含甘，散着醇香。这样一泡白鸡冠茶，就这样度过一晚，难道不是好茶？其实，无论是绿茶、茉莉花茶，还是铁观音、武夷岩茶等各种乌龙茶，以及红茶，能让人遐思抒怀，又伴人悠游时光的，难道不正是我们的生活之茶？

第三辑

琴 心 剑 胆

心中有民天地宽

○○王良生

由作家周梅森同名小说改编的反腐剧《人民的名义》播出以来，引起广泛热议，好评如潮。小说中有一个角色，外号"老石头"，是汉东省检察院原常务副检察长，80多岁仍"爱管闲事"处处为民请命，用毕生精力和心血践行共产党人的初心和使命，在人民心中筑起一座不朽的丰碑。他的名字叫陈岩石。

不忘初心终不悔。"为什么入党"，这是每个党员入党前都要深刻思考、掩卷回答的严肃课题，也是入党后应时刻提醒、激励终身的庄严承诺。陈岩石入党，是因为部队攻打岩台时，不是共产党员就没有资格背炸药包。当时他只有15岁，为了能抢到这个"好处"，就虚报了两岁。"能抢到背炸药包这个特权是我一生的骄傲。"在汉东省委常委扩大会上做辅导报告，陈岩石讲述着自己当年火线入党的故事，用朴实的语言为常委们上了一堂特殊而生动的党课。会场内，整个班子成员被这种"特权"强烈震住；会场外，读者对这种"特权"无不动容、热血澎湃。在血与火的战争年代，陈岩石们用自己的行动，以流血牺牲的方式践行了入党誓词，诠释了共产党员"为了谁、依靠谁、我是谁"这一永恒课题和终身课题。

　　何谓初心？对陈岩石来讲，就是为了革命冲锋在前虚报年龄入党，甚至献出自己的生命。如今，社会上有没有虚报现象存在？答案是肯定的。一段时期以来，我们个别党员干部的虚报瞒报却完全是为了一己私利。他们虚报文凭，是为了给自己脸上贴金，好体现高人一等；虚报 GDP，是冲着数字出官，好为自己积攒"再上一个台阶"的资本。他们俨然"忘记走过的过去，忘记为什么出发"的初衷，以致走向人民的对立面，最终为人民所唾弃。承平时期，我们的梦想无须在枪林弹雨中去实现，责任不必在血雨腥风中去担当，但实现中华民族伟大复兴的中国梦，我们比过去任何时候都需要叩问初心、重温使命。

　　心无百姓莫为"官"。2004 年 1 月 5 日，时任浙江省委书记的习近平在《浙江日报》发表评论文章。指出古往今来，许多有作为的"官"都以关心百姓疾苦为己任，从范仲淹的"先天下之忧而忧，后天下之乐而乐"，到郑板桥的"些小吾曹州县吏，一枝一叶总关情"；从杜甫的"安得广厦千万间，大庇天下寒士俱欢颜"，到于谦的"但愿苍生俱温饱，不辞辛苦出深林"，都充分说明做官为民的责任和担当。《人民的名义》小说中，陈岩石官阶正厅级，是践行爱民、亲民、为民的好官，谁不爱呢？改革开放后，他心系大风厂，关心工人利益，当工人利益受损时他第一时间站出来，维护党和人民群众的利益，采取法律手段，支持政府工作，切身为工人着想；当大风厂经营出现重大问题时，他为工人出谋划策，组织工人筹资成立股金会，共同谋求转型发展。离休后，他仍不闲着，处处维护群众合法利益，做到人生转轨后风骨依旧，风采依然。

"天地之间，莫贵于民；悠悠万事，唯民为大。"为民情怀最动人、最可敬。当剧情出现这一桥段，小说升到一个小高潮：一个初秋深夜，一场围绕大风厂的拆迁冲突眼看就要爆发，厂区油库即将爆炸的千钧之际，一位耄耋老人举着火把走向工人，坐在小凳子上，用自己的铮铮铁骨挡在推土机前，与之对峙了一晚……晨风吹乱了老人稀疏的白发，脸上坚毅的线条使他看上去像一尊雕塑。这位老人，就是"老石头"陈岩石。此时此刻，读者无不泪流满面、心灵震撼。如今，有的党员干部慨叹"时代变了""民情变了"，群众工作难做，感觉老办法不管用、新办法不会用、软办法不好用、硬办法不能用，如果大家都能像陈岩石一样，拥有一颗赤子般的心，心里始终装着人民群众，用真心接地气、用真诚办实事，善做群众的知心人，乐做群众的贴心人，就能以铿锵有力的实际行动诠释"谁是最可爱的人"。

春蚕到死丝方尽，蜡炬成灰泪始干。陈岩石生前立下遗嘱：死后遗体捐献，不麻烦后人。当老人去世后，"医学院就把他的遗体请走了"。陈岩石活着时没贪一厘一毫不义之财，离休后放着厅局级的房改房不住，卖了300多万全捐给了社会，和老伴跑去住自费养老院。莫道桑榆晚，为霞尚满天，成为他离休后人生的二次出彩。

小说中人物角色的活动轨迹，必然是对社会现实的一种反映。回顾我们党的历史，像陈岩石那样爱民用情、为民用心的优秀共产党员灿若星河。只有那些不忘初心、心中有民的宵衣旰食践行者，才不会辜负党和人民的信任和期盼，才能闯出一片广阔天地。

（本文获得2017年"建设新福建　机关走前头"省直机关主题实践活动征文二等奖。）

柚田里的 "中国梦"

王桢霖 ○○

　　最近，中央以身作则走群众路线，政治局的常委们都下到地方基层开展调研活动，好不热闹。大家都热议，群众路线是党的生命线，人民群众是"中国梦"的主体。那什么是"中国梦"？或者说，什么是普通老百姓心里的"中国梦"？一次偶然的下村走访，让我有了更深刻的感悟。

　　6月24日下午，阴。抛开平日里的繁忙，带上准备好的慰问品，办公室一行人来到平和县芦溪镇开展走访帮扶活动。跟着村干部，我们来到了困难户郑北京的家中。走进狭小的客厅，几张破旧的日字凳，大家围坐一起，和老人聊起了家庭近况。郑老以种柚子为生，长期患有严重的肺病，老伴也体弱多病，劳动能力几乎丧失，膝下无子，家中柚田疏于管理，产量不高，收入微薄。闲谈期间，憨厚朴实的老人一直表达对生活的乐观，我却考虑，能不能帮老人家做点什么？不曾想，老人微笑说道："虽然苦点累点，好在能免费享受社保，医保也顺利办下来了，县里镇里常常过来关心，平时还可以看看艺术团演出，已经很开心知足了。唯一放不下心的，就是家里那几亩柚子田，如果我能再料理好一点，就可以多贴补家用。"听到这里，我心中思绪万千，老人没有过多要求，想法竟如此简单、如此平常。那一刻，我脑海里对老百姓心中的"中国梦"渐渐有了一个清晰的轮廓。

有人说，梦想应该是万丈高楼，是遍地黄金。但对于郑老，料理好家中几亩柚子田，多贴补家用就是他的梦想。很多时候，梦想便是如此。"劳有所得、病有所医、老有所养、住有所居"，对老百姓，特别是对那些生活在贫困线以下的人，这就是关乎切身利益的实际问题，就是渴盼实现的人生梦想，普普通通却又真真切切。回想起老人的话，我深深地体会到，与那些"纸板上的宏伟蓝图"相比，"柚田里的中国梦"也应该是我们的奋斗梦想，平凡平实却又幸福踏实。

当然，再美好的梦想，倘若不能在行动中落实，只能是镜花水月的空想。有人提出疑问，在机关坐班，不同于基层单位，上要服务领导，下要协调工作，接触一线、帮助百姓的机会并不多，何谈"柚田里的中国梦"？我不这么认为。全心全意为人民服务，就是我们党的立党之本、成事之基。我们的哪一项工作，能说与一线、与百姓毫不相干？一次深入的调查研究、一次热情的上访接待、一次细致的基层材料整理……这些都需要我们用"心"去听群众讲，用"笔"去为群众说。兴许很细小、很平凡，可把每一件细小的事干好就不是小事，把每一件平凡的事干成就不会平凡。这样看，"柚田里的中国梦"不一直在我们的身边吗？

现在，党的群众路线教育实践活动正在全国各地如火如荼地开展，这是好事啊！常言道："庭院里跑不出千里马，花盆里栽不出万年松。"践行梦想，关键是迈出脚步、俯首低身，既围绕本职工作精耕细作，也多到基层一线访贫问苦，不搞形式主义、官僚主义，摒除享乐主义、奢靡之风。我想只有这样，才能帮老百姓收获更多看得见、摸得着的实惠，真真正正实现"柚田里的中国梦"。

2014 年 7 月

追　梦

○○叶琼瑛

　　黎巴嫩著名诗人纪伯伦曾这样感慨："我们已经走得太远，以至于忘记了为什么而出发。""80后"的我们出生在和平的年代，沐浴着改革开放的春风，没有经历过下乡插队的磨炼，也没有尝过物资短缺的艰辛，可以说是长在红旗下，活在春天里。正是这样的安逸，让我们走出校园后一时难以适应世事纷扰、生活琐碎。人生，真实而深刻，远超想象。谁的青春不曾迷茫？但如果迷茫成为青春的注脚，遗忘成为青年的常态，梦想又如何照亮现实、启航未来呢？

　　"走得再远、走到再光辉的未来，也不能忘记走过的过去，不能忘记为什么出发。"领袖的谆谆教诲振聋发聩。

　　"志不立，天下无可成之事。"中国共产党人的奋斗，都源自最初的梦想和志向。回溯初始信念、保持本真状态，找回党的事业启航时的理想和气质，要以党章党规为标尺，严格要求自我，始终坚持正确的价值观念和政治方向，准确把握新思想、新理念，增强道路自信、理论自信、制度自信、文化自信，自觉抵制腐朽思想的侵蚀，打造"金刚不坏之身"。

　　党的宗旨是全心全意为人民服务。作为省政协机关的党员干部，我们的作风好坏、素质强弱，直接或间接影响社会各界对党和人民政协的印象。因此，我们要牢固树立服务意识，通过服务大局、服务委员、服务基层，从而服务群众。要倾注感情，充满激情，付出真情，自觉地把自己的人生融入人民政协的事业，把感情落在老百姓生活的"一枝一叶"中、"柴米油盐"里、"安危冷暖"上。

习近平总书记指出："敢于担当，勇于负责，体现着共产党人的蓬勃朝气、浩然正气、昂扬锐气，反映着领导干部强烈的事业心和责任感。"我们要进一步强化责任意识，树立担当精神，提升能力素质。政协机关连通上下、联系左右，既要组织协调，又要服务保障，具有很强的综合性。全国劳模李素丽说过这样一句话："简单的事情重复做，你就是行家；重复的事情用心做，你就是赢家。"这启示我们：不可因事小而大意，因事烦而焦躁，因事多而退缩，因事难而推诿，要把敬业当成一种习惯，满怀热情、专心致志地做好本职工作。

"源静则流清，本固则丰茂。"刚到政协机关时，同事的一句话至今让我记忆犹新：这里的工作不急不重，但不能贪图安逸、因享受而懈怠，要沉下心学习，设目标定计划，否则时间一眨眼就过去，"温水"会煮了"青蛙"。当前人民政协事业的发展对政协机关提出了越来越高的要求，我们更要善于学习、勤于思考，熟悉业务，增强适应能力；善于总结，增强承接能力；积极实践，增强创新能力。从而丰富工作内容，改进工作方法，提升工作质量，使政协的工作出形象、见成效、上水平。

凡是过往，皆为序章。我们要铭记出发时怀抱的梦想，铭记渴望抵达的目标，永葆奋斗精神，永怀赤子之心，用年轻的臂膀肩负起时代的责任与使命，在崭新的起点上奋进、奉献，书写无悔的青春篇章。

弱鸟也可以高飞

○○史秀敏

最近一段时间，我认真学习了《习近平在宁德》。这部采访实录向我们展示了一位求真务实、扎根基层、贴近群众的党的领导干部，生动再现了习总书记当年带领闽东人民脚踏实地摆脱贫困的动人情景。在这 19 篇采访录中，最触动我心灵的是第 9 篇《习书记强调扶贫先扶志》。下面我想从三个方面谈谈思想体会。

扶贫先扶志　淡化贫困意识

1988 年 6 月至 1990 年 4 月，习近平总书记在宁德任地委书记，接手的是一个在全省经济排名第九，倒数第一的"老、少、边、岛、穷"贫困地区。面对宁德人民大发展的期望，他实实在在沉下心到基层搞调研，了解县情区情，特别是到老区、少数民族聚集区了解民生状况。为了做好比较借鉴，他还去考察温州的经济发展模式，从而得出结论：帮助群众摆脱贫困是当时的第一要务。如何解决摆脱贫困这个主要矛盾？他提出"扶贫先扶志"，先要解决思想上的贫困问题。强调地方贫困，观念不能"贫困"，要淡化贫困意识，先摆正思想，从精神上摆脱贫困、淡化贫困。我认为，我们平常的学习想要提高水平，也和习总书记提出的"扶贫先扶志"的观点一样，首先要淡化自卑思想，才能如闻一多所说，愈知道自身弱在哪里，愈好在各人自己的岗位上来尽力克服它。记得机关就学习两会精神举办演讲活动时，领导安排我作为代表参加。当时年轻的我也是心存顾虑，但领导语重心长地鼓励我："不要怕！要把这当成是交流学习的机会！你先写初稿，我来帮你改。我们要勇于战胜心中的恐惧，通过磨炼来成长！"在反复的琢磨中，我把当年省政协机关妇委会到崇阳溪山庄开展志愿服务活动和行政处吴光平等同志为崇阳溪山庄基建默默奉献的事迹写入初稿，领导称赞我素材选得好。在领导的帮助下，我一遍遍反复修改，终于第一次在政协的舞台上让大家了解到不同于平常的我。我也在克服恐惧中走出勇敢实践的第一步。

弱鸟可以先飞　天道定会酬勤

习近平总书记当年在宁德主政时提出"弱鸟先飞"的思想：虽然宁德基础薄弱，但不能自暴自弃，经济穷但志不能穷，要有不甘落后的吃苦精神。宁德在全国举办第一次法律知识竞赛时，抽调的五人不是科班出身，但他们在"弱鸟先飞"精神的鼓励下，坚定信心，奋发向前，在这场全国大赛中取得了冠军。这说明，"弱鸟"只要肯花时间努力，一样可以振翅高飞。在机关的干部队伍中，我也是一只"弱鸟"，但有了"人一之，我十之"的韧劲，总会

"飞"起来。记得 2014 年我在组织机关干部职工参加省直妇工委"品读经典家书，传承良好家风"读书征文比赛时，组织奖的硬件要求是有 10 篇文章。但由于大家事务繁忙等原因，我只征集到 5 篇稿件。我非常想为政协争得这个组织奖。带着这片痴心，在时间紧的情况下，我把一切的顾虑都抛诸脑后，把所有的闲暇时间都用上，反复斟酌推敲，终于以诗歌、信、感悟等题材又写了 5 篇。让我开心的是，在我即将上交之时，又收到了两篇稿子。那次，我们单位获得了一个一等奖、两个二等奖、两个三等奖、两个优秀奖。当然也获得了组织奖。

滴水定会穿石　功成不必在我

习近平总书记当年在宁德主政时还提出"滴水穿石"思想，就是强调摆脱贫困要以坚忍不拔的进取精神，做好打持久战的思想准备，知难而进，攻坚克难，勇于贡献。宁德的领导班子，在习书记的带领下，派干部下去驻村，给群众出点子，深入基层帮扶群众，让宁德有了高速路，有了铁路，完成了质的飞跃。由宁德的发展，我联想到自身的学习和成长。由于身体的缺陷，有种茫然不知所措的阴影一直笼罩着我。我知道我必须走出去。所以，2015 年同人持续发起"温心暖意爱相随"公益活动时，我带着帮助自己的心报了名。也就在这次，我带着同人募捐购买的生活用品走近残障低保户程平家。她 1973 年出生，只比我小一岁，在 20 多年前出了车祸，最终成了一级肢残。她曾有哥哥帮助康复，但随着哥哥早逝，年迈的父母无力相助，她的康复中断了。现在她想接触福州的一草一木，只能靠志愿者背她或两三个人扶她下楼。她在家里出不去的时间多，心也容易发闷。有人来她家，和她说说话，也成了她的梦想。我无力带她走出家门，就想通过上门谈心，帮助她摆脱烦恼，同时也提高自己的交流能力。我是个路痴，记忆力也不好，前几次去她家时总是走错方向。好在"路在脚下，也在嘴上"，多次上门后，我终于熟悉了路程。在一次次的上门探访中我们天南地北，无话不谈。我和她谈外面的见闻，心中的感想，她和我说感受到的温暖，生活的苦乐。我们的感情，也在这样的一次次交谈中渐渐加深。我们在笑谈中鼓励彼此笑对生活，也在叹息中淡化彼此的无奈。是的，要淡化的，不仅是"贫困意识"，还有各种各样的负能量……

学习《习近平在宁德》，让我觉得：即使自己还有很多不足，但淡化了恐惧，弱鸟一样可以展翅翱翔。有了"滴水穿石"的坚持不懈，一切困难都不足以阻挡我前进的步伐！希望今后的我，对人、对事，保持乐观心态，让自己的生活充满阳光。也祝愿机关的老同志、青年党员、干部职工能在学习和勇于实践中留下快乐的生活印记！

愿青山常在绿水长流

○○李榕光

起初是朋友推荐我读《之江新语》。朋友说，该书记述了习近平总书记主政浙江期间的许多治国理政新思想新思路，其中有许多关于生态文明的篇目。由于所从事工作的关系，当时，我就想着买一本来读读。凑巧，机关党委把该书作为学习读本发给每一位党员。拿到书后，我认真翻阅，对于有关生态文明的篇目更是仔细阅读，汲取其中的真谛。

《之江新语》辑录了习近平同志当年在《浙江日报》"之江新语"专栏发表的 232 篇短论。我统计了一下，其中直接涉及生态文明的就有 23 篇。每一篇文章无不闪烁着治国理政的智慧光芒。其中，许多生态文明的论述与习近平同志担任党和国家领导人后的治国理政思想是一脉相承的。有的文章题目就很吸引人，就是观点，给人以启迪。如《生态省建设是一项长期战略任务》《既要 GDP，又要绿色 GDP》《实现经济发展和生态建设双赢》《发展观决定发展道路》《建设资源节约型社会是一场社会革命》《努力建设环境友好型社会》等。如 2005 年 8 月 24 日发表的《绿水青山也是金山银山》一文，文中提到"我们追求人与自然的和谐，经济与社会的和谐，通俗地讲，就是既要绿水青山，又要金山银山……绿水青山可带来金山银山，但金山银山却买不到绿水青山"。担任总书记后，他又进一步提出："我们既要绿水青山，也要金山银山，宁要绿水青山，不要金山银山，而且绿水青山就是金山银山。""绿水青山就是金山银山"这一重要论断，是贯穿在习近平的生态文明思想中的一条红线。它打破了简单地把发展与保护对立起来的思想束缚，生动地讲述了发展与保护的内在统一。

以习近平同志为核心的党中央在党的十八大首次将生态文明建设与经济建设、政治建设、文化建设和社会建设一起，纳入中国特色社会主义"五位一体"总体布局，这是我们党又一次重大的理论创新和实践深化。生态文明的核心问题是正确处理人与自然的关系。人与自然的关系是人类社会的最基本关系。生态文明所强调的就是要处理好人与自然的关系，获取有度，既要利用又要保护，促进经济发展、人口、资源、环境的动态平衡，不断提升人与自然和谐相处的文明程度。

改革开放30多年来，我国经济快速发展，经济总量已经跃升为世界第二。但是，在发展是硬道理的口号下，由于高投入、高消耗、高污染的传统发展方式没有根本改变，我国在经济发展的同时，也付出了沉痛的代价——自然资源日趋匮乏，环境污染日渐严重，生态系统恶化加剧。如河北省大力发展钢铁就是一个惨痛的教训。该省粗钢产量占全国的三成，是全国最大的钢铁生产基地。由于大炼钢铁，导致全国十大空气污染城市有7个在河北省，北京已被雾霾城市扎堆包围，雾霾已经严重影响北京及周边城市居民的生产生活和身体健康。可以说，这个污染结果是决策者当初所始料不及的，教训是十分惨痛的。长汀县水土流失的成功治理，又让我们深刻体会到"绿水青山就是金山银山"的实际意义。长汀县曾经是我国南方花岗岩地区水土流失最严重的县之一，严重的水土流失给当地人民群众生产生活带来严重影响。习近平总书记担任福建省主要领导期间，多次亲赴长汀指导、支持水土流失治理工作。经过20多年坚持不懈的治理，如今，长汀县森林覆盖率提高到79.4%，水土流失区植被覆盖率提高到75%～91%，成为福建省首个国家水土保持生态文明县。总书记主政福州时非常关心闽江河口湿地保护。福州市及长乐区领导牢记总书记的嘱托，一任接着一任，认真处理经济发展与生态保护的关系，本着对子孙后代高度负责的态度进行保护，如今闽江河口湿地已经被评为全国十大魅力湿地。我们赞叹当年决策者的高瞻远瞩，佩服领导者的远见卓识，他们为保护生态环境树立了榜样。

福建省是习近平总书记曾经长期工作过的地方，2002年他担任福建省省长时，提出了建设生态省的战略目标。此后，在福建省历届省委、省政府的领导下，福建省生态文明建设经历了生态省——生态文明先行示范区——生态文明试验区的历史跨越，如今已成为全国水、大气、生态环境全优的少数省份之一。但我们也要清醒地看到，今年，全国环境保护督察组和国家海洋督察组来闽督察，客观地指出了我们的不足，如我省对环境保护工作推进落实不够、部分海洋和生态敏感区保护不力、环境基础设施建设滞后、一些突出环境问题长期得不到解决等。这些问题都亟待我们采取切实有效措施认真加以解决。

党的十九大将"增强绿水青山就是金山银山的意识"写入党章，对生态文明建设提出了一系列新思想、新目标、新部署，集中体现了党的十八大以来生态文明建设的理论成果、实践成果和制度成果，体现了党中央推动生态文明建设的战略谋划，体现了习近平新时代中国特色社会主义思想的生态文明观，是引领新时代生态文明建设的指导思想和行动纲领，为我们深入推进生态文明试验区建设，奋力谱写新时代福建发展新篇章指明了方向和路径。在生态环境保护方面，人类是命运共同体，谁也无法独善其身。当前，福建省和全国一样正处于全面建成小康社会的关键时期，面临加快经济发展和保护环境的双重压力。我们要认真学习贯彻党的十九大精神，以习近平新时代中国特色社会主义思想为指引，坚持人与自然和谐共生，强化绿水青山就是金山银山的意识，牢固树立社会主义生态文明观，认真落实生态文明建设和环境保护决策部署，以人民对美好生活的向往为奋斗目标，着力解决突出的环境问题，加快建设国家生态文明试验区，为推进绿色发展，建设美丽福建做出新的贡献。

愿青山常在绿水长流。

（本文获 2017 年"建设新福建　机关走前头"省直机关主题实践活动征文二等奖。）

行者胸中天高海阔

〇〇陆　地

"如何用责任、良心、感情对待所从事的工作，所遇到的难题，所接触的人们，如何以此为基础，激励自己廉洁自律，服务百姓。"看完宋德福同志的《情趣·情思·情怀》（中国和平出版社，2005 年 7 月）一书，我得到了答案。书中叙述的生活经历和人生感悟，以思想的深度和生活的广度，让我们折服。作者在生病治疗期间，以超乎常人的毅力所完成的这部自传体作品，给人以很大的人生启迪。

早在作者任团中央书记时，针对有些学生误认为他是高干子弟，他就萌生了把自己的成长历程写出来的心愿。他想告诉年轻人，他是怎样从一个平民的孩子，经过党的培养，经过自己的努力，成为一名党的高级领导干部。他没想到，这样一个夙愿，却是在多年以后的病中实现的。在我看来，这本《情趣·情思·情怀》，至少完成了作者的两种需要：内心真情的表达，文学梦想的回归。

本书由三部分内容组成：书的情趣、屋的情思、兵的情怀。作者以自传体的形式，真实地记述了从孩提时代到基层部队时期的记忆。在"书的情趣"里，作者写自己如何爱书、读书、买书、藏书，他想告诉年轻人，他是怎样从一个平民的孩子，经过党的培养，经过自己的努力，成为一名党的高级领导干部。他没想到，这样一个夙愿，却是在多年以后的病中实现的。

以及读书对自己人生观、世界观的影响。从中我们可以了解，为什么履历表上只是"大专"学历的作者，无论是讲话或写文章，常常散发着大智大慧的魅力。在"屋的情思"里，作者写对儿时生活的美好回忆，对家乡亲人的绵绵思念，写人生起步阶段生活的熏陶和磨炼，以及它所带来的影响。多少看似熟悉的场景，就像昨天你所经历的事件或者就发生在你身边，是那样真切地感动你：挑灯夜读的情景、孩提时等待过年和开心过年的故事，没钱上学趴窗听课的窘迫、贪玩挨打时的尴尬……在"兵的情怀"里，作者写从入伍到离开基层部队那段峥嵘岁月，写艰苦的环境与乐观主义精神，写个人的理想追求与集体主义思想，写基层部队火热的生活，以及与战友们亲密无间的革命友谊……一幅幅真实的生活场景，许多的酸甜苦辣，许多的悲欢愁苦，都在作者饱含真情的回忆与记述中，栩栩如生地次第展开，历历在目。作者真诚、纯朴、积极向上，富有个性和理想追求的思想脉络，交织其中且清晰可见。

中国的文化是道德的文化，历来崇尚厚德载物。作者深受中国几千年优秀传统文化的影响，得益于其良好家风的熏陶，自小就爱读书、学习。在不断的读书、学习中，作者悟出了许多朴实而深刻的人生哲学，并且努力地付诸生活实践。在本书中，一方面，作者通过三大章节，真实地回忆过往数十年的生活。另一方面，作者秉承传统美德，真实地生活在自己的内心世界——善良、真诚、豁达、骨气、正气、大气——无论是在与家人、与战友的朝夕相处里，还是与同学、与工友的生活交往中，以及后来成为一名党的高级领导干部，他都始终如此纯净地保持着自己人性的本真。

　　人有人格，文有文品。一生提倡"讲真话""把心交给读者"的文坛大师巴金先生，历来主张"在生活中做的和在作品中写的要一致，要表现自己的人格，不要隐瞒自己的内心"（《谈文学创作》）。我想，作者在本书中无疑是做到了这点。自小养成的说真话、做实事的品性，尤其是20多年军旅生涯的锻造，形成了作者求"真"、求"实"的人格与文品。真实地生活与真实地记录贯穿着本书，将许多故事流畅地展开。我们透过纸背可以看到，作者在磨砺之后的幸福微笑。

　　充满灵性的幽默感，朴实纯熟的记述，处处透出个性魅力，读来让人不断产生共鸣。"指战员不惜命，公务员不贪财，乃是当今民族的幸事，现代国家的希望。"书中不断闪烁着类似的思想。作者写他和书店店主砍书价，因被旁人发现是国家人事部部长，店主降了价，作者走开了。"互相不认识，砍价才有意思。被人认出来了，再砍价就掉价了。"这样精彩的人生体会，全书俯拾即是。

　　什么是文学的话语？曾经，塑造"高大全"的典型，成为一个时代的文学蓝本；曾经，无病呻吟、堆砌辞藻，被某些人作为文学创作的美学原则。但巴金告诉我们，"文学的最高境界是无技巧"（《作家的任务》）。仅仅靠外加技巧来吸引人，这样的作品不可能留之长远。从小就怀着文学梦、梦想着做个作家的作者，利用治病养身的时间，在极其艰难的情况下，用朴实无华的纪实语言，神闲气定地写成了这部质朴的自传体作品。一切只服从于表达的需要。正是在这样一个过程中，作者自自然然地完成了从人性的本真到文学话语的转换。

　　知识是一种力量，真实也是一种力量，内含丰富知识又具备真实的情感，更是一种强大的力量。能够不加掩饰地真实地回忆过去是幸福的。我不知道，是这些"真"与"实"的力量，给了作者坦然面对生活的微笑，还是坦荡面对人生的美好心境，带给作者真实的幸福。其实，一切都不言而喻。在南国初冬灿然的阳光里，我合上书本，阳光暖暖的味道如此真实而亲切。勇者无域，智者无域。在理想之路上，一个大智大勇的行者胸中总是天高海阔。

　　我想，作者传递给我们的信念和热力，显然远比这初冬阳光暖暖的味道来得更加真切而炽热。

东坡先生的"茶经"

陈熙满 ○○

　　苏东坡一词二赋"三咏赤壁",百代流芳。他汪洋恣肆的诗文,有近百篇在咏茶,在历代文人的茶文中别具一格、熠熠生辉。其中既有"独携天上小团月,来试人间第二泉""休对故人思故国,且将新火试新茶""沐罢巾冠快晚凉,睡馀齿颊带茶香""从来佳茗似佳人"这样的清词丽句,也有600字的第一长诗《寄周安孺茶》,还有通篇不见"茶"字、茶却无处不在的奇文《叶嘉传》。"东坡有意续茶经,会使老谦名不朽"(《送南屏谦师》),虽是戏言,却非虚语,陆羽《茶经》的神髓确实流淌在苏东坡活色生香的妙笔之下。套用余光中追慕李白的名句:绣口一吐,便是半部《茶经》。

　　《茶经》开篇说:"茶者,南方之嘉木也。"嘉木生嘉叶,苏东坡在《叶嘉传》中塑造了一个耿介正直、竭力许国、威武不屈、富贵不淫的国士形象,以人拟茶、以茶喻人,表彰茶叶"风味恬淡,清白可爱"的品质。在苏东坡的眼里,茶叶是"仙山灵草湿行云",是"灵品独标奇,迥超凡草木";茶汤是"新火发茶乳,温风散粥饧",是"香浓夺兰露,色嫩欺秋菊"。

　　《宋史·食货志》说:"茶有两类,曰片茶,曰散茶。"当时的独携天上小团月，来试人间第二泉。

主流是片茶，即蒸青团饼茶，其中各种名目的龙凤团茶是贡茶的主体。苏东坡追忆玉堂金马岁月，道是"小龙得屡试""龙团小碾斗晴窗""老龙团，真凤髓，点将来"。不过，他又说"自笑平生为口忙""问汝平生功业，黄州惠州儋州"，两句"平生"意味着长期的游宦和贬谪生活，这也使他得以"尝尽溪茶与山茗"（《和钱安道寄惠建茶》）。随手摘录，他笔下出现的名茶有：杭州的"白云茶"（"白云峰下两旗新，腻绿长鲜谷雨春"）、湖州的"顾渚紫笋"和绍兴的"日铸雪芽"（"千金买断顾渚春，似与越人降日注"）、宜兴的"阳羡雪芽"（"雪芽我为求阳羡，乳水君应饷惠泉"）、黄庭坚老家江西修水的"双井茶"（"江夏无双种奇茗，汝阴六一夸新书"）、粤赣边大庾岭下的"焦坑茶"（"浮石已干霜后水，焦坑闲试雨前茶"），还有月兔茶、桃花茶，等等。饮用团饼茶，须经过炙茶、碾茶、磨茶、罗茶、熁盏、点茶（调膏、击拂）等程序，苏东坡写"酒困路长惟欲睡，日高人渴漫思茶。敲门试问野人家"时，喝到的多半是散茶。

《茶经·八之出》讲到福州、建州（今福建北半部）的茶，陆羽称"未详"。宋代熊蕃《宣和北苑贡茶录》说"陆羽《茶经》裴汶《茶述》者，皆不第建品"。之所以不点评建州的名茶，原因是"二子未尝至建"。据考证，从唐末到宋初，全球气温下降，中国进入五千年来的第三个小冰河期。四川蒙顶茶与江南阳羡顾渚茶发芽的时间推后，无法提供朝廷清明宴所需。宋太宗太平兴国初年，御茶园移到了更温暖的福建，建州的北苑茶、武夷茶开始进入全盛时代。早生苏东坡近五十年的范仲淹，在《和章岷从事斗茶歌》中称赞道："年年春自东南来，建溪先暖冰微开。溪边奇茗冠天下，武夷仙人从古栽。"同时代的周绛在《补茶经》中，直截了当论断："天下之茶，建为最；建之北苑，又为最。"苏东坡则把对建茶的推崇推到无以复加的地步："叶嘉，闽人也""少植节操""有济世之才""天下叶氏虽夥，然风味德馨为世所贵，皆不及闽"。除了《叶嘉传》，除了对大小龙团的赞不绝口，苏东坡对建茶一咏三叹："武夷溪边粟粒芽，前丁后蔡相宠加。""旗枪争战，建溪春色占先魁。采取枝头雀舌，带露和烟捣碎，结就紫云堆。""建溪所产虽不同，一一天与君子性。森然可爱不可慢，骨清肉腻和且正"……

《茶经》作为世界第一部茶叶专著，从一之源、二之具、三之造到八之出、九之略、十之图，体系井然。陆羽创造的一套茶学、茶艺、茶道思想，塑造了此后中国的茶文化。《叶嘉传》说："（陆）先生奇之，为著其行录传于时。"《寄周安孺茶》又说："唐人未知好，论著始于陆。"在这首作于黄州的长诗中，苏东坡讲茶史、记茶缘、谈制茶、论品茶，上下纵横，妙语连珠，把茶之三昧叙述得既委曲又通透，隐然有致敬《茶经》的意味。诗的最后抒写贬谪的困顿窘迫、生活的旷达自适，描写饮茶后"意爽飘欲仙，头轻快如沐"，全然不似《黄州寒食诗帖》"也拟哭途穷，死灰吹不起"那样惆怅苍凉。

对于陆羽这样的逸士高人，对于当时的文人显宦，茶就功用而言，不是柴米油盐酱醋茶的"茶"，更多是琴棋书画诗酒茶的"茶"。就像元稹的宝塔诗写的，这"香叶，嫩芽""慕诗客，爱僧家"，是"夜后邀陪明月，晨前命对朝霞"用的，能够"洗尽古今人不倦"。由此，《茶经·五之煮》对煮茶的用火用水，都严格讲究。火需"活火"，即有焰的炭火。"其水，用山水上，江水中，井水下"，强调水的流动性和清洁度。明代许次纾《茶疏》说："精茗蕴香，借水而发，无水不可与论茶也。"苏东坡深谙此道，他说"精品厌凡泉，愿子致一斛"，在湖州时写诗请求无锡县令焦千之寄惠山泉水来。他在《试院煎茶》说："君不见，昔时李生好客手自煎，贵从活火发新泉。"在《汲江煎茶》又说："活水还需活火烹，自临钓石取深清。"为了喝到好茶，60多岁的人，月夜里自己到儋州江边去取水煮茶，"大瓢贮月归春瓮，小杓分江入夜瓶。茶雨已翻煎处脚，松风忽作泻时声。"

唐代卢仝（玉川子）在《走笔谢孟谏议寄新茶》中，先是历叙了喉吻润、破孤闷、搜枯肠、发轻汗、肌骨清、通仙灵六重喝茶境界，最后感叹道："七碗吃不得也，唯觉两腋习习清风生。蓬莱山，在何处？玉川子，乘此清风欲归去。"苏东坡24岁作别父亲和弟弟，开始宦游生涯，就感悟了个体生命的"雪泥鸿爪"，在日后颠沛流离、自省自爱的岁月中，更体会到"人间有味是清欢"。《茶经》说："茶之为饮，最宜精行俭德之人。"既然"乳瓯十分满，人世真局促""小舟从此逝，江海寄余生"终究只是个梦，也就难怪"七碗茶"的意象，一而再再而三地出现在苏东坡的诗文中："枯肠未易禁三碗，坐听荒城长短更""何须魏帝一丸药，且尽卢仝七碗茶""两腋清风起，我欲上蓬莱""清风击两腋，去欲凌鸿鹄"。

愿中华文化在"一带一路"的春天里绽放

○○林　莉

"春天在哪里呀？春天在哪里？春天在那青翠的山林里……"

2017 年底，我随省政协港澳台侨和外事委员会访问团赴柬埔寨出访时，一踏进柬埔寨民生学校，春天的气息迎面吹来，学生们唱起了中国儿歌《春天在哪里》，轻快活泼的旋律与可爱稚嫩的童声唱出了对春天的礼赞。"老师，中文在哪里呀？""中国在哪里？在哪里呀？"唱完歌后，孩子叽叽喳喳、清脆的童声此起彼伏，好奇地问着……看着这些"会唱歌的小黄鹂"和他们一双双渴望的大眼睛，我仿佛感受到了华文教育在搭建平台、沟通民心方面的重要作用，看到了汉语教学在"一带一路"的春天里生根发芽。

柬埔寨民生学校创立于 1927 年，是柬埔寨历史最悠久的中文学校之一。学校隶属于柬埔寨福建会馆，是一所华人社团创办的华文学校。我们访问团一行在和学校负责人交流中了解到，华文教育在柬埔寨这个多难国家的发展历程中，走过了一条艰难漫长的道路。

20 世纪 20 年代，闽籍华侨华人创办民生学校时，柬埔寨还是法国殖民者统治时期，华文教育是禁止的，一不小心就要坐牢。学校创办人就印了一些宣传单，到华人聚居地私下做宣传，让华人来学校读中文，小规模地进行中华文化的推广与传播。到了1953年，在西哈努克的努力下，柬埔寨宣布独立，独立后的柬埔寨，经济快速发展，华文教育也得到了发展。但遗憾的是好景不长，1970年朗诺集团发动政变，推翻了西哈努克政权。1975年红色高棉推翻朗诺政府执政，其极左政策给柬埔寨教育事业带来了严重后果。这期间的柬埔寨，视知识为罪恶，不设正规学校，禁用书籍和印刷品，对有产者、业主、资产阶级知识分子、教师、医生及其他专业人士大开杀戒、"焚书坑儒"。这期间仅被处死的政治犯就超过了10万人，整个国家没有商店、庙宇、学校或公共设施，人类文明在柬埔寨降低到历史的最低点。多难的柬埔寨直至1998年才进入和平重建时期，而在此之前，柬埔寨的华文教育已经断层了20多年。

"老一辈华人经历了柬埔寨战争的痛苦，心里都留下了难以磨灭的创伤。"想起过往时光所经历的苦痛，老华侨动情动容地讲述着，"我们深深地感觉到，只有祖国繁荣昌盛，我们才能够说话有底气，祖国是我们坚强的后盾。就算倾尽全力，我们也要把中华优秀的文化传承下去，希望一代又一代的华人不忘本，永远记住我们是炎黄子孙。"

现在柬埔寨政府倡导多元化的教育理念，对华人办学及华校教育大力支持。尽管如此，华校仍然未进入政府的教育体系，政府的一些经济、教育政策无法惠及华校，华校普遍面临着资金和师资不足的困难。多年来，柬埔寨民生学校主要靠柬埔寨福建商会等华人社团和已毕业校友爱心捐助等方式筹措资金，艰难维持办学，从他们眼里流露出的那份不畏艰难险阻、坚持办学的执着深深地震撼了我，让我不由心生敬意。

在柬埔寨访问期间，还发生了一件让我记忆犹新的事。在闽籍侨领、柬埔寨福建总商会会长邱国兴的太子集团，我遇到了一名楼盘销售经理。她告诉我，现在柬埔寨 80% 楼盘销售给中国人，如果不会中文，就没有业绩，佣金也会变少。特别是这几年随着中国企业到柬埔寨投资兴业，需要大量的翻译人员，会说中文的员工薪金也水涨船高。在柬埔寨学习中文已经成为一种时尚，不但公务人员，而且有大批酒店服务人员、的士司机和卖旅游纪念品的商贩等也加入了学习行列。在与她的谈话中，我感觉到了她对中国经济高速发展状况的羡慕，对学习中文的热切。"这是'一带一路'建设不断推进，为华文教育开放、交流与融合带来了契机"，在我的心中，一股自豪感油然而生。

"人在国外更爱国。"此时，我想起这些年在政协工作中常听到华人华侨说起的这一句话。此刻，当我身处异国他乡，倾听华侨朋友的心声与他们的身世变化时，我对这句话有了更深刻、更强烈的感受。因为此时，你的国家印记是如此明显而强烈，个人的命运和祖国的命运是如此密切地相连，华人华侨在侨居国的地位、尊严和祖国的经济发展、文化繁荣、世界地位息息相关。正如习近平总书记所说，"坚持文化自信是更基础、更广泛、更深厚的自信，是更基本、更深沉、更持久的力量"。一个国家、一个民族的强盛，总是以文化兴盛为支撑的，中华民族伟大复兴需要以中华文化繁荣发展为重要条件。

柬埔寨之行虽然仅短短两天，但留给我的观感和印象是深刻的。在这观感的背后，我似乎看见改革开放之前的中国，感叹几十年的经济高速发展给今日中国带来的沧桑巨变。未来，柬埔寨也会走上一条属于自己的发展道路，但愿柬埔寨在今后变幻的世界风云中，不再经历战争，在未来的世界记录中，记下的永远是和平，但愿华文教育乃至中华文化的"种子"不仅在柬埔寨这些"一带一路"国家里生根发芽结果，而且能漂洋过海在世界的每个角落绽放。中文在哪里？中华文化在哪里？在李白、杜甫不朽的诗篇中，在中华儿女世代相传的血脉中，在华人走向"一带一路"的春天里、迈向世界各地的足迹里……

我写我心　文墨同辉

○○林传生

　　2019 年 5 月，中国书法家协会在绍兴举办"从'源流·时代'到十二届国展"论坛，同时举办"以王羲之为中心的历代法书与当前书法创作展"，1000 多位海内外知名专家学者和全国书法家代表云聚于此。我有幸作为全国百名入展作者躬逢盛会，并亲历了本次展览作者的遴选和论坛全过程，真切感受到中国书协筹备这场重大学术活动的良苦用心，也真切触摸到传统书法正经历着时代嬗变的脉搏。

　　初夏的古越名城，绿草如茵，杨柳依依；会稽山下，学者名家，群贤毕至，跨越千年，问道兰亭。千人论坛气势宏阔，场面之大，令人震撼。与各种常规的经贸文化论坛相比，此次绍兴论坛最务实、最学术、最有料。活动中几十位专家学者发表了真知灼见，切中书坛时弊，开出时代良方。这是书坛的一次文化大餐，一次思想洗礼！全体代表站在书法事业发展的高度上，带着问题意识和批评精神，展开了热烈的讨论，思想碰撞相当激烈，甚至充满着火药味，大家在观摩中思考，在碰撞中互鉴。

　　论坛聚焦"艺文兼备"的主题，深入反思当前书法创作中存在重技法、轻文化的问题，进一步厘清了思路，凝聚了共识。我深切地感受到中国书坛正在孕育着一场深刻的变革，这个变革不是颠覆从前，而是继往开来，在过去几十年的积淀的基础上，把书坛引入更加系统全面、更具文化内涵的一次变革。

40年来，中国书协完成了匡正时风，根植传统的历史使命，追根溯源、崇尚经典成为书法界的共识，学书临帖已经蔚然成风。但高度发达的展厅文化和艺术市场，使当代书法演变成单纯的视觉艺术，书家更多关注作品外在的视觉冲击力，把大部分的精力用于技法的锤炼和形式的表现，人文精神和文化内涵的缺失成为一种普遍现象。书法创作成为机械抄书活动，作品不够耐看、耐读、耐品，失去了中国书法以文载道、文墨同辉的独特艺术魅力。这是不争的事实。

往后的路怎么走？中国进入新时代，书坛也走到了时代嬗变的关口。"源流·时代"学术活动就是在这样的时代背景下举办的，也许会成为当代书法前进的一个历史节点，把广大书家从纯粹技法层面引向更加全面、更加深入，引导书家从"写手"向"文人"转变。这对书法家提出了新的更高的要求。我们当今所处的时代语言生态与古人已经截然不同，古人从小诵读四书五经，是喝着旧文学的墨水长大的，骨子里深藏着传统文化的基因，他们为文作诗信手拈来，而书法仅仅是"文人余事"而已。王羲之《兰亭序》、颜真卿《祭侄稿》、苏东坡《黄州寒食帖》《前后赤壁赋》……哪一篇不是熠熠生辉的文学经典？之所以在历史的大浪淘沙中得以流传，关键在其闪耀着文墨同辉的光芒。我们这辈人从小学着拼音、简化字长大，当一大批"70后""80后"逐渐成为中国书坛的中坚力量时，我们应该叩问自己：到底拿什么来传承书法的这条文脉？

有了深厚的文化支撑，当代书坛才有可能在高原的基础上出现高峰，"艺文兼备"已经成为书坛发展的风向标，"文墨兼修"也因此成为摆在当代书家面前的时代课题，这是我们这一代青年作者的历史使命。"识时务者为俊杰"，正像陈洪武书记说的："谁在书法的时代嬗变中抓住机遇，去弊而新成，谁就会领时代之先，开一代之新风。"我们要做的是顺势而为转变观念，要像过去对技法的传承一样去锤炼自己的"文心"，一头钻进文、史、哲经典中，用文化滋养心灵，以文化人，内化于心，外塑于形，使我们笔下有自己的思想表达，自然流露出静气、文气、书卷气，让当代书法作品呈现出来的不只是一副漂亮的皮囊，更赋予其有趣的灵魂。"文墨同辉、我写我心"应该成为今后书家创作活动的共同追求。

论坛海量的信息和复杂的思绪，引发我们更加长久的思考。在论坛活动即将结束时，我问自己：一个优秀的书法家到底要具备哪些品质？我在笔记本上试着写下了心中的答案：高尚的道德修养，深厚的文化底蕴，扎实的书写技巧，独立的思考能力，超人的艺术才情！

（本文系参加"源流·时代"绍兴论坛有感而作。）

愿自信之花永远绽放

林金章 ○○

一直以来，有些人妄自菲薄，认为"外国的月亮比中国的圆"。改革开放40多年，沧桑巨变，我国经济社会快速发展，国人从自卑到自信，"四个自信"离我们越来越近，看得清、摸得着，并深深植入国人的内心。

这几年，因为工作的关系，有幸陪同省政协领导出国访问，有一种感觉越来越强烈：每出一次国，我就更爱自己的祖国。现在我们国家越来越好，我们的网络、交通、基础设施、高科技应用、移动支付等领域领先于世界许多国家，我们的文化也在强势输出，东南亚许多老百姓在看我们的影视剧，听我们的流行歌曲……去年陪同省政协主要领导赴菲律宾、泰国、韩国访问，访问中，多位外方政府高层表达了对我国经济社会发展辉煌成就的由衷赞叹，钦佩中国共产党在治国理政方面的卓越能力和高超水平，希望积极学习和借鉴中国的发展经验。一位高层官员多次来中国，他深深体会到中国政府的强有力和高效率，对中国的政府体系架构深感兴趣。一位前副总理多次访华，见证了中国改革开放全过程，感受到了其伟大成就。他认为，发展中国家应该多向中国学习。一位友好省府负责人很欣赏中国精准扶贫的经验，甚至选派官员到广西参加培训。但由于制度不同，此项工作在该地区推广难度很大。还有许多政商界精英甚至对自己拥有华人血统直言不讳，引以为傲。

2020年，新冠肺炎疫情席卷全球，这场疫情就好像一面镜子，照出了各个国家的不同表现。分析比较了中国和西方国家对待疫情的态度和表现，台湾地区前民意代表、民进党创党元老、前"监委"叶耀鹏所说的一段话，触动了许多人的内心。他说："西方所谓的民主制度和大陆的中国特色社会主义制度，当碰到危难的时候才知道谁好谁不好。"他还说，"大自然很微妙，用微小到都找不到的病毒来检测你们的能力，测验你们的制度。"他指出，这是一场制度的对决，比用战争的方式要好太多了。是的，我们仅仅花了10天的时间，就盖好了一座占地3.4万平方米、拥有1000个床位的火神山医院，还有雷神山、方舱医院；封城、封小区，14亿人响应国家号召宅在家；免费检测、医治患者，征用宾馆作为隔离点，捐赠急需的物资。"一方有难、八方支援"，广大港澳台同胞、海外侨胞纷纷伸出援手，买空很多国家的防疫物资支援祖国。虽然疫情严重，就在身边，但我们心安，因为，无论什么时候遇到怎样的危难，总有人山高路远、不辞千辛万苦"为你而来"。难怪世卫组织总干事高级顾问艾尔沃德说："如果我感染了，我希望在中国治疗。"在全球抗击疫情的关键时刻，我们克服重重困难，主动向世界多国提供医疗专家、抗疫经验、医疗物资等方面的援助，彰显了大爱情怀和大国担当。意大利外长迪马约在谈到中国的援助时说："嘲笑我们加入'一带一路'倡议的人，现在应该承认，正是对这份友谊的投入，让意大利有能力挽救生命。"塞尔维亚总统武契奇等多位政府官员在停机坪迎接中国专家医疗队时，亲吻五星红旗后，将国旗与五星红旗系在一起。

从40多年的高速增长，8亿多贫困人口脱贫，从抗击非典、北京奥运、抗震救灾、港珠澳大桥正式开通……我们有理由也应该感到自信。"歌唱我们亲爱的祖国，从今走向繁荣富强。"正如《歌唱祖国》中唱的，愿自信之花永远绽放。

感悟战"疫"中的家国情怀

○○饶瑛华

　　乙亥末庚子春，荆楚大疫，一场猝不及防的抗疫大战骤然而至。千万人口的武汉一夜之间封城，仿若时钟在瞬间定格。举国繁华喧嚣的大都市突然万籁俱寂，好似声音在空中冰冻堕入黑洞。疫情已然，焦恐无益。休息时不出门，宅在家读点书，却能让自己静下心，在细细品味经典名篇中思考人生，在轻轻吟诵诗词歌赋中寻找精彩，感悟抗疫故事中的点滴感动。国难当头，虽不能像天使战士那样冲锋陷阵，但时刻准备着为国家接续战斗。读点书，不添乱，思之后，心亦释然！

　　重读《诗经》，是因为看见新闻中报道，在日本捐赠中国武汉的抗疫物品上，赫然印有"岂曰无衣，与子同裳"。这出自《诗经》的《秦风·无衣》，是《诗经》中最著名的爱国主义诗篇，也是中国历史上第一首出征的战歌。用大义激励同伴，慷慨激昂，在这个特殊时期，不分彼此，袍泽兄弟，同仇敌忾，面对难关，共克时艰！

　　再读屈原《九歌》中的《国殇》，"出不入兮往不反，平原忽兮路超远。带长剑兮挟秦弓，首身离兮心不惩。诚既勇兮又以武，终刚强兮不可凌。身既死兮神以灵，魂魄毅兮为鬼雄"。读罢不禁黯然神伤。除夕夜，本是团圆夜，武汉封城，全国各地的医务工作者、军事医学院的战士们，毅然以"苟利国家生死以，岂因祸福趋避之"自励，纷纷递交请战书，义无反顾奔赴武汉抗疫前线，忘却生死，逆行救国、救家、救同胞！还有多少志愿者、无名英雄，不顾安危，千里驰援慷而慨。这就是根植于国人内心深处的"国家兴亡，匹夫有责"的爱国主义精神，任何困难都无法阻挡。

又读唐代王昌龄的《出塞》，"秦时明月汉时关，万里长征人未还。但使龙城飞将在，不教胡马度阴山"，别有一番感慨。历史上任何一个重大时期，总有民族脊梁、国之栋梁在力挽狂澜，带领全国人民走出困境。80多岁的钟南山院士实地考察武汉，及时宣布新型冠状病毒会人传人，党中央果断决策，开启了疫情防控的人民战争、总体战、阻击战。70多岁的李兰娟院士实地考察武汉后，迅即上报国务院，建议武汉立即封城，以壮士断腕之勇气，最小范围控制病毒传播，有效防范了病毒在全国大面积蔓延。王辰院士根据防治实际，及时提出了建设方舱医院的建议，对武汉所有的病患应收尽收、应治尽治，为抗疫之战拐点到来赢得了决胜之机。张伯礼院士通过中医中药，成功救治重症新冠肺炎患者，探索出中医药医治疫病的有效方案——中医之博大，让全国人民更有信心、有能力战胜疫情。家有一老，如有一宝，国家院士，国家之宝，这才是真正的"星"，他们的勇气和智慧之光，照亮着中华民族绵延五千年龙脉前行之路。

品读唐朝岑参的《逢入京使》，"故园东望路漫漫，双袖龙钟泪不干。马上相逢无纸笔，凭君传语报平安"，心中充满希望和祈盼。

人总是要经历了一番苦难，才会明白，世间唯有"平安"最可贵。中国的疫情得到有效控制，全球的疫情却开始蔓延，这场没有硝烟的战争，不知道还要持续多久，企盼平安，是当下每个人心中所愿！但我始终坚信，有伟大祖国的保护，有我国社会制度的优势，我们必将取得战"疫"全胜！

东汉的张仲景在《伤寒论》中写道："进则救世，退则救民。不能为良相，亦当为良医。"各大媒体从最初的每天实时报道"武汉疫情"，到如今的"世界疫情"，孩子们从不懂，到了解，到关注，返校上学也从初一盼到十五。孩子们也更懂得了珍惜，把握当下，好好读书。读书是一种责任，少年强则国强，少年智则国智！读书当以济世为己任，安邦为己心！读书、读诗、读史，安静相守的日子就这样一天天划过，仿若雨滴满陶罐，河水渐涨浸河床。一切都在静待——风雨之后的彩虹！

有一种成功叫坚持

高文翠 ○○

秋天是收获的季节。

带着喜忧参半的心情，我与中共福建省委党校中青班学友一起来到省军区教导大队参加军训。喜的是临近知天命之年有机会再次踏入军营，重温军队生活，进行党性锻炼，接受灵魂洗礼；忧的是一向不爱运动的我，身体素质是否能适应这场训练要求。然而"万事从来贵有恒"，一次又一次的坚持，让我收获如诗般的喜悦，发现自己远比想象中的坚强！其实，最艰难的时候，也就离成功不远了，只要坚守信念，一路坚持，下一步就是阳光和希望。军训如此，生活、工作亦如此。

锤炼意志，为共同的信念而坚持。"志不立，天下无可成之事"，信念赋予生命以价值与意义。军训是培养优良意志品质的好形式，穿上迷彩服就是战士，此时的武器不是枪弹，而是坚强的信念和意志。每回训练前，教官指令我们军姿站立 15 分钟，那一刻，浮现在我眼前的有朱日和阅兵的庄严与威武，有为国防事业奉献出青春、生命的那些最可爱的人……那一刻，我的眼光是如此的自信而坚定，尽管已不再青春，尽管身体有诸多不适，但远方的抵达让我不断地坚持着。我们有幸生长在这样一个伟大的时代，要感恩培养教育我们成长的伟大的党，要珍惜建设者筚路蓝缕、披荆斩棘创造的文明成果。我想，对于处在和平发展时期的我们，"为共产主义奋斗终身"的入党誓词不是一句简单的承诺，需要一如既往的践行和坚持。

严守规矩，为共同的责任而坚持。"不以规矩，不能成方圆"，培养良好的作风需要严明的纪律。军训期间，作息时间听口哨，训练动作听口令，一切行动听指挥，令行禁止，步调一致。每天清晨6点的一声哨令，集结着我们迎着金灿灿的曙光，奏响口令声、跑步声、喘息声的协奏曲。沿着跑道第一圈、第二圈、第三圈，我不断地激励自己，不能掉队，跟上，坚持一下，再半圈就到了，再十步就到了……跑场上，跑各自的跑道是规矩，喊一致的口号是规矩，行整齐的步伐是规矩，大家都在规矩约束下，努力做最好的自己，成就共同的责任。齐步长跑给我的启示是，最快的步伐有时不是冲刺，而是在不断规范中坚持。作为从事人事工作的领导干部，我就是要严守政治纪律和政治规矩，按程序、按规矩、按政策办事，坚持原则，公道正派，守好底线。

增强协作，为共同的目标而坚持。"孤雁奋飞难成行"，脱离群体则一事难成。军训是培养集体主义精神的大熔炉，有着最严格、最集中、最统一、最紧张的集体生活。训练过程中，立正、稍息、跨立、向右向左向后转、齐步走、齐步跑、敬礼等动作，一个人做得好不算好，整个队伍动作整齐、协调，才能呈现出和谐之美。这就需要大家相互配合、默契，增强看齐意识、协作意识，朝着共同的目标前进。作为一个部门的领导，我要当好领头雁，带领全体同志，团结协作，互帮互助，心往一处想，劲往一处使，向榜样看齐、向先进看齐、向正能量看齐，向着正气、向着朝气、向着希望，努力打造一支讲政治、重公道、业务精、作风好的团队。

我将以此次军训作为新的起点，进一步增强政治意识、大局意识、核心意识、看齐意识，在思想上、政治上、行动上与以习近平同志为核心的党中央保持高度一致，不忘初心，砥砺前行，以饱满的精神状态迎接党的十九大胜利召开！

2017 年 9 月

念兹在兹延安行

○○黄冬云

"一次延安行，一生延安情。"2019 年 6 月 9 日至 6 月 14 日，福建省政协机关组织了为期 6 天的"不忘初心、牢记使命"延安实地研学。作为一名学员，沉浸其中，有太多的感动和感受。时光荏苒，无论何时何地都会念兹在兹。

42 年来，我第一次踏上孕育中华文明的黄土高坡，第一次来到中国共产党人的精神家园，心中充满着无比的荣耀、激动与自豪。在延安的 100 多个小时里，每一分每一秒，我都和这片土地上的人、事、景亲密接触，感受这片神奇的大地。到延安后，得知有一个同学在延安西北部的吴起县武装部工作，这让我想起吴起是 1935 年 10 月 19 日毛泽东同志率领中央红军进入苏区的驻足地；也让我联想到驻兵戍边、历史上留下美名的战国名将吴起，而延安的吴起县正是以他的名字命名。同样在延安，我重温了我们共产党人西北革命根据地的两位重要领导人——谢子长与刘志丹的光荣历史。在他们牺牲后，为了永久地纪念他们，党中央决定将他们的家乡更名为子长、志丹县，足见中国共产党人对英雄的礼遇与敬仰。在两者的联系中我感到，个体英雄的伟大在延续历史，中华民族的力量在穿越时空。到延安之前，上小学二年级的女儿因为在语训班学了《沁园春·雪》（毛泽东1936年2月写于延安），知道了延安这个地名，告诉我一定要多拍点延安照片，回来后讲延安的故事给她听。到了之后，我就更加留心留意那里一幅幅鲜活的画面、一段段感人的故事。随着学习的深入，感叹乃至惊叹老一辈无产阶级革命家舍生忘死、果敢决绝的意志品格。我还了解到这首词当时创作的地点：毛泽东写作的地方当时属于延安，现在是榆林市清涧县袁家沟。这首词是毛主席向东征讨时写的，其地位及后续产生的影响都可以用"最好"来形容。女儿的心愿完成了，我在想，这何尝不是我二十几年来的心愿，"几回回梦里回延安"，当见到你的那一刻，我多么想大喊一声："延安，我来了。"

短短6天的学习培训，内容丰富、场景震撼，一草一木、一景一色、一言一行都让我感动、回味和沉思。当我在宝塔山前重温入党誓词时、当我站在"为人民服务"讲话台时、当我走进黄炎培与毛泽东对话的窑洞时、当我看到南泥湾刚播种的水稻秧苗时，深刻地感受到、感触到、感觉到老一辈无产阶级革命家的伟大、中国共产党人的伟大、中华儿女的伟大。忽然之间，发现过去的许多困惑解开了，零乱的知识点串起来了，肤浅的思考更加成熟了。这些就是延安给我这名共产党员提供的精神滋养。有句话说得好，多年前种下的一个"因"，将来在某个时候会结出一个"果"。我想那几天，延安的每一个场景、每一个故事都在我心底撒下了无数个饱满的种子，有的种子直接就变成了航标，一种下就指引着我工作、生活、学习；有的深埋在心底，伴随着我人生道路会不断发芽、开花、结果。

在研学时光里，给我印象特别深刻的是参观习近平总书记当年知青时的工作地点——梁家河。我走进了总书记当年住过的窑洞，观看了总书记带领乡亲们打出的陕西省当年第一口沼气池，聆听了授课老师讲述的总书记完整知青岁月，听到了当地老农对总书记工作生活片段的回忆。那情那景，让我在刹那间触摸到新时代最伟大的中国共产党人代表——习近平总书记初心使命的源头，就是人民群众对他的滋养和他对人民群众的回赠。回想起总书记党的十八大以来的砥砺前行，回忆起他宣读完十九大报告的那一刻，联想起他在意大利说出"我将无我，不负人民"的誓言时，我明白了他的初心使命就是全心全意为人民服务，这也是中国共产党人的初心使命。当我明白我们共产党人从哪里来、往哪里去后，作为一名共产党员，我进一步明确了我的职责和使命。我在省政协一直从事反映社情民意信息工作，这项工作一直走在全国前列。我把省政协业务工作概括为"8+1+1"，前面的 8 是 8 个委员会工作，中间的 1 是提案委员会工作，后面的那个 1 就是社情民意信息工作。我主要负责社情民意信息编辑工作，许多信息得到领导批示，有的批示很细、很实、很真切。而我作为工作中的一环，完成了为人民、为群众服务的工作，我践行了一名党员的初心使命。正如学员们在学习交流中谈到的：现在只要每个人把本职工作做好做精，就是在为人民服务，就是在不忘初心、践行使命。

当我踏上延安土地时，就知道必将有分离的那一刻，所以就倍加珍惜这短暂相拥的时光。自己给自己定的原则就是休息时间尽可能地短，定的目标就是尽可能多地参观了解延安，采用的方法就是积极主动参与到领导同志们业余考察中。有时候跟着前一个批次的学员回来，紧接着就陪同第二波人马出发。在那几天的业余时间里，我五次走过滚滚延河水流淌过的河道，环绕延安城的三山（宝塔山、凤凰山、清凉山）我都攀登到顶峰。我们六七个人乘坐出租车参观了延安新城，许多大街、小巷、商场、书店我都用双脚丈量过。现在回想起来那几天的所思所为，就源自一个信念：我舍不得你，我要认识你。记得从山路爬往凤凰山过程中，每走几步我就摸摸土地，心想当年毛主席他们也许走过同样的路；时不时回过头看看延安城，遐想当年中国共产党领导人的思考；当到达山顶时，看着对面的宝塔，心想这就是中国共产党人的灯塔，在它的照耀下，中国共产党人一直在引领着中华民族向着伟大复兴前进。现在我离开了，但心里面有了个美好的愿望：哪一天，我会带着父母、儿女、朋友再次走进延安的怀中。

2019 年 7 月成稿

2020 年 4 月修改

一座彪炳史册的精神丰碑

○○廖小军

　　闽西，是一片充满神奇的红土地，屹立着一座彪炳中国共产党史册的丰碑——古田会议。今年恰逢古田会议召开 85 周年，重温这段光荣的历史，对加强党的思想政治建设，深刻把握从严治党规律具有重大而深远的现实指导意义。

　　中共红四军第九次代表大会（即古田会议）选择在古田召开，有其历史的必然性和客观性。从地理上看，古田属于闽西苏区，与当时的赣南苏区十分接近。从群众基础方面看，客家人厚重刚健、自强不息、勇于开拓、朴实好客，富有革命进取精神。从时机来看，红四军入闽后从当时农民最关心的土地问题着手，积极发动群众打土豪、分田地，与群众打成一片，打下了良好的群众基础。

　　古田会议召开之前，红四军经历了一段曲折艰苦的过程，直至陈毅前赴上海向党中央汇报红四军的情况，并带回了《中共中央给红四军前委的指示信》，红四军内部的分歧得以弥合。1929 年 11 月 28 日，毛泽东在长汀主持召开了前委扩大会议，听取"九月来信"精神和周恩来、李立三同志对红四军工作的口头指示。会议决定，根据"九月来信"精神准备召开红四军党的第九次代表大会。12 月岁月如梭，时光荏苒。古田会议距今已85载，但它如一座丰碑永远屹立在历史的天空，展现着永恒的魅力。

中旬，毛泽东亲率红四军进驻古田时，当地群众涌上街头欢迎，大家纷纷将自己的住房让给红军。八甲村的"松荫堂"就是毛泽东、陈毅、红四军前委与政治部的驻地。这是一座典型的客家小院。毛泽东在这里居住了半个多月，废寝忘食，夜以继日，召开各种会议，与各类代表谈话交流，整理材料，起草决议。

在古田溪背村和五龙村交界的"黄龙口"，有一座廖家先人于1848年建成的廖氏宗祠——万源祠，宗祠建好后并未使用。由于当地孩童无处上学，老百姓认为传授知识给后代比祭祀先祖更为重要，于是借祠堂大修之机，将其改为古田第一所小学——和声小学。红四军进驻古田后，遂将其改名为"曙光小学"。祠堂外青色条石筑框大门两边镌刻着这样一副对联：学术仿西欧，开弟子新知识；文章宗北郭，振先生旧家风。门楣上书着横联"北郭风清"四个大字。20世纪之初封建遗风浓烈的偏僻乡野，古田人先知先觉的开放意识由此可见一斑。1929年12月28日至29日，古田会议在曙光小学里召开。毛泽东做政治报告，朱德做军事报告，陈毅传达中央"九月来信"，并做了关于废止肉刑和反对枪毙逃兵的报告。会议一致通过了毛泽东起草的《中国共产党红军第四军第九次代表大会决议案》（以下简称《古田会议决议》），重新选举了前委委员，毛泽东当选为前委书记。

古田会议成功地把马克思列宁主义的普遍真理与中国革命的具体实践相结合，找到了党和人民军队建设的正确方向，是我党我军建设史上的一个重要里程碑。会议的召开，既为中国共产党的建设开辟了一条走向成功、走向胜利的道路，也对当地的革命产生了积极和深远的影响。当地群众纷纷投身革命，携手创造了闽西革命根据地 20 年"红旗不倒"的奇迹。闽西苏区的党组织和人民为中国革命史写下了光辉的一页。

不忘历史才能开辟未来。从古田会议到今天，弹指 85 年间，历史在发展，时代在进步，但古田会议的精神价值没有变；形势在变化，观念在转换，但古田会议留下的"思想建党，政治建军"的精髓，依旧激励着一代又一代新人。值此纪念古田会议 85 周年之际，通过学习习近平总书记系列重要讲话精神，我深切地感受到继承和弘扬古田会议精神，必须从以下四个方面入手，进一步加强自身的党性锻炼与修养，严于律己，当好表率。

继承和弘扬古田会议精神，务必在思想政治工作上狠下功夫，着力解决思想上入党问题，切实做到政治过硬、信念坚定。《古田会议决议》明确提出"教育为先"的党内思想建设任务，树立了加强思想建设工作的良好典范，奠定了我党思想政治工作的坚实基础。历史实践证明，什么时候重视思想政治工作，干部队伍就会焕发出前所未有的生机活力。在今后工作中，我们要用古田会议精神武装自己，进一步坚定理想信念，补足精神之"钙"。要时常告诫自己务必保持艰苦创业的优良传统和奋发有为的精神状态，攻坚克难，先行先试，勇于担当，不断增强干事创业的责任感和使命感，在实现中华民族伟大复兴的中国梦的进程中建功立业。严格遵守和坚决维护党的纪律，坚持以零容忍态度惩治腐败，严格落实党风廉政建设责任制和"八项规定"，做到明底线、知敬畏。

继承和弘扬古田会议精神，务必在调查研究，反对本本主义上狠下功夫，着力解决自身的作风问题，切实做到接地气、贴民心。《古田会议决议》是调查研究的结果。为开好古田会议，毛泽东在连城新泉和上杭古田开展了各种调查研究工作，取得了丰硕成果，为古田会议做好了充分的思想和组织准备。作风建设永远在路上，必须抓常抓细抓长。要按照习近平总书记提出的"三严三实"要求，深学细照笃行焦裕禄精神，持续抓好"四风"问题的整改落实。牢固树立"功成不必在我"的正确政绩观，抓好打基础利长远的工作，杜绝短期行为。继续发扬习近平同志在闽东提倡的"四下基层"工作作风，加强密切联系服务群众常态化、制度化建设，努力解决好群众诉求集中、具有普遍性的问题，全面提升"四下基层"工作成效。

继承和弘扬古田会议精神，务必在严肃党内政治生活上狠下功夫，着力解决自身监督问题，切实做到虚怀若谷、广纳诤言。古田会议在组织上强调集中指导下的民主生活，并对民主生活做了种种制度规定，明确提出，"党内批评是坚强党的组织、增加党的战斗力的武器"。可以说，古田会议是我党坚持民主集中制的成功实践，是运用马克思主义世界观方法论分析和解决实际问题的典范。我们要更加自觉地贯彻执行民主集中制，严格按照党内政治生活准则和党的各项规定办事，敢于同形形色色违反党内政治生活原则和制度的现象做斗争，下大气力解决好影响严肃认真开展党内政治生活的各种问题，增强党内政治生活的政治性、原则性、战斗性。

继承和弘扬古田会议精神，务必在保持工作的闯劲与韧劲上狠下功夫，着力解决发展滞后问题，实现百姓富生态美有机统一。无论是古田会议的召开，还是《古田会议决议》的产生，都集中体现了我党解放思想、实事求是的思想路线，闪耀着实践第一、理论联系实际、一切从实际出发的辩证唯物主义的思想光芒。就宁德而言，传承古田会议精神还要与弘扬"滴水穿石"的闽东精神和"弱鸟先飞"的赶超意识紧密结合起来，遵循习近平同志的嘱托，拿出甩开膀子的干劲、敢为善成的闯劲、久久为功的韧劲，善谋划，敢担当，出实招，努力开创宁德科学发展跨越发展新局面。

　　岁月如梭，时光荏苒。古田会议距今已85载，但它如一座丰碑永远屹立在历史的天空，展现着永恒的魅力。古田会议所绽放的神圣光芒，必将照耀党和军队的建设从胜利走向胜利，从成功走向更加辉煌的成功！

　　（本文原载于《福建日报》2014年10月20日。）

我们是否需要那么多文学奖

○○廖建江

巴金去世后，上海作家协会为纪念这位文学巨匠，提出设立"巴金文学奖"的建议。对此，巴金女儿李小林明确表示反对。理由有二：一方面，巴金生前为人非常低调，不喜欢如此张扬；另一方面，巴金清醒时就表达过，认为国内文学奖项已经有点太多。（新闻来源：《北京娱乐信报》2005 年 10 月 20 日）

以巴金的文学成就、人格魅力以及在海内外享有的广泛声誉，设立"巴金文学奖"，恐怕没有人会提出什么异议。有媒体报道，早在巴金 90 诞辰时，四川省作家协会就打算以巴金的名字设立基金会和文学奖，巴金坚决不同意。这次巴金女儿再次明确表示反对以设立文学奖项的形式纪念巴金，不仅体现了巴金淡泊名利、不事张扬良好家风的传承，而且折射出巴金及其家人对文学奖的深刻认知。

据不完全统计，现在全国能列得出名的文学奖项已超过百种，每年新添的数目也为数不少，林林总总的奖项让人目不暇接。这些动辄冠以"全国""中国"甚至"全球"名目的文学奖项，分发出去后，既引不起社会的重视，在读者中也没有什么反响，不过成了某些借评奖以牟利和借评奖以谋名者便捷的晋身之阶而已。奖项一多，真正有分量的好作品反倒被湮没了。奖项滥设的结果，必然削弱真正的文学艺术评奖的权威性和公正性，鼓噪华而不实、追名逐利的浮躁之风，甚至隐藏着腐败与欺诈，影响文艺的繁荣。

如果每一个文学奖都能推出一两部或几部经得起时间检验和读者认同的优秀作品，任何一个文学奖的设立都是必要的。但遗憾的是，声势造得越来越大、看似越来越红火的众多文学奖项，并没有奖出多少受广大读者欢迎的优秀作品来。倒是有不少获奖作品，既经不起时间的考验也得不到读者的认可。通过频繁的文学评奖来"繁荣"文坛，实际上带来的可能是创作生态的灾难——追求的是现实功利而不是文学质量。

其实，评奖数目多少并不影响奖项的影响力。诺贝尔文学奖多数时候只评一个人，法国龚古尔文学奖也只评一部小说，但往往都能在世界上引起强烈的反响，不少作品成为不朽的名篇佳作。素有"中国诺贝尔文学奖"之誉的"茅盾文学奖"，也曾评选出《许茂和他的女儿们》《平凡的世界》《将军吟》《白鹿原》等至今仍为人们津津乐道的作品。然而，今天重提"茅盾文学奖"，普通读者有几人能知其评选出的获奖作品？

（本文原载于《中国青年报》2005年10月21日，获《中国青年报》"冰点时评"优秀奖。）

从 25 年前的《拯救天物》说起

○○薛理吾

"当今有些率先致富的人似乎已经吃腻了五谷杂粮和海味，转而喜好珍禽异兽，不惜高价吃稀奇。据说在沿海城市有的宾馆饭店从北方空运来梅花鹿等做盘中餐。就是在这种'吃补品''吃生猛海鲜'的风气下，不知有多少国家重点保护的野生动物被人们吃掉了。"这是 25 年前，本人在党刊发表的记者目击记《拯救天物》（后收入《潮起东南》一书）里写到的。

尽管这次新型冠状病毒疫情的源头目前还未找到，但钟南山院士指出："疫情源头是野味，非典源头是蝙蝠。目前最担心的是出现'超级传播者'导致疫情进一步扩散。"可恶的第一个"传播者"，很可能就是一个买野味或是吃野味的人。君不见，近期一张照片在网上疯传，这便是这次疫情曝光出的最恶心的一幕：一个穿着光鲜亮丽的美女，吃着面目狰狞的蝙蝠。17 年前非典的储存宿主被确认为蝙蝠，蝙蝠身上携带多种致命病毒；这次疫情肆虐恐怕也与蝙蝠或其他野生动物不无关系。

在《拯救天物》里我还写道："在城市市区，在路边野味店里，公然叫卖野生动物者屡见不鲜。据报道，沿海某市每月吃掉的野生动物就达 18 吨之多。""呜呼，如此暴殄天物，令人触目惊心！"喜吃野生动物者固然可恶，但更可恶的是捕杀和贩卖野生动物的人。利字当头的某些人，曾潜入到可可西里无人区捕杀藏羚羊，更有甚者，不顾后果地捕杀中华鲟、扬子鳄、穿山甲、五步蛇、娃娃鱼等，这些可都是国家一级保护动物哪！

　　1988 年 11 月 8 日第七届全国人大常委会第一次通过的《中华人民共和国野生动物保护法》，后经 2004 年、2009 年、2018 年三次修改又于 2018 年 10 月 26 日第十三届全国人大常委会第六次会议通过。32 年过去了，国人真正知晓的有多少？这次疫情焦点所在地——武汉华南海鲜市场，它位于中国的中部，可以说是野味的中心集散地。在那里，野味的贩卖交易如火如荼，更有愈演愈烈之势。从野生动物的捕杀到贩卖再到喜吃野味人们的口中，形成一个无形的利益链条，多少人趋之若鹜、赴汤蹈火，又有多少人乐此不疲、以此为荣！猎食者们置法律法规于不顾，如果不是因为这次疫情，何以能够制止?! 有法不依，知法犯法，屡见不鲜，只要没有真正危及自身，又何尝会引起人们的严重关注？新中国成立 70 多年来，我们从不乏各个层级出台的法律法规，但执起法来却处处"肠梗阻"。法律法规执行起来何其难啊！

　　"珍稀野生动物是人类的朋友。从某种意义上说，保护珍稀野生动植物也就是保护人类自己。""当最后一只东北虎为寻找其伴侣发出绝望的吼声，当地球上最后一条鳄鱼从那遥远的沼泽地传来哀鸣，人类便也看到了自己的结局！因此，我们向世人发出强烈呼吁：'救救珍稀野生动植物！'"（《拯救天物》）25 年后的今天，在这个疫情肆虐的非常时期，为了人与野生动物的友好相处，为了人与自然的和谐共生，当然最终还是为了保护我们人类自己，我再次向世人发出强烈呼吁：救救珍稀野生动植物！

"大自然派出病毒这个恶魔，就是让人类行为付出代价。"美国电影《血色战疫》给我们这样的深刻警示。无须多言，如此惨痛的疫情已经告诉了我们一切。

第四辑

闲 情 记 趣

外婆的老院子

○○王良生

时光如淙淙溪流般逝去，冲洗掉许多岁月的痕迹，但无法冲去我心灵深处孩提时对外婆老院子的记忆。

外婆的宅院是我成长的地方，也是我人生的第一所学堂。土木结构的房子，青砖青瓦，木质窗门。房子的南面是院子，院子跟正屋一样古老。院墙也由青砖砌成，整个建筑浑然一体，显得古朴和庄重。

长满青苔的院墙下有许多花草，这些花草自生自枯。春天，它们不知不觉地成长；夏天，花儿便竞相怒放，争奇斗艳，引来蝴蝶飞舞。看在眼里，痒在心头，我和玩伴常拿来网兜去罩丛中的蝴蝶，结果把一些花儿弄折了。外婆发现后便假装生气道："捣蛋鬼，滚回你自己的家去。"然而，童年的我终究没有被打发走。

院门朝南，是木头做的，两扇门对开，关开次数多了，常咯吱作响。记得做家庭作业时我总爱偷懒，每听到院门咯吱声，便知道大人从外面回来了，便作一本正经地勤学苦练相。

最忆是院里的两棵银杏树了。一雌一雄，比肩屹立，坚韧挺拔，气势雄伟。银杏虽没有花的芬芳与娇艳，但在春天里她悄悄地披上

　　我和玩伴常拿来网兜去罩丛中的蝴蝶，结果把一些花儿弄折了。外婆发现后便假装生气道："捣蛋鬼，滚回你自己的家去！"然而，童年的我终究没有被打发走。

一层绿纱。翠绿细嫩的叶子，就像一柄柄展开的小扇，尽显秀雅。如丝如烟的春雨落在叶片上，滴答滴答；轻柔的春风穿梭其间，沙沙、沙沙，仿佛在演奏一场美妙的春之恋曲。炎热酷暑时，银杏树向四面八方伸展缀满扇形绿叶的枝丫，亭亭若张翠伞，重重若拂云霞。燕子南飞时，银杏开始四季中最华丽的篇章。杏叶变成灿灿的金色，远望像天边升起的一抹金色霞光；近看却发现在金灿灿的雌杏叶丛中，点缀着许多若隐若现的小白点，这就是银杏结出的果实——一个个白白胖胖椭圆的杏果。有记载，古人把杏果奉为国之礼品。刘原父五言诗：

> 魏帝昧远图，于吾求鸭脚。
>
> 乃为吴人料，重现志已惬。
>
> 江南有佳木，修耸入天插。
>
> 叶如栏边迹，子剥杏中甲。
>
> 持之奉汉宫，百果不相压。

鸭脚就是指现在的杏果，诗讲述了三国时把银杏充当政治家外交礼品，奉献汉宫之事。也有记载君子之交借银杏喻情诗礼之。欧阳修在《答梅宛陵圣俞见赠》中写道：

> 鹅毛赠千里，所重以其人。
>
> 鸭脚虽百个，得之诚可珍。

得到诗友梅尧臣赠送的上百个杏果，欧阳修如获至宝，欣然提笔抒发千里送鹅毛、物轻意重的诚挚情谊。孩提时的我们尽管没有文人骚客吟诗作赋的雅兴，但杏果成熟的时节，定然是我们最快乐的时光。采摘之时，村里的伙伴不约而同来到大院，翘首等着站在树丫的大人用竹竿把杏果敲下来。随着咔嚓一声，我们纷纷去争抢落地的果子，全然不顾坠落的果实会光顾头顶。那拾到最多战果的人生怕别人看不到，往往会自豪地宣布自己是第一名。采完后，外婆总不忘让每个孩子带一篮子回家。在外婆眼里，银杏称不上外交礼品，所以比起梅氏来，自然要大度了。秋去冬来，经霜的杏叶渐渐枯萎，在萧瑟的北风中簌簌飘落，两棵树几乎光秃秃的，我的心难过起来。外婆见状告诉我："这都是自然规律。只要根在，明年春天的时候叶子还会回来的。"

我离开与伙伴一起捉蝴蝶、抢杏果的老院子，来到陌生的城市读书，然后落地生根，对城市日益熟悉，而对村情的了解逐渐稀疏。外婆也离开了她的宅院，到武汉舅舅家颐养天年，但终究割舍不下老院子，想念着邻居，眷念着故土，半年后就回来了。舅舅拗不过，只好给外婆安装了一部电话便于联系。关于村里的事，我是通过电话得知的。比如，东家邻居在外经商，现在在县城买了房子，偶尔回来看下祖屋；西头邻居张老头每年坐飞机往返于子女定居的城市；那个以前常端着碗来院子里吃饭的阿忠和村民搞起了合作社。讲毕，外婆总不忘把此次通话的主题留在自己的宅院上：自来水接进院子了，被评为"绿化示范小院"，银杏树又结果了……在我心里，外婆的老院子永远是我人生中的一所学堂，而外婆正是这所学堂的良师益友。

多年后，外婆所在村子被评为历史文化名村，成为一个小有名气的旅游地。村路仍是鹅卵石铺就的，村子里经过规划，老建筑被保存下来划为旧区，东头一栋栋的楼房是新区，村民基本上搬到新区居住。巷子里，三五成群的游客不时对着破败的院墙、古树拍照。每到一个宅院，导游便向大家讲述着宅院及其主人的历史。伫立在不再有外婆的院子里，我感想颇多。这个既熟悉又陌生的老院子，再也听不到往昔伙伴们的嬉笑打闹和老人的家常闲聊，看不到落霞时分的袅袅炊烟。然而，我对老院子充满希望，和村庄其他宅院一样，外婆的老院子是不会倒塌的。诚如杏叶掉了，"只要根在，明年春天的时候叶子还会回来"，而老院子也是有"根"的，她不正是村民生生不息的简单质朴、乐观亲善、对故土热爱的体现吗？有根就有生命力，她已经在村民心中深深扎根，代代相承。

（本文获得2009年省直机关庆祝新中国成立60周年"祖国好"诗歌散文征文三等奖。）

师傅也不知道肉包为什么好吃

朱苑璟 ○○

听闻有位在山庄住过的可爱的长辈因为觉得当天的肉包好吃，便打算写篇文章，问能不能面见师傅。但中国素来没有面谢大厨的传统，突然被 cue 到的工作人员以为"摊上了大事"，便说不敢请。当然，长者最终还是通过经理的努力见到了大厨。长者问肉包为什么这么好吃，朴实的师傅工于艺讷于言，说不出所以然。

即便描述令客人遗憾，但味道却从未令人失望——这是崇阳溪山庄的肉包。

城市的酒店千篇一律，或许你会想起那个犄角旮旯的酒店服务员贴心送来的鼠标垫，也会想起繁华的海滨城市酒店关于天气的实时提醒，自然也不能忘记山城酒店善解人意的前台在你即将离店时送上的擦镜布——而当大家提起山庄，总是想到食物。

有人喜欢肥而不腻的粉蒸肉，有人爱季节性的田螺，有人爱烟熏火燎的熏鹅，也有人对冬天霜打过的上海青念念不忘——但你若是问师傅，你这菜为何做得这么好吃，恐怕所有师傅都说不上所以然。

中华的美食，有隐匿市井的苍蝇馆子，也有无以复加的"讲究"——不得不提的，是贾府"茄鲞"。怎么做的？当年王熙凤是这样介绍的：

> 你把四五月里的新茄包儿摘下来，把皮和瓤子去尽，只要净肉，切成头发细的丝儿，晒干了。拿一只肥母鸡，靠出老汤来。把这茄子丝上蒸笼蒸的鸡汤入了味，再拿出来晒干。如此九蒸九晒，必定晒脆了。盛在磁罐子里封严了。要吃时，拿出一碟子来，用炒的鸡瓜子一拌就是了。

——是何味道、好不好吃暂且不论，但凡能按照这个工序流程来完成的，想必也值得一夸。

但食物的味道，并不完全来自工序的考究与复杂。日剧里有一道"名菜"，堪称如丁鹏的颜值一般"平平无奇"，只在砂锅熬煮的粥里加入打散的鸡蛋，撒上葱花即可，味道比《调鼎集》里的"神仙粥"更胜神仙。

这"神仙粥"与《食宪鸿秘》记载的差不多：糯米半合，生姜五片，河水二碗，入砂锅一二滚，加带须葱头七八个，俟米烂，入醋小半杯，乘（原文如此）热吃。

还有一种更加复杂的做法，仅是读完食谱，便毫无操作的动力：用小口瓦坛，入半熟白米饭一酒杯，滚水贮满，加陈火腿丁一撮，红枣去皮核二枚，将瓶口封扎，预备火缸，排列炭基，于临睡时将瓶安炭火上，四围灰壅，仅露瓶口，五更取食，鲜美异常。最后更注明"每日按五更食，勿失为妙"。

——单是炭火焖至五更这一项，只怕如今在城市里已没有可以完成的条件。

依照人类猎奇的心理，仅是"神仙粥"三个字就能引起人们的好奇心，但你若描述一个肉包多么好吃，即便说上三天三夜说得天花乱坠，只怕也鲜少有人好奇。无他，以其常见于街头巷尾寻常人家，配料也无非是面粉、酵母、肉末、生抽、葱姜等，似乎并无值得探寻之处。

福州的街头也曾短暂地出现过专攻肉包的店家，噱头是"老面"或使用了某个品牌的猪肉，火极一时之后如今似乎也日趋匿迹。材料普通、工序简单，寻常家庭也可以完成的食物，似乎天生没有成为网红爆款的基因。

在删繁就简的今天有一句口号，叫"less is more"，包括对于生活的"断舍离"无不传达出这样的理念。正是因为简单、透明，没有为了提鲜而加入的各种调味剂，面粉、肉末和少量蔬菜都保留了本身的味道。

我想，如果下次再有人问大师傅肉包为什么这么好吃，他大概可以这么回答。

喧闹的高老庄

○○朱苑璟

送走了唐僧师徒，高老庄表面上又恢复了往日的安静。狂风骤雨过后的村庄，总是需要一段时间恢复如常。

猪刚鬣离开高老庄的第一天。

高翠兰在清晨的睡梦中恍惚，猪刚鬣的容貌在床前挥之不去，他仿佛开了门走进来。高翠兰忘记了他已经是弃她而去的猪八戒，而是那个在高老庄比最憨厚的庄稼人更辛勤十倍的猪刚鬣。

冬风刮过，拍了拍高翠兰的窗。

她从有猪刚鬣的美梦中醒来，打了个哆嗦。他猪刚鬣如今不光被揭穿了是妖精，还欺骗了高老庄所有人，特别是她高翠兰，关在后院大半年几乎不见天日，名声自不必说，如今此番景象，倒让她不知如何在高老庄自处。

天色朦胧，远处近处的群山都在晨雾之中。高翠兰起身，往常这个时候，猪刚鬣已经起床……高翠兰不由自主地回忆今天以前的生活状态，可是在猪刚鬣出现以前的十几年中，她到底是怎么过活的，早已记不真切了。

今天厨房准备的早餐有点多，几乎足够一家人吃上三天了。高翠兰一回神，立刻领悟过来，大家似乎还未习惯家里少了位很能吃的姑爷。

大家的脸上，挂着心照不宣的神情，瞥向高翠兰，却又什么都不说。

是啊，多可怜的女人。高翠兰心里想，他们也许是这么看她的，此事若是发生在别人家，说不定他们还要在每日空闲时间议上一议，各自发表高见，而后敲个定论——可怜是可怜啊，可是能有什么办法呢，须知这世间哪有这样比高老庄最憨厚的庄稼人还辛勤十倍的人呢！他家也是倒了霉。

才从院中出来，高太公是既欢喜又心疼，如今这个孽障既已往西天取经而去，他女儿且将如何？

浑浑噩噩这样过了一日，入夜时分，高翠兰想起新婚的猪刚鬣来。对着窗户哀叹一声，他这一路荒山野岭，比不得高老庄，也不知他能否吃顿饱饭。过得有人的村庄，见了人家小姐，只怕还是变作长嘴大耳朵的呆子模样，少不得要吓到她们——这却跟她高翠兰有什么关系！取了真经，哪怕原路返回，他这妖精也终究是佛门中人，谁还能抢得过佛祖？

一夜翻来覆去，又不曾梦得什么。许是那寒风侵骨，也凉了心罢。

猪刚鬣离开高老庄的第二日。

听说三妹的事情解决了，高翠兰两位姐姐便也回得娘家来。

妹妹且宽心，那厮去了倒是也罢，不必记挂着，从此妹妹依旧是高老庄的三小姐，他自做他的佛门中人。这庄上不知道多少人仰慕妹妹，只因当初父亲要招赘女婿，才退了一波，眼下风波一过，妹妹照样可以觅得好人家嫁了。

两位姐姐的话，高翠兰只听得声响，仿佛她二人均不曾言语一般，静静靠着，也不搭话。二人颇觉无趣，但也理解高翠兰此刻的心情，便一使眼色，起身向外走去。

也还好是圣僧收了这妖精去，时间一长，万一三妹生下个妖怪来可怎么好？

偏生高翠兰此刻虽心不在焉，耳朵却是极为敏锐，这点声音也被她捕捉了去。当下心一沉，猛地又难过起来。手抚上小腹，担心真生下个妖怪，又难过实在没有。

姐妹二人往前厅来寻高太公，少不得要劝老父莫伤心，妹妹好歹人没事，没什么大损失。再则在这庄上，以高太公的声望，要替翠兰再寻一户人家也不是什么难事。高太公被她二人说得心生烦躁，自去喝茶独自叹气。

庄子里的人自然也少不得要私下议论一番。

这姑爷原本不错，若不是妖怪的话，将来定是要承袭高家的田地祖产的，待高小姐自然是极好的，谁知竟是个妖怪，怪可惜的。

谁说不是呢，这庄子里哪有这样勤劳的，整日下田地，须知凡人女婿都没这般勤快，不曾想原来是个妖精。

这些话自然免不了多少传到高翠兰耳朵里。她便想起，猪刚鬣初来时，虽吃得多了些，但总归不过是些素食，邻近无不羡慕高太公招赘了个能干的女婿，老来有依靠。如今物是人非，大家自然也就换了口气。

不过事情与他们无干，说起来轻松自在罢了。高翠兰自我宽慰一番，倒坐起来对镜梳妆。

猪刚鬣离开高老庄的第三日。

高翠兰突然打扮如常。高太公也颇觉意外，但话到嘴边又咽了下去。能站起来，总比一直躺着要强。

说起来高太公倒不觉得自己了解这个养了 10 多年的女儿。她半年来受的惊吓并不比他们家任何一个人少，依着女孩儿的柔弱，似乎应该是大病一场，甚至卧床不起，至少也需得药石诊疗方得痊愈。如今看来，虽是精神疲惫了些，大体上仍与半年前一般无二。

高翠兰仍旧操持家事，女工不辍，只是偶尔停下针来，呆呆望着西边的白云。家里的长工短工见了这光景，私下又热闹起来，总觉得三小姐未必就这样忘记了那姑爷，果不其然。末了仍旧要感叹一句，三小姐其实是好人，被这该死的猪刚鬣耽误了，真真是个可怜人。

高翠兰最听不得"可怜"二字，故仍旧做出一番云淡风轻的模样。晨起对镜梳妆，一切用度不比婚前差，新裁的衣服看着倒还比先前更鲜艳些。高太公看着恍惚高兴，只道是女儿恢复如常，心下思忖着要再为翠兰寻一户人家。

听得翠兰如此变化，那二位姐姐率先不安起来。事情即便成了往事，也该有一段时间的恢复期才算得正常，翠兰不过两日光景，看起来竟似将猪刚鬣忘得一干二净。

莫不是妹妹有了身孕，且想通了要好好保重身子？但这话却也不敢对高太公明言。

　　左邻右舍常有关心的妯娌来探看，见了翠兰这般模样，心下也是嘀咕。本是想劝她看开些，想得通透些，如今看来倒是不需要人言，她自己痊愈了。

　　莫不是这半年受的惊吓重了些，有些精神失常了？

　　有那关心的丫鬟婆子，每日里变着花样给翠兰做好吃的。这些花样翠兰看在眼里，也不过是平常的菜色，每日里三餐的作用仿佛只为了填饱肚子，也无外乎是些粮食，无甚滋味。

　　也自然不会有人不识相地在第三日就踏上门槛，但坊间的风波并不会就此消失。张家李家 10 年前的事件，在 20 年后都有可能还是三姑六婆的谈资，这便是庄上的常态，似乎从来无人觉得不妥当。茶余饭后的趣味，可不就在于研究张家李家的琐事嘛。

　　议论归议论，倒是没有人这么不识趣地跑到高翠兰眼前来问些什么。最令高翠兰难受的，也正是如此。大家置身事外地猜测她的情绪，或八卦，或真正的关心，但都在外围远远地看着，总以为她应该是他们心中所想象的样子，并不觉得这有何不妥。高翠兰的心情，自然也就只能闷在心中，说不得、道不出。

　　厨房灶里的火烧得正旺，米饭的蒸汽在这氤氲的气氛中与之相互融合，分不清彼此。高翠兰的双眼，也蒙上了一层水汽。

　　转眼，猪刚鬣离开四天了。

　　一张开眼，看着帐顶空无一物，高翠兰也仿佛心里空落落的。窗外还有点风过声，甚至有点小雨拍窗，太阳没有如约从东边起来，整个庄子还沉浸在自己睡眠的节奏里。

　　闷了三日，高翠兰在自我感觉可以疗愈的状态中怀疑了起来。

仿佛不经历漫长的年月，人们都觉得她放不下这件事一般，且站在远远的岸边，将这种认知加于她身上，往湖里注入更多的水，也不知是想给她多增加些浮力，还是添些压力。

幸好高翠兰还上过几年学，识得几个字，思量着既然无人能说话，自己默默写下来也是一种抒散自我的方式。便自己悄悄地起身，披了衣服下得床，来到书桌前，找出那尘封许久的砚台和墨，慢慢琢磨起来。

纸张铺开，高翠兰坐下来，压好了镇纸，提笔写了"猪刚鬣"三字，便再也下不去手，只得收拾起来，又换了张新的。此次便不写称呼，便是一句"自君别后"，落笔后忽觉不妥，又揉成一团，扔入纸篓里，铺了张新纸。

第三张纸上写了什么，大概已无从考证。后来猜测，无非是些伤情的话罢了。无论是指责猪刚鬣欺骗在先，还是怪自己有眼无珠，这对十年八年后的高翠兰而言，都只不过是过去生命中的小小一段日子，那些需要在当下将情绪写下来抒怀的，有史可查的又不止她高翠兰一人，纵使写了些不足为外人道的话，也不是什么丢脸的事。

东方渐白，高翠兰越写越入胜，竟依依不舍。及至家人以为三小姐出了什么意外来敲门，方慌乱收拾起来。也几乎一夜未眠，都表现在脸上，双眼不停歇一夜，虽是心情波动得双颊红润，却掩盖不住憔悴之色。

这一下敲门，仿佛又在众人心中种下一颗种子。很多年以后，高翠兰另嫁他人生儿育女，张家李家仍旧将以往事不堪回首的神情，探讨当年闭门一夜未眠的高翠兰如今家庭生活幸福，是否还旧情难忘。如若当年的猪刚鬣取得真经回来，放弃成佛的机会，心甘情愿在高老庄做个勤劳的庄稼汉，也收起他天蓬元帅的脾气，不知道高翠兰是放弃眼下的家庭旧梦重温，还是挥刀斩断旧情丝。

这些假设，只是作为假设的前提下有闲谈的意义。但即便高翠兰日后另嫁的对象是凡间的皇帝，也始终逃脱不开天下的议论。本庄的人有本庄的议论办法：嫁了巨商富贾，有针对巨商富贾的议论方式；若是对象是皇帝，那全天下人都是要来议论的，不同的是，要分为男人的议论和女人的议论。

既然天下人都要讨论高翠兰，那便去讨论也无妨。只要这些传言不流入宫墙，对高翠兰和皇帝一家的生活自然也不会产生任何影响。

人们常说，一入宫门深似海，说的只是少女本身的处境。风来自宇宙，也会吹向宇宙。不管宫墙高低，总有力量可以吹将进去。君不见国之将亡，祸乱四起，长安的童谣都能传入朝堂，在那敞亮的大明宫内，总会有皇亲国戚随口不经意地唱出几句长安街上哪个黄口小儿嘴里的歌谣来。

男人的议论，自然是想知道，天蓬元帅或者净坛使者的前妻是个什么样的女人，如何能入得宫墙；或是见过高翠兰的，便可以从名字入手，断定她不配做母仪天下的贵人。女人自有女人的心态，自觉长相与高翠兰不相上下的，自然梦想有朝一日如她一般得蒙圣恩；比高翠兰美上几分的，不便编排皇帝的眼光，须得说这个女人必有狐媚之术。若是江湖上再来一个自居"李知微"的铁口神断，少不得要和那酒肆茶楼里的说书先生合作，说上一段高翠兰的前世今生，不是神仙下凡，便是生灵报恩。甚或可以说，如同当年的女娲娘娘座下，是天子何时得罪了神明，要来断送国运的。

高翠兰在第四日星月正浓时，从这等琐碎的梦境中醒来，似觉人生无望。无论天上地下，总有人认识她高翠兰，总是逃不开这议论圈子去。

那又如何？即便猪刚鬣还是猪刚鬣，人们也总有讨论的入口。这长嘴大耳朵，似乎总不是什么好面相，众人还少不得要预言一番。猪刚鬣虽是入赘了高太公家，但高太公百年之后，甚至在继承高家田地之后，倒未见得仍会如此安分守己做个良人。想来本庄上美貌女子不少，高翠兰有一天自然要被列入人老珠黄的队伍，那时候猪刚鬣已是另一个高太公，少不得要多娶几房姬妾享享齐人之福——到那时候，高翠兰有儿有女，想必也有容人之量，依仗着儿女也能过个安稳的晚年，自不会太在意猪刚鬣娶几房姬妾——假如这些姬妾都无所出，届时天下太平，高老庄也是盛世安稳。

即便这长嘴大耳朵是个好面相，能与高翠兰相守到老，生儿育女，平凡度过一生。那也有理由说几句，这高太公最疼爱的小女儿，高老庄当年有名的美人儿，也不过是这么平凡地度过了一生，真真是浪费了众人对她自小显露出的聪明劲给予的厚望。

不论高翠兰最终是否会按照人们所期望的方向生活，人生的后程遭遇，大半都是相似的。唯一的不同在于，是被人当面议论，还是背后成为谈资罢了。

记得微笑

○○巫丽妹

著名作家雨果曾经写过："生活，就是理解。生活，就是面对现实微笑，就是越过障碍注视将来。"微笑是一把美丽的金钥匙，开启每个人的心扉——包括你自己。"非笑莫开店"，热爱生活的人都能感受到——微笑，亦是一门艺术。

微笑着，去唱生活的歌谣。用最真诚的微笑去温暖身边的每个人，它不会使你失去什么，却能使承受的人获得许多。不要被无谓的琐事牵绊而紧锁眉头，不要因一时的冲动而收起应有的笑容。微笑，传达着友好、理解，真诚的微笑是世间最美丽的信息，微笑着，它能使人间处处春暖花开！

微笑着，去唱生活的歌谣。用最坦然的微笑面对自己，无论生活暂时给了我们多少辛苦和无奈，为了心中的那份期待，努力看淡这些苦难和坎坷，朝前看，还有未来！微笑，是对自己最大的肯定，微笑着，勇敢接受生活与命运的挑战！

微笑着，去唱生活的歌谣。用最善良、最美丽的微笑去感受世界的美丽，既然错过的缘不能再叙，失去的机遇不能追回，白了的头发再难变黑，生命不容我们从头再活，那么就让我们潇洒地对世界微笑，微笑着为了这个美丽的世界真诚地祈祷！

记得微笑，在你的世界里与记挂的人心手相牵，连成一片微笑的花海，在这片蓝天下，潇洒地一路走过去；

记得微笑，用这个你随时可以拿出的无尽的财富，为人生铺构最坚韧的基石，从容、自信地一路走下去；

记得微笑，活出一种力量，提醒自己幸福。

余生，与茶相伴

○○吴凯伟

　　人间百年，余生说长也长，说短也短。借茶安然渡过，是不错选择。如能以茶深悟，更是完美。

　　琴棋书画诗花茶，皆是入口，都能带往共通的最终顶点。只是所有的种种，都得靠个人的修行，都要经内心的最终觉悟。有句话说得好："读万卷书，不如行万里路；行万里路，不如阅人无数；阅人无数，不如高人指路；高人指路，不如自己开悟。"

　　或许对茶，我们一样要经历茶书、茶路、茶人、茶高人，历经无数后，边走边觉醒，边开悟。那么这样的过程，茶到底带我们走向何方？以个人理解，至少有三种世界和三个高度。

三种世界

　　一是自然清幽的世界。但凡喝过工艺好、山场好的茶，其内在所具有的那种清澈通透和茶本身的清香所产生的带入感，一定会让你有与自然同在之感受。特别是那种自然的空灵和草木花香的气息，一定会让你感怀自然的钟灵毓秀与鬼斧神工，会让你感到成为大自然的觉者是多么幸运的事，此时，你必心生珍惜与敬意。

二是芳香四溢的味觉世界。茶叶的香气是由其中的芳香物质产生的。芳香物质主要由醇、酚、醛、酮、酸、酯、内酯类、含氮化合物、含硫化合物、碳氢化合物、氧化物等构成。比如，苯甲醇：微弱的苹果香气；苯乙醇：玫瑰花香；芳樟醇：百合及玉兰花香味；苯甲醛：苦杏仁香；肉桂醛：肉桂香；A-紫罗酮：紫罗兰香；二青海葵内酯：甜桃香，等等。

而这些香气，有些是鲜叶固有的，有些是加工过程中产生的。目前测出来的有700多种。具体表征在每一种茶类或每一泡茶上都有差别。比如，木香、花木香、水果百合香是乌龙茶及花香型高级名优绿茶的主要香气成分。因原料或加工沸点的不一，导致不同成分和比例的芳香物质组合，也就成就了茶的各种香气特点，就有了我们说的蜜韵、音韵、岩韵等。当你感受到这些香气后，你会为活在这样丰富的世界里，而感到十分荣幸与欣慰。这种香气及感悟会带你走入或觉知更多的生活之美。

三是历史与当下的茶世界。在历史的长河里留下的，不只是过去的茶、当下的茶及茶的玩法，还有无数与茶相关的文化艺术，如琴棋书画诗酒花等，以及整个茶空间的布设和各种修行的意境、旨趣。这里所包含的，是一个足够浩瀚的世界，在此，你能感受生命的丰盈，但同时你也能感知自己的渺小。在知足之余，你一定会形成足够的谦卑。

三个高度

一是技艺的高度。茶的技艺包括制作、冲泡、品鉴等，在这些技艺中，如果你感受过其中的精湛、其中的矛盾辩证中和，你就会知道什么叫出神入化，什么叫炉火纯青。此时，你会对茶有更多的情感，那是一种敬重，一种对劳动的敬重，一种对人类技艺能力的欣赏和感慨，一种对自身从事的工作或业务精益求精、达到极致的自励与要求。

二是美的高度。除了茶自身的美味不说，茶里有关的文字、文学、艺术、哲思的高度，在自己沉醉之余，剩下的就是赞叹和仰望。反正，就是词穷，无语，自己去感悟吧。

三是修行的高度。此间的学问就更多了。我想，对于一个人，最终修达的状态就是始终能保持着和颜悦色，能让人与你交往感到十分舒服、能做到心不动而随机而动，能有情怀和使命，能有强大的正向能力和形成正念正言正行。

关于修行，特别是对本心的修炼，有个总结概括得很好，是一个叫郦波的老师讲的，那就是"融于其中、出乎其外、驾驭其上"，讲的是，在事上磨心的道理。

结合王阳明的"一念发动"，也即随时形成正念，不让其他的念头有存在的时间和空间，并成为一种转念的习惯。我自己的理解是，一个人的心，要能瞬间形成正念的能力，或者说养成"瞬间正念"的习惯。这才是修行该有的高度。

　　这样，"融于其中"就是在处事干事时能积极快速地找到好的解决方法，而不是消极埋怨，被动等待，是始终以乐观的态度对待；"出乎其外"就是能随时出离，随时入定，能在短暂的工作干事之余，随时休息，或在片刻的平日生活里，闲看一花一草一木，淡品一茶一烟一酒，偶赏一诗一文一曲；"驾驭其上"就是能较快地提升一个维度，用更高阶的思维和价值掌舵人生。或家国天下情怀，或为全人类的解放，或"上德无德""为而不争"，或般若空性。能看到做人做事的规律、宇宙的法则和正道的力量，并竭力躬行。

　　一个人一旦感悟了这些，其实已是见自己、见天地、见众生，应该此生是可以知足了。当然，如再能做到为自己、为天地、为众生尽足自己的力量，那此生就更加圆融完满。如此，余生如能以茶之美一路相伴，开启"茶美生活与智慧人生"，不应该是十分惬意和幸运的事吗？

茶中"四君子"

○○吴凯伟

喝着喝着，人往往把自己的味道，把人生的味道，把所在国度文化的味道，从小小的一杯茶里，给喝出来。茶，何以承载如此的厚重，如此的深韵？或许正是其所具的君子般品质。

茶通静。因富含碱，可清心静气，实该大志大愿者亲之、近之。

何以说？读遍古著，皆述一理：欲成大志，必能收心，方可静虚以动。老子之道，以酒为药引，激生命能量，达神静气定，治身治心，济世救人；以茶为丹道，通神茶雅境，静心养己，静怀天下，也静治天下。夫子之理，定、静、安、虑，方能有得，意诚、心正、身修、家齐、国治，而后天下平。释者之愿，空心无我，静而能断，求解脱道，行菩萨道，自觉觉他，自度度人，有情于世间疾苦，善惠于芸芸众生。故曰：志者，静也，茶也。

生活中，我们也时常感觉到，智者不语，静水流深。静是一个人修为功力深厚的重要指标。人能静，而且如果可以快速安静、快速入定，那么很多事就好办了。你就有足够的时间和精力思考，对所面对的事情是该表现柔弱，还是刚强；是该取，还是舍；是该进，还是退，等等，会有一个较明晰的抉择。静了，人也就专注了，抉择后的执行也就更加有力。其实，人如果不分心，一个人一辈子还是能成就点事的。

而恰恰喝茶，正是在每次的品饮中，不断地训练一个人的静、定和专注力。个人认为，与茶之类的空灵之物亲近些，我们离"立德立功立言"的圣人之境可能会更接近些，离自己的大志大愿可能就不会太远。

茶显雅。茶与博大、深厚并不乏优雅的中华文化相融甚深。

金丹派南宗五祖的《茶歌》曾就历代爱茶之士有所述。"绿云入口生香风，满口兰芷香无穷。两腋飕飕毛窍通，洗尽枯肠万事空。君不见，孟谏议，送茶惊起卢仝睡。又不见，白居易，馈茶唤醒禹锡醉；陆羽作茶经，曹晖作茶铭。文正范公对茶笑……东坡深得煎水法……赵州梦里见南泉，爱结焚香瀹茗缘……身轻便欲登天衢，不知天上有茶无?"

五千年的积淀，茶已融儒，已升禅，已入道，难怪乎当下之双世遗武夷山发出"千年儒释道，万古山水茶"的感慨。

茶同时也与诗，与琴棋书画，与山水草木……与一些可以指向禅、指向道、指向无限与永恒的载体融合为一。茶可在渐悟与顿悟里，可在通向禅佛的瞬间，可在街区闹市，也可在鸟鸣琴音的山水中，喝个极致纯粹，喝个出世入世，饮个浓浓淡淡，饮个粗犷简雅。

此雅，已是一种境界，一种超越平凡肉身的指向，是一种由内而外、通观自我的修行，是因内心的通透而外化于外在的简约与优雅，更是呈现于生活中可退可进的超然与睿智，是动中取静、静中取动的淡然与豪迈。故曰：向道者，雅之，茶之。

茶具细。茶富于静雅，皆因其每一细处历经的艰辛与雕琢。

懂茶人都知，一杯茶来之不易，一杯好茶更是难求。茶一片片养护，一片片采摘，一片片揉捻，一片片烘焙，再一片片挑拣。每一环节、每一细节的疏忽和不到位，都成就不了一泡至佳之茗，更是达不到走水比例合适、吃火程度恰当、既能柔又可刚、既会死（干）又能活、既保水又留香这样矛盾辩证统一的神韵。

茶无处不折射着"细节决定成败"所蕴含的细微见著的道理，也时时体现着古语里"不积跬步，无以至千里，不积小流，无以成江海"所阐明的细处坚守的规则。茶，细处成之；好茶，更是。人亦然，成大事者，必于细处着眼，也唯长期细处用心者，方能把住和体悟中庸、中和及辩证统一之妙境。

茶载德。何为德？

《论语》首章，"人不知而不愠，不亦君子乎"，意为大德大修之人，所具所思，所作所为，不被人知道，不被人了解，自己不烦恼、不怨天尤人，仍一路向道、向仁、向善，求自身之圆满，为世人而坦然无求，心中自有真气、自有正气，最终得与世人玄同，这才是真正君子之所为。

《道德经》的"德经"首句，"上德不德，是以有德"，意为率性而为，行善积德，不求世俗之得，这样的行为才真正蕴含高尚的"德"。

茶似乎承载这样的品性，成于细微，历尽风霜、身经摔打、高温烘焙，经热水高冲，沸尽自我。遇懂者，品其空灵之妙；不遇，则仅知其简单之浓淡。无论外界如何，不管遇与不遇，知与不知，茶，一样绽放自我。如此，茶，其性，通德，也通上德之人。

恰如明海大和尚《茶之六度》所云，"遇水舍己，而成茶饮，是为布施；叶蕴茶香，犹如戒香，是为持戒；忍蒸炒酵，受挤压揉，是为忍辱；除懒去惰，醒神益思，是为精进；和敬清寂，茶味一如，是为禅定；行方便法，济人无数，是为智慧"。无论何方高论，无论古今中外，可曰：向善者似茶。也可曰：茶通向善之人。

茶之四品，亦如四风格各异之君，赏之、习之。"吃茶去"，静品，不言，静静聆听茶自己的声音，一切如是。

茶道是一条很长的路

○○吴凯伟

最近一直在思考，现代中国茶道如何描述，能否进行比较系统的概括？正巧看了段文字，挺有感触。

中国的茶道出现很早，但遗憾的是中国虽然很早提出了"茶道"的概念，也在该领域中不断实践探索，却没有能够旗帜鲜明地以"茶道"的名义来发展这项事业，也没有规范出具有传统意义的茶道礼仪。中国的茶道可以说是重精神而轻形式。有学者认为必要的仪式对"茶道"的旗帜来说是较为重要的，没有仪式光自称有"茶道"，虽然也不能说不可以，搞得有茶就可以称道，那似乎就泛化了，最终也"道可道，非常道"了。

这段话是不是全对，倒是其次。重要的是，还是讲到些实情。一是确实我们提出得早，唐代就有诗文提到茶道一词，而与儒释道文化的融合肯定在更早时期便已发生。二是关于茶道的实践探索相当多，历代以来，茶的技艺、茶的艺术表演、茶的诗文、茶的器具、茶空间、茶者的心性修养等实践非常丰富。三是茶道的精神要义很多人在总结，但总有系统性、全面性不足之感。四是存在一种较普遍的现象，即动辄碰到茶，就粘合上茶道的说辞。的确，在作为日常饮品和作为茶道层面品饮上应有一定的区分。

何谓茶道？字面的意义可以说是，以茶为载体，从中提炼出来的较高层次的，某一领域和某一方面的理念、理解体系或行为习惯、行为方式。自唐代以来，茶道基本上有形成这样的理解：通过品茶活动来表现一定的礼节、人品、意境、美学观点和精神思想的一种行为艺术。通观茶发展史，有关茶道方面的论述里，清、静、和、美这几个基本内涵，是比较被认同的。源于我们的，以"和、敬、清、寂"为基本精神的日本茶道，以"清、敬、和、乐"或"和、敬、俭、真"为基本精神的韩朝茶道，均基本继承了唐宋遗风。

除了精神要义之外，茶道应该包含哪些方面的要素呢？技艺、礼法、环境和修行应该是比较基本的。技艺至少包括制茶、冲泡和品鉴；礼法包括礼仪和规范；环境包括各种外在的器具、空间和其他配备；修行包括明心见性、养德入境。

有个国外的茶人提出：茶道是以深远的哲理为思想背景，综合生活文化，是东方文化之精华。这提法还是挺有道理的。上下几千年历史，能以一物而上升到道的境界的，似乎不多。依此论，茶道这玩意儿还算是很值得深究和玩味的。只是当下，一谈茶道，往往必曰古法，或说传统。是应该，但总觉需有传承与发扬。现代，必有其现代的意义和特色。新的生产、新的技术、新的价值理念，必应赋予茶，从而给茶道赋予新的色彩。

新的技艺势必让我们对茶的精细度、与身体的兼容度可以有更多的探究，新的时代也提倡着让更多人过上更加美好的生活的理念，这将赋予茶道在精致度和普适度上有更多包容性内涵。这种包容将推动着现代茶道，在以农耕文化为根基，以清约、简约和俭朴为底色的传统茶道基础上有所提升，有更多兼容性内容。

所以，现代茶道的概括，应该可以包含以下几个方面：一是与作为普通饮品的饮茶有个区分；二是继承中国哲学中重实践性和辩证统一性的本质特点，且应保留着清静和美的主基调；三是保留茶道的四个基本要素；四是兼容新时代的新内涵。兼顾这四点的茶道，基本是一个内涵比较丰富，同时对个体而言，呈现出来的，是可进入，但肯定也是一个较长的历证过程。个人理解，可以有这么一种体系，即"一缘、三修、五境"，提出供商榷。

一缘，即一个机缘。人很难随随便便就进入茶道层面的，要么有人带入，要么是工作或专业谋生的需要，要么是某个偶然的觉悟，总之，得有某类机缘。但凡这种娱乐品位的休闲载体，都不太可能很随意能进入的。就生活层面而言，茶道应算是较高品位的休闲消遣，而且入茶道，不能仅靠消遣模式，还需进入学习认知模式，是要有一定的学习、修炼和训练过程的。往更深的层面讲，有些境界，没有一定的生活阅历做支撑，是进不去的。就茶而言，大部分人更多还是停留在茶作为饮品的层面，柴米油盐酱醋茶的层次，仅作为日常的生活用品。再说现代社会，可选择的休闲娱乐方式非常多，未必一定要选茶作为修为入境入道的入口。

三修，即三项修炼。一是敬修。先由敬畏之心开始，即对自然、对生命的敬畏而生出的一份对茶的情感。开始可通过一定的仪式和规范、体验进行训练和强化，成为习惯，铭刻于心后，可不再拘泥于过多形式，自然而然地对茶有敬畏、喜爱和悦纳。

二是静修。修平静的状态。先学习对茶的专注，对美好感受的觉知和关注，同时对生活和工作做减法，多努力少期待。可以把快乐点放在自己的喜好点上，学会向内求索的状态。于无声处，听花开的声音，品香茗的韵律。内求了，心更易平静；心平静了，快乐幸福也易随行。

三是净修。修内心的纯净度。身体自身形成的杂念和现代社会越来越多的诱惑，容易形成诸多的干扰。如果身在尘世，没有生活的击打和历练，是很难自修的。如茶，只能在火里，或者在岁月的沉淀里，尽可能地去掉苦涩，再留下属于自己的纯净与芬芳。

五境，即五种境界：真之境、美之境、和之境、善之境、空之境。在三修中，逐步完成五个境界的迁越。从内修对"小我"的关注，即真、美的关注，对现代的茶技艺、礼法和环境的觉知与欣赏；再逐步完成与己和、与人和、与世界和的融合目标，也即"忘小我"或"无小我"的境界；进而进入能更多地为别人、为社会多做点事的"大我"之境；最后有一种以无为之心有所作为的"无小我""无大我""我将无我"的空灵之境。

通过"一缘、三修、五境"这样的概括，在入口、过程与结果上应该可以解释不断成长和呈现的不一样的自己。在这样的体系中，修炼成精细精致精美的自己、修炼成淡定率性从容的自己与修炼成纯正干净担当的自己是可兼容，也可独立成型的。也就是说，现代茶道应该有更多的兼容性和包容性，既可精致精细与随性洒脱相结合，也可自我超越与无我超越辩证统一。

　　从哲理层面上说，这个体系"借茶修为、以茶入境"，既有实践层面的修炼，也有精神层面的领悟，是玩法，也是活法，是理念，更应是文化，一种合时宜、适众人的文化。

欢乐 80 分

张雪莲 ○○

这不是一场普通的牌战，而是一场"技术派"与"手气派"的较量，关系到 80 分牌局的理论之战，关系到两派的江湖地位之战。

一

外面各房间正在酣战，为参加第 38 期中青杯 80 分大赛角逐。

303 室，一向热闹的房间异常冷寂。

303 两位提前出线的高手，此时异常孤独。

一位号称"小张良"，为 80 分"技术派"掌门，擅长牌理推算；另一位也姓张，外号"小强"，为"技术派"青年才俊，后起之秀。此"二张"光听名字就感觉武功不凡，令人生畏。此二张若组队，岂不是飞机中的战斗机？那威力着实了得。

他们发出了"二缺二"的暗号，却无人回应。正在这时，来了两位女子，小张良斜眼看了两位女子，大的那位个子矮小，小的那位则身材单薄。他冷冷地问："二位哪个门派？报上名来！"

两女子相对一笑，继而茫然道："什么叫门派？我叫阿莲，她叫靓妹。我们是临时凑对，前来凑凑热闹。"

"凑凑热闹？老夫可没空陪你们玩。"小张良一脸不悦。

"哦，不对不对，我们是久仰大侠大名，前来学习讨教。"

"哦，这还差不多，老夫就当好为人师，指点指点二位。"

"多谢大侠！"

"比赛规则可懂？不用解释了吧？"小强不屑道。

"略懂略懂，不用解释，请吧！"两女抱拳道。

二

比赛正式开始。四人团坐，小张良坐西，靓妹坐北，小强坐东，阿莲坐南。

小强抓起 108 张纸牌，分成两份，开始洗牌。牌在他手中发出清脆的声响。随即他翻开一张，是 9。小强开始抓牌，按逆时针依次下去。几圈之后，未见有人亮 2，有点诡异。"2 在哪里？"阿莲喃喃自语。正说着，梅花 2 来了，她迅速亮牌。最后桌上的牌只剩下 8 张，阿莲按住底牌："我坐庄了，可有人反对？"小张良冷峻地摇摇头，小强则"嘻嘻"干笑了几声。阿莲摸上了底牌，哇，好牌啊！她掩饰不住内心的狂喜，顿时两眼发光，眉开眼笑起来，靓妹也跟着微笑起来。

久经江湖的小张良和小强面无表情，这是长期以来养成的牌局素养。但细心的人会发现，他俩嘴角轻微一动，露出了一丝不易察觉的冷笑，仿佛在说："小人得志。"

阿莲开始出牌了，她连续出了各色的 A，靓妹也十分配合地出了分。一切按照常规打法，波澜不惊。"没 A 了，怎么办呢?"阿莲又喃喃道。"不知道怎么出就调主吧。"小强道。"好。"阿莲没有调主，而是出了一对红桃 5。"哎呀!"只听到靓妹一声惨叫，原来小张良出了一对 K，靓妹则是一对 Q，"啊……"又是一声惨叫，原来小强出了一对 10。红桃分被二张组合一网打尽。

"你应该把这对红桃 5 埋在底牌，到底是女人，舍不得对子!"小强教诲道。阿莲频频虚心点头。

这一小小回合，二张组合暂时占了上风，他们开始反攻。但是靓妹也开始阻击，她用大鬼拦下小张良的出牌，接下来又摔出了"拖拉机战队"，一时令二张措手不及，无力抗击。

第一回合结束，姐妹队打 4。

第二回合结束，姐妹队打 6。

第三回合结束，姐妹队打 7。

第四回合结束，姐妹队打 9。

三

第五回合开始，二张队开始有点沉不住气了。小张良冷峻的脸愈发冷了，小强的微笑也僵硬了。正在这时，外面传来"哈哈哈哈"几声大笑，走进来了一个人。

此人号称"玉公子"，来自正在开发的一座海岛，据说此岛之前比较蛮荒，民风淳朴剽悍。牌风也十分剽悍狠辣。可能曾是"技术派"掌门的手下败将，对小张良有点畏惧又有点不服。他一进来，看到如此对阵，冷笑起来："是你们这俩小女子呀，有看头！"随即他便坐在阿莲旁边观看起来。

阿莲坐庄，她抓完了牌，开始埋底牌。哎呀，不妙，分太多，怎么办？她皱起了眉头，对家靓妹看着她，一脸温和，不知如何安慰。

"不行吧，这样太冒险了，很怕怕的。"阿莲抓着 8 张底牌，不让玉公子放下去。

"没事的，听我的。"玉公子一脸冷酷。

"看来底牌有好多分，我们要双扣！"小强的脸开始舒展，嘴角露出一丝快意。

这局牌有点诡异。

阿莲开始出牌，她怯怯地调了张小主。

"哎呀，看来没牌出了！"小强得意地笑了起来。

小张良继续一言不发，他跟着也出了张小主。

"大鬼，我出。"靓妹轻轻地抽出牌来。

接下来，靓妹出了拖拉机 JJQQ。"哇，我的 5566！"小强忍不住低声叫道。

"太好了！"阿莲赶紧把手上副牌全垫了。此时阿莲的牌只剩下主牌了。

小张良冷静的脸终于藏不住一丝痛苦，无奈地扔下他的一对 K。

接下来，靓妹又出了另一张副牌，小强 A 下来，阿莲用主毙掉。

"清主！"玉公子低声喝道，他忍不住抓住阿莲手上的牌打了出去，"嗖嗖嗖"几下，几对大主打出，三家主牌应声落地，毫无招架之力。

"全主了，打 A！"玉公子抓住阿莲手上剩下的牌，潇洒地甩了出去，一副快意恩仇的得意。

最后，这场战局以 A：2 的大比分悬殊结束。

"承让！"两姐妹抱拳道，随后飘然而去。

"怎么会这样？"小张良呆呆地喃喃自语，他那两只铜铃般的眼睛更加突出，仿佛要喷出火来。小强也难受地怔在那里，一语不发。

尾声

从此，江湖上"技术派"和"手气派"之争更加激烈了。

技术派说：哥打的不是牌，是技术。

手气派说：姐打的不是牌，是手气。

技术派再说：打牌靠技术，胜利是王道。

手气派再说：打牌靠手气，快乐是追求。

到底是技术决定战局，还是手气决定战局呢？到底人生目标是胜利呢，还是快乐呢？

这场争斗没有答案，也无法休止。

（本故事纯属虚构，请勿对号入座。）

2012 年 5 月

铁桥游记

○○陆　地

　　铁桥是一座桥的名字，也是以该桥为特征的一个区域的地名，位于英格兰中部，距伯明翰市大约 60 英里。作为 18 世纪英国工业革命的一个摇篮，它早已成为闻名遐迩的旅游胜地，每年吸引着成千上万的游客到此寻访现代工业文明的源头。

　　到英国后不久，我和一些朋友就有了一次难忘的铁桥游。那是 8 月的一天，阳光灿烂，气温 20 多度。在英国，这是一个难得的好天气。车出伯明翰市区，上了往西北方向的高速公路，约一小时，车子开始离开主干道进入一个小丘陵地带。接着，进入一个小峡谷，一条宽约 20 米的河和一座桥映入我们的眼帘，这就是铁桥。我们把车停在距桥约 100 米的地方。下车后，举目四望，只见到处都是郁郁葱葱的树林，沿河一侧的山坡上，散落着一些两三层的民舍。河水清澈见底，有七八人在悠闲垂钓，俨然一幅中国江南山村的景色，令人很难一下子把眼前的景物与那场铁与火交织的工业革命联系在一起。

　　但当我们参观了几个博物馆后，我的感受就完全不一样了。铁桥方圆 6 英里，分布着 7 个不同类型但都与工业革命有关的博物馆。

举目四望，只见到处都是郁郁葱葱的树林，沿河一侧的山坡上，散落着一些两三层的民舍。河水清澈见底，有七八人在悠闲垂钓，俨然一幅中国江南山村的景色，令人很难一下子把眼前的景物与那场铁与火交织的工业革命联系在一起。

我们先参观了位于山谷中的"铁与铁桥博物院"。该馆设于原先的一个厂房内,告诉我们工业革命及其为什么首先发生在这里的故事。那18世纪的设备与现代声光的完美结合,使我们仿佛置身于200年前工业革命的洪流中。在这个建筑物旁边,我们又参观了"高炉博物院"。那高约10米的三角形玻璃罩保护着一个18世纪的著名高炉。此炉现已塌掉一半,其样子普通得就像中国的一座砖窑。但千万不要小看了它。18世纪绝大多数制造业和炼铁方面的技术创新就发生在和这个高炉一样看似普通的高炉中,这些技术创新引发了整个现代工业文明的到来。

18世纪初,亚伯拉罕·达比的库尔布罗克达尔公司,就在这个高炉内,在世界上首先采用焦炭代替木炭作为炼铁的燃料。这个新技术加快了炼铁过程,并大幅提高了铁的质量,从而引起了一场冶炼业的革命。这个山谷也因此在18世纪成为世界上最重要的铁制品生产基地。同时,炼铁技术的创新使铁制品的大规模生产和更大范围的使用成为可能。世界上第一台蒸汽机的汽缸和第一条铁轨分别于1720年和1767年在这里诞生,为英国的交通发展奠定了基础。世界上的第一个铁轮和第一艘铁船也在这里制造。当然,在许许多多的"第一"中,还包括至今依然完整如初的世界上第一座铁桥。

铁桥于1779年开始铸造,由当时著名建筑师托马斯·普利查德按照亚伯拉罕·达比三世的建议设计而成,于1781年建成。当时这座桥采用收费制管理,即先买票,后过桥。这可能也是世界上第一座收费桥梁。从1781年至今,无数的游客为目睹其雄姿而涌向这里。这座桥开创了在重要建筑领域使用铸造技术的先例。走在桥上,我眼前浮现出南京长江大桥、上海杨浦大桥的雄姿，仿佛又看到了整座由钢铁构架的香港汇丰银行大厦。这些大桥、大厦，不正是眼前这座桥的延伸吗？

鲤鱼溪漫步

○○林金章

　　曾听一位同事提起，鲤鱼溪没什么好看的，又脏又没人管理，因此，到周宁后听说去鲤鱼溪，便懒懒的。经不住主人的再三邀请，我们还是去了。

　　离开城关二三公里便到了浦源鲤鱼溪。一眼望见许多鲤鱼在水中悠游，两个七八岁的小姑娘递上光饼，我们一人拿了些，开始用它喂鱼。碎饼在水中漾开，一会儿便有许多鲤鱼迅速游来，用鱼唇轻触，忽而又迅速游开。陪同的周挂点这个镇，他说上游还有很多鲤鱼。我们顺着小溪往上游走，两个小姑娘也跟在我们身边，义务为我们当导游。她们为我们介绍了她们熟知的鲤鱼，我不禁惊讶于她们对鲤鱼溪的熟知程度了：全身粉红、嵌上一道道黑色的裙带的，称之为公主鱼，另一条与之酷似的谓之公主鱼的姐姐；全身幽黑、颇有大将风度的，谓之"将军鱼"；头上长了两个闪光点、夜间会发光的，谓之"木马鱼"；重达 30 来斤、生活年代悠久的，谓之"鱼王"。

　　鲤鱼溪中有的鲤鱼生活年代悠久，有的达数百年之久。我问两个可爱的小导游："你们不抓鱼？"她们摇了摇头，再问，答："不能抓，抓了会变成油。"原来，宋时村长郑氏老爷爷为了保护溪中的鱼，制定了村规，言有偷鱼者，罚请全村人看戏。言毕，指使自己的小孩抓鱼烹之，以此为典型，当众责之并罚请全村人看戏，后来便也没人偷鱼，而古朴的村规却因此流传了下来。逢上下雨，大水把鱼儿冲走，便有许多村民拿着盆、桶到下游寻鱼。我们去时刚下过雨，有幸目睹这一情景，果然看到地头田间，三三两两的寻鱼人——难怪多年来溪里鱼的数量能保持 3 万来条。在鲤鱼溪的尽头，我们又看见了一类似土堆的塚，谓之鱼塚，村里人把死去的鲤鱼埋在这土包里，让它们在这里安息。塚边两株千年老柏树，像守护神一样，守住这一方安息之地，以免鱼儿受到惊吓。我想正是有了人们的智慧，鲤鱼溪才更显示出它的自然古朴。

这里的礼堂、1400 多年的古榆树、义务导游热情而详细的介绍，再加上令我陶醉的鲤鱼溪，令我仿佛又回到了乡间，回到了古朴的村里。人们对鱼的保护，人鱼的融洽相处，使我想起了当今环境保护任务的艰巨，便觉意味深长……

1999 年夏

拥有雨中冠豸山

○○林金章

抵达连城冠豸山，是在一个细雨蒙蒙的春天的下午。

山无水不活，水是山的血脉，山的精神，少了水的山总是让人觉得少了那么一点儿灵气。冠豸山石灵水秀，每至雨丰水涨的季节，山格外抖起了精神，悬崖上的瀑布飞溅，整座山活了。因此，登山赏景岂能不看水？冠豸山看水最佳处在石门湖，欲上冠豸山，必先划过石门湖。我们驱车抵达石门湖。

石门湖水绕山转，如翡翠镶嵌在奇峰幽谷之中。泛舟湖上，只见山水掩映，曲折回环，五里湖面碧波荡漾。坐在船上远眺，连日的雨水把整座山刷洗得晶莹剔透，绿莹莹、湿润润的，清爽可人。远处的座座青峰像披蓑而立的老翁，山上的石崖，好像暗伤春天短暂的少妇，掩面而泣，泪水涟涟。再看湖面，深不见底，上披迷蒙的水雾，下泛圈圈涟漪，含蓄而安详，多像一位温柔贤淑的女子啊！山水的阳刚与阴柔，呈现出多彩人生相承相悖的和谐之美，叫人感动，令人深思……

登鲤鱼背，直上长寿亭。由上往下看鲤鱼背，山体形似鲤鱼，365级台阶居于其背，直垂下去，长不见底，故名鲤鱼背。台阶狭隘，越往下越看不出层次，像一条随风飘向远方的绸带。登山的人们，紧抓扶手，侧身斜脚，缓缓而上，上一级，停一停，走几步，歇一歇。有的上了年纪的人干脆手足并用。远观长寿亭，"平地兀立，不连岗自高，不托势自远"。两峰耸峙，壁如刀削，下临深涧。摩崖石刻，处处可见。真佩服勇敢的雕刻匠人。充足的雨水把山体和石崖冲刷得沟壑纵横，不少树根露出。然而只要有一条根扎进岩石中，树就能生长，并稳立在那里，稳当当泰然现出主人的潇洒，绿油油显出春的盎然，一棵接一棵，排成狂风暴雨奈何不得的树阵。不知不觉中步子慢了下来。

上了一个小平台，刚想小憩，一抬眼看见云烟起处，人头攒动，十几个担山工，抬着重物向上攀登。"咳唷——咳唷——"，雄壮的号子从大山的胸膛里吼出，木拐杖"咚咚咚"，震彻八方。铿锵的脚步和冠豸山博大的心一齐律动；他们有前有后，相互配合，层层排列，步步前进，每每仿佛能掀起石门湖粼粼的波浪。我不由思绪万千：古往今来，满山难以计数的人文景观，哪一处不饱含冠豸儿女的汗水和智慧？自然的山就在这汗水和智慧里得到了丰富、升华。而眼前，这一大片布满汗珠、紫黑发亮的脊背和臂膀构成造山群英图，不是冠豸山上最生动、最富价值的景观吗？山拥有了它，才拥有永远鲜活的生命，飞扬起一种奋进不息、经久不灭的精神，而这种精神又成为冠豸儿女步伐坚实雄壮的源泉。

劳动号子向高处移去，我们继续前行，这时却已雨歇霞起。走在下山的路上，回首来路，霞染林翠，风起云生，满山上下，苍苍茫茫的雄浑大气弥漫升腾。暮霭中，高耸的主峰从容大度，中间大片群峦低谷，半是明晰半是褐暗，沉默而平和。俗话说，"上山气管严，下山关节炎，不上不下脑膜炎"。我没有了上山的雀跃，一瘸一拐地慢慢行走，脱下鞋来看，趾头起了泡。再想想这次的登山是锻炼自己的意志，吸纳冠豸山坚忍向上的精神，顿时，一缕释然的快慰掠过心头，全身轻松得如同天地间的白云，清静得如同苍翠的高山。夜色降临了，整个连城沸腾了，整座山复活了。再看那主峰，酷似古代獬豸冠，冠下站着的，分明是一个不止不朽的民族。一种难以抑制的豪情充满心间：我拥有冠豸山。

1995 年春

探幽金山寺

钟荣誉 ○○

　　金山寺位于福州市西郊洪塘村附近的乌龙江上，建于宋代，是福州唯一的水中寺，以四面环水、别具一格的造型而闻名于世。秋日至寺，瑟瑟秋风，无边落木萧萧下，只觉得不尽江水滚滚来。倚桥远望金山寺，清清静静一座水上寺庙，令来人心中仿佛顿时空明。千年的水波潋滟，风霜洗练，与世无争的金山寺，遗世独立。

　　《洪塘志》记载："金山江心矗起，形象印浮水面，似江南镇江，故曰小金山。有塔七级，故曰金山塔寺。"明代礼部尚书曹学佺亦云："洪塘小金山，四面皆水，有一矶盘据其上，堪舆家言，以为印浮水面。里俗以为似扬子江之金山而差小，但以小金山目之。水自三溪来者，洄旋于矶之下，潴而为潭。相传有异物潜其中，因建寺塔以镇制之。"古时曾有石桥与岸边相通，1617年桥被洪水冲毁，引渡至今。相传曹学佺认为，石桥虽便于往来，却使佛界与凡俗之间少了分界，还破了金山寺特有的"浮水之印"的风水。要使佛俗得以区分，金山寺客游就非坐渡船不可。这也让金山寺更多了一分神秘色彩。

　　如今金山寺边用一条粗大缆绳将寺院与岸边联系，以小舟横渡，倚桥远望金山寺，清清静静一座水上寺庙，令来人心中仿佛顿时空明。千年的水波潋滟，风霜洗练，与世无争的金山寺，遗世独立。

渡工或撑篙或借力缆绳。如遇枯水季节，便可直接步行登寺。寺庙依地形和自然景致而建，筑有妈祖阁、大慈楼、金山塔和左右两间配室，四周围以护栏。现存建筑是 1934 年由群众捐资重建的。1997年大修时，于四面环水处树立木桩以支撑建筑。弃舟登寺，可见寺基石缝上有一榕树，虬曲多姿宛如迎客一般。殿前原有两株古榕，曹学佺曾于此二株榕树间仿古巢居，命名禅楼，后人去楼废，尚存一株古榕，老树扶疏，岿然独存。多年前因年代久远、树冠太大，古榕倾倒于江中。现存榕树相传是飞来种子长成的。与这棵榕树有着一样神奇色彩的是另一棵有着 400 多年历史的香樟，据说是状元翁正春在寺里读书时所植，树干一分为二又于空中紧紧相连，人们戏称"连理树"或"情侣树"。这两棵树都长在没有泥土的岩石上，却华盖累累，浓荫蔽日，令人感慨造化，啧啧称奇。《闽江金山志》赞曰："浓阴压瓦，六月生凉。"

　　进入前殿"天后宫"，正中一尊妈祖金身塑像，旁有对联赞曰："行地无疆，塑在湄洲，海上战功凭一助；与天立极，尊为圣母，女中徽号冠群神"。妈祖乃水上女神，庇佑寺庙和过往船只的水上平安。传闻这座水上寺庙能"从潮升降，水涨山升而不淹没"。每年农历三月二十三日是妈祖圣诞，寺里都会举行祭祀活动，许多善男信女纷纷赶来朝拜。前殿内悬挂多副对联，生动描写了金山寺江景，也让游客欣赏到书法佳作。今摘录如下，以飨读者：

　　　　孤屿许当中山势两开树旗鼓

　　　　群流任奔下石根独拔开金焦

　　　　　　　——1983 年 8 月谢义耕隶书　林其蓉竹均联句

宝塔镇中流远渚烟波分马渎

飞甍凌碧汉古祠香火对龙江

——岁次己卯春月里人萧心涛书　陈鸣秋联句

梅观跨中流江势昔曾分两派

山川钟闲气人文今尚话三元

——萧心涛书

此间真福地洞天无一豪尘俗气

以外皆高山流水作千古画图观

——癸亥秋月蒋平畴书于福州远风斋

前殿后壁上方悬有原国民政府主席林森于 1935 年 5 月的题字："是最胜处"。匾额下方挂着一个一米多高的金字"佛"。左右对联曰：

塔湖环孤屿澄潭碧波夜月

金山笔古刹楼阁暮鼓晨钟

——1983 年孟秋萧心涛撰联句　沈觐寿书

穿阁而过，就到宋元年间修建的金山塔下。塔为七级八面之实心石塔，由 185 块白梨石砌成，乃全寺的中心建筑物，高约 10 米，古朴精致，塔身雕有檐楣、门窗，缀合严密，庄严大气。满潮时，塔浮江心，相当壮观。洪塘古渡是古时的集市商港，是闽江上下游水路交通的集散地，舟楫千百。"塔影江声随波动，渡口人声尽日喧。"建塔除为趋吉避邪外，江上往来船只亦将此塔看作航标灯塔，曹学佺有诗曰："浮丘塔夜放花灯，江上看时信几层。"

转过塔后，步入大慈楼。后殿大慈楼供奉观音菩萨，是该寺主殿和佛事中心，楼内香火旺盛，烟雾缭绕。不少人于此抽签问卦，祈求神灵庇佑。大慈楼里有许多古今名人的题诗题联，门楣上"大慈楼"三字是大师刘海粟88岁时所书；理学大师朱熹作有楹联："日夜长浮不用千篙争上水；乾坤屹立独能一柱砥中流"。曹学佺留有"波涛震撼，天堑长流"的遗墨。观音大殿内还有多副联语：

露白秋江鸥一梦

月明寒渚雁双归

——明张经句

斜阳浮宇两悠悠，物换星移几度秋。

寺中举子今奚在，洪塘闽江空自流。

——《辛巳中秋后游金山寺有感》蒲岭林义杰书

柳叶洒甘霖欲渡苍生离苦海

莲峰观自在常教赤子上慈航

——夏正辛巳秋仲张善文沐手谨撰

值得一提的是，金山寺内有多幅书法作品乃福建省文史研究馆馆员所作，如沈觐寿、潘主兰、谢义耕、萧心涛、蒋平畴，都是声名卓著的书画大家。诗句引经据典，寓意深刻，书法或苍劲有力，或飘逸灵秀，是不可多得的书法上品。游客既游览金山寺名胜，又濡染洪塘丰厚的历史底蕴。

金山寺地处水中，虽仅方寸之地，"斯是陋室，惟吾德馨"，是风光最胜处，更是读书好地方。大慈楼前左右两侧各有一间斗室，名"怡怡斋"和"借借室"。门楣匾额都是由大师王个簃所书小篆。王个簃为吴昌硕衣钵传人，当代名家，曾任西泠印社副社长，也是上海文史馆馆员。左边"怡怡斋"为四五平方米见方小屋，门联取自张经诗句："蓬窗剪烛孤弹剑，草屋禁风静掩扉。"

明代有很多士子都在此读书，其中知名者有抗倭名将张经和状元翁正春、礼部尚书曹学佺等。张经，字廷彝，洪塘半洲街有大司马张经祖宅，世称"张半洲"。明正德丁丑年（1517）进士，兵部尚书、七省总制，抗倭名将，号称"东南战功第一"，可谓战功赫赫。因受奸臣严嵩和赵文华诬陷，被昏庸的嘉靖皇帝斩首，史称"冤同武穆"。阮宾赋拜墓诗云："堪恨阶前无铁相，张坟何异岳家坟"。直到万历时才平反昭雪，赐金头御葬，追封襄愍公。有《半洲诗集》传世。同乡林璧慨然题下挽诗一首：

> 拜命专征肃剑冠，谁知风惨汉家坛。
>
> 功高百战蕶斐起，祸中孤城带砺寒。
>
> 勿为沉冤悲血碧，却因观窍识心丹。
>
> 异时麟阁图新像，多少英雄不忍看

翁正春，字兆震，侯官县洪塘乡人，明万历二十年（1592），以老成之年（40岁）赴顺天乡试，状元及第，授翰林院修撰。任礼部尚书时，因疏劾权奸魏忠贤被反劾，辞官归里，皇帝准呈，因翁正春曾是"皇祖讲官"，特加太子少保，赐传车回里。据载："正春年逾七十，母百岁，率子孙奉觞上寿，乡间艳之。"天启六年（1626），翁正春病逝，年74岁，崇祯赐谥"文简"。有《南宫奏疏》《青阳集》传世。明史记载："正春风度峻整，终日无狎语。倦不倾倚，暑不裸裎，目无流视。见者肃然。"

传说天启元年（1621）初，首辅大学士叶向高回福州时，曾到洪塘乡拜访翁正春并夜宿翁家，两人交谊甚笃。翁正春殷勤款待，为表谦逊之意，随口出一句对联："宠宰宿寒家，穷窗寂寞。"叶向高马上回应："客官寓宫宦，富室宽容。"语意安详谐趣，恰到好处。这一楹联故事在福州士林中传为佳话。洪塘乡为纪念这位状元特将主街道取名为状元街。

曹学佺，字能始，洪塘石仓园人，号石仓园主人。明万历二十三年（1595）进士，只比翁正春晚三年，官至礼部尚书，加太子太保。万历四十一年（1613），曹学佺因对魏党专权不满，著《野使纪略》揭露魏忠贤所制造的"梃击"案，遭魏忠贤党羽刘廷元所诬陷，削职南归。曾筑室金山寺，一意著述。唐王朱聿键在福州建立小朝廷时被重新起用，隆武朝廷覆亡后"投环以殉"，时年七十四。清乾隆十一年（1746）被追封为"忠节公"。闽剧起源于洪塘的儒林班，曹学佺是福州闽剧儒林班始祖，归隐故里后，构建石仓园，广交戏剧名流，独创逗腔，创作演出《紫玉钗》《女运骸》等，成为当地数百年间久演不衰的传统剧目。曹学佺著作颇丰，有《石仓全集》传世。

明代洪塘文风鼎盛，不仅有状元进士，还出了众多儒学教官。"洪塘文儒之乡，亦盛出儒学教官。明清两朝，府之教授，州之学正，县之教谕，荣任者三十余人，首称者赵奋，任河南提学使。"万历《福州府志》载："赵奋，字庸卿，侯官人。嘉靖乙丑进士，乞就广文，得温州学教授。寻擢宁波府推官，仁恕不苛，议狱多所平反。召入为给事中，时有谠言，与执政不合。出守广平府，廉慈之声，溢于畿辅。举卓异，受旌，转河南督学，称得人。"

寺右侧为"借借室"，门联取自三一教创始人林龙江诗句："山川寄迹原非我；天地为庐亦借人。"据寺志介绍，莆田爱国志士林兆恩即林龙江（1517—1598），博学多才，集儒道释三教合一。传说他能预知祸福，曾寄寓在金山寺，因其桌椅器具等物全是向附近村民借用，故名所借斗室为"借借室"。林龙江在此著书立说，撰写《防倭管见》等书，提出保国安民的良策。林龙江每年夏天都设坛纪念被倭寇杀害的乡亲，他逝世后，乡民在附近的龙腰山下建龙江寺以表怀念。林龙江还是洪塘普渡的创始人，金山寺成为洪塘普渡的发祥地。明万历三十二年（1604）洪塘每十年逢甲岁，必设道释经坛题缘普渡，届时上演儒林戏，观者云集。

滔滔江水带走多少风流，俱往矣，但今人从这些只言片语中，仍能读到诸位洪塘乡贤的刚直性情，铮铮铁骨。寺中立有《福州金山寺志》，碑载："朱熹曾到此讲学，历代名儒常到此吟诗题咏，亦乃文人之摇篮。"当年金山寺文昌阁内祀文昌君，每年二月初三日，文昌帝君圣诞，信众络绎不绝，文人墨客聚会交流，咏诗作赋，浏览胜景。遥想当年旗山如黛，斜阳如血，江波逐浪，烟水苍茫，湖山生色。佛曰：净心守志，可会至道。古代莘莘学子以此地为修学之所，每逢科考，多有拈香祈求金榜题名者。文风传承，至今仍有很多年轻人来此拜佛祈愿。

大慈楼内转往一小亭，名"龙凤亭"，是游人憩息之地。朝晖夕阳，气象万变，极目远眺，风光无限好。有诗赞云："不道金山亦有双，一拳虽小势难挡。波心矗立原无异，未必闽江让镇江。"现今金山寺渡口岸边新建一座浮雕长廊，画廊序文与文字解说由九旬里人庄可庭纂述、高祥杰执笔。浮雕向游客展示金山寺胜迹和周边文化古迹。

日月如梭，岁月如歌。在金山寺凭栏远眺，江水流处，碧波荡漾，远处旗山云雾缭绕，层峦叠嶂。如入夜时分，伫立洪塘桥边，便可见渔火点点，玉塔亭亭。据载古时金山塔寺周围有八景："洪塘古渡""石仓秋烟""妙高钟声""半洲渔火""云程石塔""巴山风帆""环峰夜月""旗麓斜阳"。元代王翰有诗云：

胜地标孤塔，遥津集百舱。

岸回孤屿火，风渡隔村烟。

树色迷芳渚，渔歌起暮天。

客愁无处写，相对未成眠。

对此美景，寻觅古迹，探幽览胜，别有情趣。回眸金山寺，伫立江中，清雅高洁，仿似佳人，在水一方。

清迈，尘世的别样烟火

○○彭 芬

去清迈之前，听了很多关于她的传说。清迈地处泰国北部，曾作为历史悠久的兰纳泰王国（意为"百万稻田"）之首都，留下了许多恢宏的建筑、灿烂的文化和动人的故事，吸引着众多游人纷纷慕名前来。2017 年秋，当第一次有机会迈出国门时，我便选择了这个有着"泰北玫瑰"雅称的清新小城——清迈。

与某些大都市摩登、时尚的气质不同，这座小城风景秀丽、遍植花草，如同邓丽君歌中"看似一幅画，听像一首歌"的吟唱，是个不可多得的引人驻足停留、放空思绪和体会闲适安宁的好去处。

仲秋时节的清迈，在风清气润的主流天气下，略显变化无常。晴热的午后会倏然而至一场雷阵雨，令人始料不及，不知如何应对。不过这变幻来得快去得也快，在路边的屋檐下躲雨，看雨水把街道冲刷得越发明亮，不一会儿又重现晴朗无边。在最具小资韵味的宁曼路上漫步，于纵横交错的街巷间随意穿梭，一间间既现代又浪漫的文艺商铺引人流连，耳畔回响着小店服务生招揽顾客的笑语。从中感受到当地人那种悠然自得，心也情不自禁地平静下来，渐而把呼吸放慢，把步履放缓，把目光放平和。

若想进一步感受当地独具特色的文化，莫过于体验一次酣畅淋漓的泰式按摩了。很多旅行家都说，来清迈没有感受一次"马杀鸡"，等于没来过清迈。精油 SPA、花草足浴、身体磨砂，"马杀鸡"可供选择的项目丰富多样，不仅能尽情体会当地人的淳朴和热情，而且舒适程度令人回味无穷，价格也很美丽。

清迈动人之处不仅有慢生活的情调，还有古城周边的旖旎风光。清晨乘车至郊外的河谷森林，薄雾中依稀可见葱郁青翠的山林，数座别墅亭阁散落在丛林和绵延的稻田之间，富含氧离子的空气中弥漫着浓郁的草味花香。据悉，哥哥张国荣昔日下榻的四季酒店即坐落于此。他与邓丽君一样钟爱这座小城，闲暇时经常造访，后来甚至斥资买下酒店的独栋别墅，尽情享受此处隐世桃源般的诗意风光。

有人说，清迈这个地方，最适合心生倦意、渴望叶落归根的人。它没有急功近利的浮躁，也没有幻若天堂的梦呓，有的就是自由宁静的空气、如诗如画的风景和路人脸上质朴、恬淡的笑容。当地人远离尘嚣的慢生活节奏，可能也与他们崇佛的信仰有关。清迈是当之无愧的佛教圣地，有大大小小 300 多座古寺，随处走走，可能下一个转角就能遇见。我国也曾经历佛法昌盛的时代，但如今"南朝四百八十寺，多少楼台烟雨中"的真实情境恐怕只能在清迈找到。

参观古城内的帕辛寺时，一进门便被蜂拥的人群吓到。尽管眼见人来人往，却丝毫没有熙攘喧哗的感觉。这座始建于 1345 年、清迈规模最大的庙宇，洁白的墙面、精美的飞檐、金光灿烂的佛塔，外观处处呈现出极尽奢华的视觉冲击。踏入殿内轻轻坐下，细听僧侣诵经的声音，一切又回归安宁与祥和。在清迈地位尊崇的佛寺很多，大多修建得富丽堂皇，与我国巍峨庄严的皇家庙宇风格迥然不同，它们更像一件件精雕细刻的艺术品，为清新的小城平添了几分隽秀，几分秾丽。

当地灯火璀璨的夜生活，也是蛮吸引人的。清迈的夜市真的是多如牛毛，到夜市里，最撩人兴致的不外乎各色美食了。咖喱面、冬阴功汤、香芒糯米饭、泰式炸鸡、水果沙冰……丰腴热闹的烟火气息中混合着食物散发出的香味，每一样都令人垂涎欲滴，挪不动步。最终，强烈的好奇心驱使我来到网红美食"凤飞飞猪脚饭"摊位前，有着明星面孔的老板娘手脚麻利地忙碌着，将热腾腾的猪脚饭装盘传递上桌。那边厢不同肤色的食客们热火朝天地流着汗、排着队，迫不及待地想要体验泰北美食的别样风味。与这座城市慢生活的雅致相比，这种反差让我对清迈的印象愈发深刻。

从变幻莫测的温润气候，到独具特色的佛教文化；从美轮美奂的诗情画意，到大快朵颐的夜市美食，清迈带给我的体验是如此的不同。我想旅行的本身，本不在于沿途看景与拍照打卡，而是为了享受一场新奇经历，期待与不一样的烟火的相遇。恰如人生，悲欢离合，阴晴圆缺，总要尝一尝，历一历，才能深切体验峰回路转、柳暗花明的世情万象，从而找到更广阔、更真实的自己。

回程时听旅友提起，再过月余就是清迈的水灯节，人们会将插着蜡烛与鲜花、寄托着自己祈愿的水灯放至河面，令之随波逐流而下，到达理想的圣境。届时岸上亦会华灯如织，流光溢彩，万人放飞的孔明灯将随僧侣的诵经声缓缓升起，随风飘向最远的高处。想象着万盏灯火载着凡俗众生的质朴心愿扶摇而上，如朵朵礼花在茫茫夜空绽放时，该是怎样的浪漫景象，此番是无缘亲眼得见了。虽有遗憾，也不枉然，重游的期待已于心底悄然滋生，姑且留作未来可期的一个小小念想吧。

漫说吃相

黄国林 ○○

　　吃相，也叫食相，乃是指人们吃喝时的姿态与形象。

　　中国作为"食礼之国"，一直都有"君子食略尝之味，小人撑死不足"的说法。意思是：君子看到好吃的东西，尝尝味道就行了，而小人就是吃得撑死了还觉得不够。一语道尽君子与小人迥然不同的吃相。

　　老一辈人常说，从一个人的餐桌礼仪能看出一个人的品性和修养。马未都讲过一个故事，说一个人和朋友吃饭，正好赶上父亲来，就带上父亲一起。回家路上，父亲和儿子说，这个朋友不可深交。因为他观察到，儿子的朋友习惯在夹菜时把筷子深深地插进菜里，扒拉两下之后，才夹起自己的菜。

　　"这种人，不顾及别人，很自私。"果然，一段时间过后，儿子的朋友因生意上的一点小事见利忘义，弃他而去。所谓见微知著，大抵如此。

　　曾经看过一篇文章栩栩如生地描写某类食客——

　　　倘席间遇到自己喜爱的菜，待盘子转到自家面前，立马精确制导，眼如闪电，快如雨点，运筷如飞，端的风卷残云矣。

即便菜盘已转开了，亦要站立起来，引颈伸臂去追杀一番。一桌八人，八块红烧肉，贵年兄独力消灭了四块：肚里一块，喉中一块，嘴里一块，筷上夹着一块，两眼犹目不转睛地盯着剩下的那一块。

这端的是，如饕餮再世。话说，我也亲见过夸张的食客，比马未都先生所述有过之而无不及。

那是多年前，受单位委派，笔者到闽北山区某山村担任党支部第一书记。那时候流行一句话叫"上面千条线，下头一根针"，三天两头有县里各部门下乡来检查指导工作。彼时，还没有"八项规定"之说，下乡的头头脑脑们正儿八经走过场之后，饭点一到，乡政府食堂早早就备好了一桌美味佳肴等着。作为省派干部，我经常"有幸"被叫去陪餐。

有一回，来的是县里某部门的主要领导，席间有一道特色菜"草药炖牛蹄"。只见这位领导先用筷子像哪吒闹海一般，将整碗蹄子翻个底朝天，夹起一块，瞧瞧，不满意，放下；再夹，再瞧，仍不满意，又放下。如此这般反复"审视、考核"，最后又夹起第一块。一碗牛蹄子几乎被他考察了个遍，简直比考察干部还要细致入微。

挂职结束回城后，我又几次出差到该县，都没再碰到这位领导，经问，才知已是阶下囚。

其实，关于饮食礼仪，早在先秦的《礼记·礼运》中就载有"夫礼之初，始诸饮食"。可见，人类最早的礼仪，就是从饮食礼仪开始的。我小时候经历过的种种糗事，就几乎都和饮食礼仪有关。

那时，一年到头粗茶淡饭，是那种"嘴里可淡出鸟来"的淡。

三餐就着地瓜配稀饭，是那种稀得"光可鉴人"的稀。有一天，邻家那个大姑娘要出嫁了。这对于我们这些毛头孩子来说，真是天大喜事啊，可以跟着长辈"坐席"吃大餐了！

好不容易等到开席，可是伸出的筷子还来不及逮着"猎物"，手背上就先被招呼了一巴掌。抬头看，母亲正拿眼瞪我："没大没小！"嗨，都怪我嘴馋忘了规矩。长辈先动筷，这条规矩在这种场合最讲究，作为小字辈，没忍住先下了筷子就是缺乏教养。

还有一回，农忙完后难得的加餐。哧溜哧溜，一碗闽南咸粥落肚后，我端着空碗到灶台边准备盛第二碗。怎奈，兄长动作比我还快。站在他身后，我火急火燎地用筷子把空碗敲得当当作响。说时迟那时快，后脑勺上又被招呼了一巴掌！回头看，父亲的胳膊还抡在半空中，也不解释。后来长大了才知道，旧时代乞丐要饭就是这样敲碗的。

俗话说：吃一堑，长一智。但是，很多"餐桌禁忌"大人们的解释往往也是语焉不详，因而仍然是懵懂不解，全靠被"招呼"多了长记性。比如，吃饭的时候，不要老是说话，因为孔子曾经曰过"食不言，寝不语"；不能用筷子指人，因为筷子头比较尖，用筷子指人是对他人的不尊重，是所谓的"指筷"；也不能手举筷子拿不定主意吃什么菜，在餐桌上四处游寻，这叫"迷筷"；更不能把筷子插在碗里，因为这如同祭奠死者，叫"供筷"。如此种种，不一而足。

《礼记·曲礼》载有一整套关于饮食礼仪的繁文缛礼，其中有几句：共食不饱，共饭不择手，毋搏饭，毋放饭，毋流歠，毋咤食，毋啮骨。

用现在的话来说，大意是：一起吃饭时，不可只顾自己吃饱。如果和别人一起吃饭，要检查手的清洁。不要用手搓饭团，不要把多余的饭放回锅中，不要喝得满嘴淋漓，不要吃得咂吧作声，不要啃骨头。

古人的这些"讲究"，口耳相传，便成了日常的"体统"。然则，在某些时候，不那么讲究，却也别有一种趣味。

单说这"毋咤食"吧。小学毕业后，我有幸考上了县一中。县城离家有60多公里，交通十分不便，为了节省路费，一学期也难得回一两趟家。盼星星，盼月亮，好不容易盼到寒暑假。母亲早早就做了好吃的在家等着，进了家门，也顾不上洗去一路的风尘，上桌就是一阵狼吞虎咽，咂吧有声，之后又狠狠地打了几个饱嗝。对于我如此之吃相，母亲不仅不觉得有失雅观，反而满脸笑容。对于她来讲此时最大的幸福，莫过于着实犒劳了一回儿子的胃。

多年后，当我渐渐修炼成亲朋眼中的厨神，偶有宾客上门，在厨房一阵忙乎后，看到亲朋好友的饕餮之态，我也是开心不已，远胜于滔滔不绝的溢美之词。

从上大学到参加工作，我就一直在福州城生活着，宛然是个城里人了，然而骨子里却觉得自己始终是个下里巴人，阳春不起来。

稍有闲暇，逮三五好友，大碗喝酒，大口吃肉。我想，也许我天生就是一颗马铃薯，再怎么打扮也是土豆，就这样了罢。

2018 年 11 月 25 日

坐相漫谈

黄国林 ○○

从老祖宗传下来，咱们中国人，似乎什么都有"相"。除了常说的吃相，古人还讲究坐卧之相，因此才有了"坐如钟，卧如弓"等说法。今天我们就来说说坐相。

先来一个关于孟子的八卦。西汉人韩婴所撰的《韩诗外传》有一段记载："孟子妻独居，踞，孟子入户视之，向其母曰：'妇无礼，请去之。'母曰：'何?'曰：'踞。'"

意为：孟子的妻子独自一人在屋里，叉开双腿坐着。孟子进屋看见后，就对母亲说："我那婆娘不讲礼仪，请允许我休了她。"孟母问："她咋的啦?"孟子说："她她她……叉开双腿坐着。"

要知道，古代的"坐"与我们现在的"坐"大不同，标准坐姿需要两膝相并、双脚在后、脚心朝上、臀部落在脚跟上，这个姿势在今天的日本韩国还很常见。合乎礼仪性质的有"安坐""正坐""跪坐""肃坐"等等，这些都属"坐有坐相"。与之形成鲜明对照的，则是"坐没坐相"的"踞"。

那么，何为"踞"呢?"踞"的特点是双脚和臀部落在地上或其他支撑物上，两膝上耸。"踞"分为"蹲踞"和"箕踞"，两者的区别在于前者膝盖并拢而后者膝盖打开。青蛙的坐姿看过没？嗯，这就是"蹲踞"，很放松。

"箕踞"也是一个很形象的说法，人在"箕踞"时双腿叉开，就像簸箕一样，比"蹲踞"更放松，却也更容易"走光"。在讲求礼仪的人看来，箕踞简直是十恶不赦的大罪，对于女性来说尤甚。因为先秦时，女性穿的都是开裆裤，且无着内裤的习惯。

春光乍泄，无怪乎孟子的反应如此强烈。

这边，孟母就问了："你怎么知道的？"孟子说："我推门进去亲眼看见的。"孟母说："瓜娃子，这就是你的不对了，而不是妇人没礼貌。《礼记》上不是说了吗？进屋前，要先问有谁在里面，好让屋里的人知道，而做好准备。现在你进门不先打报告，反来怪你妻子没礼貌！"……如此这般，我们的"亚圣"总算认识到自己的错，不敢再言休妻。

幸好，故事有个光明尾巴，要不然孟夫人可真是憋屈死了。

礼仪，体现的是人们交往中的相互尊重，如果不是在公众场合，也去苛刻要求，便是无礼，乃至失礼。孟子这样近乎苛责的挑剔，连他的母亲都看不下去。

反之，在公众场合，不会坐或是乱坐都属不懂礼仪。孔子的发小原壤同学，就曾因乱坐而被孔子臭骂一通。

据《论语·宪问》记载，有一次，原壤张开双腿，坐等孔子。孔子见到后当场就发火，用拐杖敲打着原壤的小腿教训开了："你呀你，小时候目无尊长，长大后又无所作为，老了又不死，祸害啊！"好一通叽哩呱啦。不过，在笔者看来，孔子此通训斥，虽说是于礼有据，但未免有些"抓狂"了。

笔者曾经写过刘邦因不喜欢儒生而"耍流氓"的典故。然而帝王之所以为帝王，就在于他有时候也是个知错就改的"好学生"。关于踞坐，《史记·高祖本纪》说了他这么一桩事——

刘邦"踞床"接见郦生，还"使两女子洗足"，也就是说还安排了两个洗脚妹在边上。郦生见了此景，也不下拜，只是作了个长揖说："足下必欲诛无道秦，不宜踞见长者。"刘邦听言，自觉有愧，赶紧就站了起来，整理好衣裳，请郦生坐到上首。

恨"箕踞"的人不少，爱"箕踞"的人也大有人在。因为这种放松休闲的姿态虽然无礼，但是更显精神上的放荡自由。君不见《庄子·至乐》中，"庄子妻死，惠子吊之，庄子则方箕踞鼓盆而歌"。

孟子因为妻子箕踞而要休妻，庄子却在妻子去世时仍箕踞。这两位老先生要是碰在一起，肯定很喜感。

"竹林七贤"之一的阮籍也是"箕踞"的拥趸，《晋书·阮籍传》记载：阮籍母亲去世后，"裴楷往吊之，籍散发箕踞，醉而直视，楷吊唁毕便去"。

有意思的是，不少人对庄子、阮籍等人的推崇更多的正是缘于他们的不羁。毕竟，好看的皮囊千篇一律，有趣的灵魂万里挑一。同理，这也不妨碍好看的坐姿悦己怡人。

纵览文学典籍，特别是古典小说，那些运筹帷幄的文臣谋士，作者往往都是让其"端坐"着来展现泰然自若、稳操胜券的风度。

有人统计过，在《三国演义》中，共有十多处写到诸葛亮坐着出场，每每都是镇定自若、儒雅从容。最经典的，莫过于从司马懿眼里写出诸葛亮巧设"空城计"的情景："果见孔明坐于城楼之上，笑容可掬，焚香操琴。"坐着的孔明给人以从容镇定感，使司马懿疑有伏兵或念及"狡兔死，走狗烹"之道而退去。

小说反复把诸葛亮的"坐态"造型渲染到极致，直到诸葛亮死后，蜀军还按照他的吩咐，巧妙地利用其坐着的姿态将魏兵糊弄了一番，足见诸葛亮"坐态"所拥有的符号力量。

这种符号力量，也深深地感染了读者。我年少时候读《三国演义》，每看到诸葛亮出场，都深感痛快淋漓。及至其命殒五丈原，又不禁怅然若失。

2018 年 12 月 17 日

抱愧古田

谢荣雄 ○○

一个现代青春小伙，却说自己真实地经历千年，见过闽越王无诸入闽的风起云涌，这样的穿越你相信吗？

一个年迈的老祖宗，拥有儿女百万，播撒四海，如今偏安一隅，躬耕田亩，如此的内敛你相信吗？

可能你无法相信，但这真的存在。

一个传统农业重点县，却哺育了闽中工业的茁壮成长。一个甲子新城，前生是闽地的千年古邑。户籍人口40多万，而自称为其子女的超过百万。——这，就是几度移民的闽中古邑古田县。

相比沧海变桑田的创举，桑田变沧海则是奉献的，悲壮的，凛冽的。新中国初期，第一个地下水电站在此建立，以千年古县城和周边52个村庄、4万亩良田淹没为代价，福州和南平的工业用电才得以从此源源不断地输入。为扩大电力供给，增建电站，80年代又二次迁徙，淹没45个村落、1.4万亩耕地，总计移民6.5万……当地居民几近裸身上岸，褴褛于途。漠漠田园，俨俨坊巷，重重屋舍，从此消失在茫茫湖水中。不堪回首，却义无反顾。"水电之乡"的得来，并非轻而易举。

料峭早春，来到坂中村，为人津津乐道的五连厝，人人皆以为是什么深宅大院，进落几重。其实，是将旧城老屋拆卸，寻找靠后的高地，临时简易连接搭盖的移民房。许是对旧城的依恋，起得如此大气之名。它面对旧城的泱泱湖水，茕茕而立。不知者，认为自夸；知者，为之惭愧。

我的惭愧在于，只知岁月静好的易得，不知百转千回的艰难。在省城福州，安心于万家灯火那般通明，却不知早期的电能输入竟是万家移民的牺牲奉献。库区儿女几度辗转，难弃故土啊，又那么毅然决然。我不由得产生拜谒的想法。最好的去处，自然是翠屏湖和吉祥塔了。

古田溪电站一级拦河大坝截住了闽江的主要支流——古田溪，围就万顷碧波的翠屏湖。站在坝上，眼望滚滚湖水的奔涌，耳闻水流下泄的轰鸣，人跟着水流跌宕在抖动。水在这里，糅合了许多陈年的汗水和泪水，忍耐了许久，吃够了苦头，像急速穿行的豪侠英雄，不计得失，无论生死，将强悍的生命付之于灿烂，付之于壮烈。

吉祥塔，耸立于古田新城关松台山顶，八闽十大名塔之一，旧城整体迁移过来的唯一标志性建筑。塔身历经千年风雨，在自然力的作用下略带深沉黑色，棱角已消失，像极了一位慈爱的祖母，不弃不离古田儿女，深深凝视，静静守候。与翠屏湖遥相呼应，两者从静和动上构成古田最为凝重的姿态。

无独有偶，在古田籍侨胞聚集的马来西亚诗巫市也有一个古田公园，公园里也有一个"翠屏湖"，一座"吉祥塔"。与我近在咫尺的虔诚恭敬所不同的是，那里寄托着侨胞们对父母之邦万里迢迢的相思，是故乡桃林下的诀别，剑溪慈母的白发，玉田春闺的遥望。

曾经，家乡是那么贫困，怎么办？可以你争我夺，蝇营狗苟；可以自甘潦倒，忍饥挨饿；当然也可以破门而入，抢掠造反。然而他们选择了这样的道路——下南洋。胸怀梦想的拓荒者，豁命前行。他们的眼光放得很远，他们的人生道路铺展很广。于是有了马来西亚的诗巫、实兆远，泰国的那间、曾里等多个翻版的"古田"。近40万的华侨，遍布海外40多个国家。还有众多下海南、走东北的，闯荡全国各地。他们种植橡胶、热带水果，经营食用菌……

真没辜负了"古田"俩字，拆开，不就是"十口在外，十口在内"吗？

也许，祖先早已为她的子孙注入"远行"的基因。

一个放晴的下午，来到闽江边的水口镇岭边村。许是刚下了场大雨，盘山路上灌木的树叶晶莹清亮，路边的水流汩汩作响，看似难得的景致，却承载着多少人深刻的记忆，那是负累时的一抹凉阴，那是干渴时的一股清泉，曾是游子挑夫所望，风餐露宿所在。不知这份艰辛的历史，是否已淹没在现代车水马龙的滚滚红尘之中？

路面大部分已被荒草淹没，只有中间被岁月之脚踩踏得光滑的大块踏石，让人细品到它在历史上的存在。我走近反复端详，猜得许久，也许这就是中原入闽古道，举头似乎远远看到朱熹、刘伯温、程师孟、萨镇冰衣袂飘飘而行，凝然驻足眺望。有它连接着水口渡头、罗峰古驿、田地廊桥等一干"兄弟"，关山阻隔的古田才有通江达海的地位。

历史是夜雨中的泥泞，历史是古道边的寂静。金庸老先生笔下

的令狐冲从这里走过，仪琳一路追随平生念念。与先生笔下的诸多
仗剑江湖、快意恩仇相比，这一条古道的笔墨太少了。有人说，正
是因为这条古道的赫赫名气，才入了先生的江湖。可谁又能否认，
正是先生的寥寥数笔，成就了闽都古道的风云？多少人共情书中人，
眼前山河惹寂寥。

我就是那许多曾经的少年中的一员。惭愧的是，我现在才知道，
那个烙在心间多年的印记，就在水口，直到双脚踏上不算高的岭边，
双目得见不算急的江水，远望连通两岸大桥的并驾齐驱，才在意念
中完成了与金庸先生的对话。挑夫路客、文功武将随风而去，橹声
古渡、人马船货成为记忆，留下的，是金钟水库的疏朗大气，任风
云变幻，自气定神闲。

莽莽古道，滔滔江湖，于世无奇。唯有崇山中如此一弯，浩荡中
如此一拦，苍茫中如此一景，不时提醒人们，不忘来路，方得始终。

这便是道。

江河文明决绝奔腾、通达远近、崇尚流变，产生舍得、机敏的
品质，也就是所谓"智"。山地文明则以不知日月、敦厚淳朴、万
古不移来塑造坚忍负重的定力，就是所谓"仁"。

水道让我们享受脱离长辈怀抱的远行激越，山道则让我们体验
回师祖先居所的悠长厚味。

水道的哲学是不舍昼夜，山道的哲学是日出日落。

能把两者精妙联结成一体的，那就是古田。

整 洁

谢荣雄 ○○

　　"黎明即起，洒扫庭除，要内外整洁。"是《朱子家训》开篇语，细细品之，其味隽永，貌似讲环境，更是喻人生。

　　小孩刚上小学不久，玩具散乱在家里的多个位置，有时还扔得满地都是。借着国庆长假，清理一番，有用的、没用的，过去用的、现在用的，按封存、处理、留用分门别类，足足装了好几个收纳箱。面对这些物品，我猜想：假如苏格拉底看到这一切，不知有何感想。在两千年前，他就对物质消费不屑一顾："我们的需要越少，就越接近于神。别人为食而生，我为生而食。"许是因为苏格拉底的提醒，我一直很少逛街、上超市。逢购物，我也会再三问自己，是不是真的需要，是不是徒增堵塞，是不是有碍整洁。我越来越相信，过度的物质消费是一种恶习，迷糊的享受是一种荒唐，无序的拥有是一种邋遢。

　　整洁之道贵在把握先机，善始慎终。扁鹊治疗膏肓之病谓之医术高明，其兄治"未病之病"则是医德崇高。日本企业能在自然资源极其贫乏的情况下，占领世界市场，其原因是视时机为生命，谋发于未萌，精益管理、即时生产，节约了库存成本，降低了存货积压减值的风险。管理学上提倡一步到位，因为一个事物先暂放一处而后再腾挪，其成本是前者的两倍以上。"一日之计在于晨"对于成功的人生是何等意义。

整洁之要在涤除多余，使事物纯静而明朗，以致高效、进取，儒道释三者对此认识均殊途同归。《大学》言"物有本末，事有终始，知所先后，则近道矣""其本乱而末治者否矣"。《道德经》言"载营魄抱一""抟气致柔""涤除玄览"。佛家讲"戒、定、慧"，三者呈递进之意，只有戒除生活的多余，才能静心致本。百年跨国大企业通用电气公司的成功经验就是"做对事"，战略重点从"过度多元化"转向"整合多元化"，其卓越的员工效率、服务质量、成本控制、运营能力，在专业化经营中得到成功塑造。戴尔公司不贪大求洋，坚持只选最好的做，将非核心业务外部化，使企业轻装上阵。相反，若图虚名，人为复杂化，企业经营杠杆和财务杠杆加大，包袱沉重，稍有不慎，便哗然瓦解。索尼公司轻率并购哥伦比亚影片公司，被证明是日本亏损最大的企业并购案，以致有今日败退中国市场之虞。老子对于人生的整洁之道，直截了当，振聋发聩，他说："五色令人目盲，五音令人耳聋，五味令人口爽，驰骋畋猎令人心发狂，难得之货令人行妨，是以圣人为腹不为目，故去彼取此。"

整洁更是一种秩序之美。大凡美的东西，都是讲求一种秩序、简约，乃至于极致。王维的"明月松间照，清泉石上流"，是各得其所的意境美。桃花源里，小国寡民，使有什伯之器而不用，虽有甲兵无所陈之，甘其食，美其服，安其乐，乐其俗，呈现一种恬淡的秩序美。泸沽湖浮光掠影、清澈见底，玉龙雪山岭岭若洗，黑白分明，始成香格里拉人间仙境。整洁，造就人类精神世界的原乡。

整洁还关乎生命状态。《道德经》言"昔之得一者，天得一以清，地得一以宁，神得一以灵，谷得一以盈"。一个企业家年届甲子，相逢之下，言及他的人生，颇有参禅的味道。他说，年轻的时候我也豪气干云，为了事业可以舍身。到了现在又回到原点，不就是一本书、一杯茶和一袭温暖的午后阳光吗！我揣之，此时的一杯茶与当初他出发时的一杯茶可是一样？山还是那山，水还是那水吗？

人生本来是一简单的过程，道生之，德蓄之，物形之，势成之。《朱子家训》一开篇从整洁入笔，意即整洁是生命之本初、人事之基点、精神之底色。认真对照当下开展的群众路线教育，"照镜子、正衣冠、洗洗澡、治治病"不就是让灵魂归位，让精神整洁吗？

欣赏他人

○○陆立安

人人希望被人欣赏，人人应该学会欣赏他人。欣赏他人是一种积极的人生态度，学会欣赏他人会让你受益无穷。

人各有其长处，都有值得尊重、欣赏之处。欣赏他人的过程，也就是学习他人、补己之短的过程。孔子说"三人行，必有我师焉"，充满着辩证法。任何人身上都有长处，再优秀的人身上也总有短处，只有取长补短，方能克服缺点，不断进步，建立和谐融洽的人际关系。一个人可以向自然学，可以向书本学，但切莫忘了向他人学。学习欣赏他人的好品德、好精神、好作风、好性格等优秀的东西，都会潜移默化地影响自己，使自我得以提高、得以发展、得以完善。

可是在现实生活中，却有不少人不懂得欣赏他人。自卑的人不懂得欣赏他人，这种人觉得处处不如人，缺乏自信心，因而难以发现自己的长处，也不敢正视别人的优点，以免加重自己的自卑心理。自私的人不懂得欣赏他人，这种人在寻求自己利益时总是要去损害、侵占他人的利益，总是"各人自扫门前雪，莫管他人瓦上霜"，只知道自爱，不知道爱人。有道是"自私者常见别人短"，这种人能欣赏他人吗？自傲者也难以欣赏他人，常言说"骄傲者常见自己长"，这种人恃才傲物，目空一切，过于看重自己的才能，藐视一切权威，老子天下第一。诸如此类，林林总总。因此，要做到欣赏他人并非易事。

欣赏他人，必须要有鉴别力，要识别他人身上的长处和短处，否则，把别人的短处当长处，就会未得其利反受其害。欣赏他人，要有博大的胸怀，能容忍他人的短处，不要以己之长，衡人之短。要克服妒忌心理，培根说，"在人类的一切情欲中，嫉妒之情恐怕是最顽强、最持久的了"。

欣赏他人，必须克服自卑等心理障碍，养成健全、高尚人格，树立正确的人生观、价值观，做一个自尊、自信、自立、自强的人。

欣赏他人并不意味着自己处处不如人，恰恰相反，真正懂得欣赏他人，就意味着你具备强者的特征。如果大家都能欣赏他人，也就是人人都被欣赏，因为你自己不就是别人的"别人"吗！

肯定自我，更注重欣赏他人；被人欣赏，更欣赏他人。被人欣赏固然幸福，欣赏他人不更主动、可贵吗？

阅读自己

○○廖建江

在现实生活中，人们往往顾不上阅读自己。人生攘攘，人生匆匆，在这纷扰的世界上，人的眼睛过多地盯住了遥远的七色彩虹而忘记了眼前的姹紫嫣红。

人最难读懂的是自己。你神游八方，知世间万象，仰观于天，俯察于地，却不识自己的真面目。面对自己，却不能解释自己。有人说，人本来就不应该把自己看得过于透彻，过于明晰，过于裸露，一眼望穿。无色无嗅的终极，人活着还有什么意思？想想也是，倘若人进化得通体透亮，甚至连自己的每一下心跳，脑子怎么转的都一览无遗，没有一点遮蔽，没有一点神秘感，人就变成了一个机械的怪物。

阅读自己是享受自己。人生总会有些美好的东西值得留恋，值得回忆。回眸过去，生活的一份浪漫、一段真情、一个久藏心底的思恋、一个得而复失的遗憾，都像一条蜿蜒的溪水，汩汩地注入你的心田，滋养你的情愫。即使生活中的那些失败与悔恨、痛苦与迷惘，也将化为幽默和调侃，成为激发智慧的电石火花。

阅读自己是诗化自我。把生命回顾一遍，你会感到人生的升华、心灵的脱俗。阅读自己可以从不同角度反复对照自己，把自己读成一条小河、一片绿叶、一棵小草。你在阅读中重新洞察世事、彻悟人生，往往会找到从哪里失去就从哪里开始的感觉。这样，你会成为生活中的一个智者、勇者。智勇双强者大音稀声、大象无形，是自我的超越。

阅读自己需要平和的心情，更需要客观的态度。

阅读自己不是孤芳自赏，不是自我陶醉，不是灵魂深处闹革命，不是自己跟自己过不去。

一位哲人曾经说："我从水上涉过，在水上留下泡沫；从泥上走过，在泥上留下痕迹。泡沫和痕迹都是易朽的，瞬间即逝。但我从来没有后悔曾经这样涉过、走过，总是不厌其烦、兴致勃勃地打捞我的泡沫、收集我的痕迹。"与现实生活中一些人大喜大悲、大起大落相比，属于政协工作者的可能只有平平淡淡的生活和清清白白的人生，但生活往往就是这在平淡和不经意之间汇成了一条美丽的河。我想，这正是我们阅读自己、阅读人生应当持有的感觉、态度和读法吧。

第五辑

奔 星 有 声

老　宅（外一首）

○○王吉意

老　宅

檐下无人也无燕，

墙角生土亦生苔。

门庭鼎沸旧时貌，

化蝶偶来此刻景。

　　春日里回老宅，静坐庭中阶上，此时福州的天气就像个受尽委屈的女子，一惹就哭。今日寻得暖阳，分外舒畅懒散。清明将至，人鬼将聚。老宅也曾热闹，如今却静悄悄的。庭中山茶花开，眼前几只彩蝶，应是旧时的人，寻着当年种下的山茶，闻香识路，化蝶而来。小时候很闹腾，总觉得老宅很热闹，这时心静了，却别有一番滋味。平时尽孝了，清明可以不烧香。

2013 年 4 月 1 日

奔　三

山外红尘山中仙，
愁上眉头一根烟。
问君为何静无言，
沧桑是我入中年。

2013 年 8 月 25 日

游 一 厦（外二首）

○○王吉意

游一厦

鹭江长，五峰环，普陀寺里把经藏；

山炮横，守古台，芙蓉湖中黑鹅缠；

白沙滩，鼓浪忙，群贤老楼钟声传；

面大海，迎风来，好景尽入上弦怀。

2018 年 11 月 23 日于厦门大学上弦场

山

山，连绵起伏望不穿，

历风霜，青颜犹未沧。

山，静冷硬寂言不参，

逢月欢，晴夜论孤单。

山，体坚性刚扳不翻，

云雾攀，傲然触天端。

2019 年 7 月 5 日

天边草原

清风过青林，白云净，穿谷宁，

山中晨雾起柔情。

绿荫入胸襟，去追影，听幽鸣，

纵野比肩策马行。

一首《天边》唱得情起，唱得尽兴，唱得泪莹，唱得感动了自己。

2019 年 9 月 20 日

当汉子遇见他的女人

○○王吉意

当汉子遇见他的女人

除了谈爱，其他全都当没事发生

爱上了你，放弃世界也一声不吭

你笑一声，他便迷得是非也不分

见色忘义，兄弟朋友全往边上扔

当汉子遇见他的女人

败光财产，抛掉积蓄心一点不疼

老老实实，其他女人就再也不碰

放弃所有，辛酸委屈全往心里撑

他有了你，睡在雨里还依旧感恩

当汉子遇见他的女人

他是真笨，所有的苦都自己独吞

你若真肯，私奔裸婚他一定会跟

你若撒娇，他简直开心到要发疯

你若真懂，千万别辜负他的情真

当汉子遇见他的女人

你或不知，他的感情是如此认真

凄惨落魄，有你在他便不会烦闷

你若骗他，伤得再深他也会硬撑

若问原因，爱容易让人盲目太深

2014 年 8 月 5 日

微　光

○○叶琼瑛

向左　向右

静默　深思

我笑着独行

不羡烟火　不慕星光

些许憧憬

些许忐忑

些许初生牛犊的勇气

开始新的征途和坚守

总有　关爱的目光赠予温暖

如风　如苏

总有　贴心的问候赋予力量

如歌　如诗

总有　默契的言语给予指引

如灯　如炬

未知的前路

或喜　或悲

或喧嚣　或寂寞

即便黑暗

依然越挫越勇

仍攒着股劲儿

愈发清醒　昂扬

相信　春风徐来

梦想会发芽

在明朗的四月天里

哪怕是一束微光

也是希望

终会绽放

伟大的平凡

○○史秀敏

有人说

您是伟大的

犹如坛上高不可攀的神

而我

从您的亲情世界里

感受到

与普通家庭一样的

阴晴圆缺

从小

您继承了父亲

倔强的性格

却以此

用自己的思考和行动

反抗父亲的强行压制

为自己争得一条

走向自由宽广的道路

而您的母亲

那慷慨仁爱的慈祥

让慈悲的种子

在您幼小的心灵

悄悄萌芽

为了报答父母对您的养育

您在为国奔走呼号之时

仍亲侍汤药

将对母亲的深情

化在点点滴滴的言行中

而对曾有代沟的父亲

也在报国的千头万绪之中

接到身边小住

"欲报之德，昊天罔极"

这是您失去慈母后的酸心结肠

您让我们感受到

伟大领袖

一样对生养自己的父母

有着深深的感恩

和"子欲养而亲不待"的憾痛……

身为人父

在人生的风风雨雨中

对于难得在身边的子女

您同百姓一样

有着"可怜天下父母心"的柔肠

"我是盼望你们来信啊！"

面对儿子的相片

短短家书

又如何能诉尽

父子之间十年的别离与思念

而重逢的欢欣

犹如在您的病体

注入了快慰的特效药液

您那喜笑颜开的面容

与儿子岸英眉角洋溢的喜悦

真像三月里开冻的河流

滚滚奔流，势不可挡

最小的女儿——李讷

让您享受到平常人的轻松情怀

而她

也比哥哥姐姐们更幸运地得到了

您那充满睿智的慈爱教诲

"爸爸散步去"

这是您的女儿，最早学说的话

她这个"大娃娃"

散步中

拉着您这个"小爸爸"的

一根小指头，两根指头

直至握住您那温暖的大手……

一种与众不同的幸福

陪伴着她成长

"意志可以克服病情"

当女儿高烧住院

半睡状态的您

满怀怜爱

为女儿送去坚强……

"要读浅近书"

您教女儿，也教了我

读书的最佳方法

不是深入浅出

而是由浅入深，慢慢积累

这样的读书方法

让知识浅薄的我

常因读懂

而有一种成就的喜悦

知识的渊博

就是如此循序渐进吗？

面对批评

我总有一种被否定的压力

而您说

油是榨出来的

人也要压，才能进步

经过眼泪的洗礼

我渴望

能借您对女儿的鼓励

在工作中，逐渐成长

"为什么不写信给我呢？"

您那孤独的心

是如此渴盼女儿的亲近

而您却又那么小心翼翼

令我油然而生

揪心的疼痛与无言的伤感

您，是伟人

但，更是凡人

您是无数人心中爱戴的领袖

更是子女眼中慈祥的父亲

您的心灵之巅

苍凉，如大海一样深广

幸福，如琼浆一样甜蜜！

附记：有人说，这是一首政治抒情诗，有歌功颂德的意味。但我的心，在读这本书时，对毛泽东主席为人子与为人父的亲情，始终有一种感动，一种温暖的共鸣。虽然文笔欠佳，我更希望大家认为，这是一首发自内心的抒情诗。

致敬钟南山

○○代媛媛

每次打开网页

第一件事就是看看您

您实事求是

让我们知道了"人传人"

您鞠躬尽瘁

让我们临危不乱

您脚踏实地

让病毒再也难以藏身

您充满信心

让抗疫黎明日益逼近

荧屏上

您饱含泪水

那是对武汉的一往情深

采访中

您抿住嘴角

那是对英雄的无限悲悯

当有些人故弄玄虚时
您深入一线彻夜巡察
当有些人沽名钓誉时
您对荣誉得失从不过问

但是
疫情重担呼唤着您
大爱担当成就了您
是您让我们见证了
三山镇魔降瘟神
是您让我们领悟了
国士无双纵古今

可是
看到您心力交瘁
却只能在餐椅上稍稍打盹
看到您年事已高
却执着要在一线查房问诊
人间有爱更有情
叫我们怎能不痛心
保重啊，钟院士

千万保重

我们敬重您

时代需要您

秋韵组诗

刘宏伟 ○ ○

秋　问

九九重阳秋意浓，
荷塘月下问蛙虫。
一年几度风光好？
最是霜露映彩虹。

秋　蜻

亭亭玉立秋蜻蜓，
痴痴小憩似有情。
莫愁荷露滴翠少，
暑了秋来滋润心。

秋 景

鸿雁南飞对对双，

雨打荷莲不用慌。

玉露起霜知劲草，

丰年兆雪秋更忙。

秋 桂

夜色深秋金桂香，

闻嗅不尽榕蕴含。

园中幽梦百草羡，

舒馨久久韵绵长。

秋榕（一）

根深叶茂奇古榕，

金秋含露荫更浓。

雁喜栖息忘年地，

霞晖韵致胜彩虹。

秋榕（二）

千年古榕福荫张，

平和包容犷树干。

深秋寒露喜盈客，

四季如春更耐看。

秋　思

幽兰思君宫巷行，

凛然大义暗香寻。

爱洒两岸忠魂曲，

我辈追梦故园新。

甲午深秋闰九月初二于吴石将军寓所宫巷 22 号

仲秋之夜

吉日团圆话初心，

祥云追梦家国情。

中天婵娟思寰宇，

秋风送爽到如今。

秋思缅怀

先驱遗书家国情，读罢潸然泪满襟。

追梦逐梦有大爱，千秋天地留英名。

秋　祭

孝祭英烈文林山，

感怀汗颜透湿衫。

恸心敬仰泪雨落，

天地有情爱无疆。

〔2014 年 9 月 30 日（甲午年九月初七），写于参加第一个国家烈士纪念日公祭活动和中华孝道邮票在我省三明首发之时。〕

邮书组诗

刘宏伟 ○ ○

方寸天地气万千
——写在第三十四届全国最佳邮票评选颁奖之际

邮票方寸天地间，

乾坤斗转气万千。

八闽聚福萃菁华，

闲读品味润心田。

女排精神赞
——写在《邮票上的中国体育》付梓之际

中流击楫耀神州，

华彩女排竞风流。

腾蛟起凤淬精神，

飞云掣电浩苍穹。

扬威之师

——为《邮票上的人民军队》而作

军旗军歌军号响，

魂魄英杰誉四方。

传奇之师卫和平，

扬威正义著华章。

丝路帆远

——写在《邮票上的华侨华人》出版之时

丝路帆远侨作桥，

丝绸劲舞涌新潮。

入眠每伴思乡梦，

扣动心弦是伟韬。

心志轩昂喧海宇，

心香瓣瓣化醇醪。

相期同醉庆功酒，

印证神州尽舜尧！

江城子·盼江城春好

何杨洁 ○○

　　春来城阙锁重愁。疫情犹，鹦鹉洲。人困时艰，鹤唳泣空楼。冷雨清寒新冢寂，弗忍顾，痛疾首。　　神兵急聚汇如流。意同仇，战无休。雷火炼殿，齐把瘟神收。霭散江城通九省，天地阔，任自由。

长情告白，母亲如花

○○陆　地

母亲节，我想送母亲一束花

当我牵着她的手走过街巷

忽然感觉她竟是我半生以来

爱不释手的那枝花

夜晚，花儿绽放在月光下

她呼出的热气，驱赶试图探头探脑的

雨雪风霜

春天，花儿沿着乡村的河岸奔跑

她赤着脚丫跑过满地芳华

啊，我们都是花儿吐出的种子

玛利亚把耶稣吐落在马槽

颜徵在把孔丘种植在东方

这些有名字的和没名字的花儿

依托鸟鸣和流水，依托黑土和白云

当我牵着她的手走过街巷
忽然感觉她竟是我半生以来
爱不释手的那枝花

把地球打理成她们的花园果园

半个多世纪前，我是一枚种子
落在一个名叫石坑的山村
是的，秋虫呢喃的夜晚
正是我手中的这枝花
把我吐播在月落乌啼霜满天的村庄
村庄，由此多出一块陆地

花儿对我说："奔跑吧！种子。"
于是，我的根须随着时光的野马狂奔
当我跑到北方，跑到西方，再跑回老地方
我，已然长成缀满各色果实的大树
我的枝蔓是一千条温柔的臂膀
母亲，在我臂弯里娇艳如花

当我牵着母亲的手走过街巷
我知道这正是我爱不释手的那枝花
世上独一无二的属于我的花
——圣洁芬芳

写给安溪的一封情书

陆　地○○

就在几天之前，安溪

我曾深入你的腹地

满山的茶树告诉我

这里的风是甜的

远山辽阔，夕阳西下

路边的野花，甚至飞鸟

都令我感到了生命的静谧

今夜，安溪

我站在河的对岸想象

那推向镜头的万家灯火

以面前的两杯铁观音茶

还原曾经的那个夜晚

如还原对面坐着的她

在春水里，暖暖地微笑

一些人，仍在旧时的风景里

一些人，却把目光拉得很远

在这样一个生动的季节

这个敞开温柔的夜晚

安溪，你在谷雨的粲然里

招我，唤起了我

一切关于你的记忆

2017 年 4 月 20 日（谷雨）于安溪永隆国际酒店

因为爱着某些瞬间，我爱着整个世界（组诗）

陈师杭 ○○

等火车

岁月温柔

阳光正好

我在微微潮湿的热风中

等待北方的火车

远处的地平线仿佛融化

焦灼的空气跳跃蒸腾

鱼儿在池塘里换气

云朵正穿过夏日的浓荫

我预见你抵达

汽笛啸鸣不已

阳光里拥挤着滚烫的等待

直到我看见你

你的目光恰也穿过人群

霎时间，一束神秘的微颤

钻过两心深处

写给女儿

恐怕要很长很长的时间

才能解出我爱你的算式

甚至要用一生来诠释

一首没有休止的曲子

我是你生命中

一处小小的港湾

给予你照拂，也终将送你远航

生活的样子仍要你自己决定

但无论何时

我都甘之如饴——

守望我的骄傲

无须任何回报

想到火柴

无法选择出身

一如平凡众生

谈不上人生的轨迹

渺小、贫瘠，麻木、孤寂

也曾自诩人类文明的起源

想象过星火燎原的伟力

至少，能给童话里的女孩

带去最后一丝宽慰

然而，火柴的人生是

从诞生起就注定的湮灭

命运的一刹烟火

将消费它所有的价值

古板、过时，偏执、冷漠

履行唯一的使命

是它仅此一次的叛逆

在一阵刺耳的绝唱中

躁动、啸叫，好斗、张狂

燃尽一切，痛快地死亡！

虽称不上绚烂

却有向死而生的惊艳

抛却凡胎的涅槃

我命由我的顽抗

其犹未悔的快意

平凡而坚忍的欢谑

那一刻，我确信

这团火曾拥有生命

大梦书屋

梦想一个属于自己的书屋

藏身繁华都市僻静之处

它该有风铃声

有咖啡香

有彩色玻璃的窗

透着暖暖灯光

窗边有美好的姑娘

捋起耳畔长发

笑容干净

其静其姝

来访的人们

该有闲适时光

无须相识

却相聚一室

品尝几首小诗

咀嚼三两故事

目光里满是纯洁

满是幸福的颜色

日　常

○○陈志伟

孤独可能是

一种自由

所以你很向往

逃避可能是

一种应对

所以你很释然

愤怒可能是

一张好面具

所以你不愿摘下

生命

是一次旅行

所以你选择

从心

写给这个春天

林朝明 ○○

春天病了

喘着粗气的双肺

发烫的额头

暗黄的脸

相见不如不见

病毒隔离了春天

曾几何时

柳条扭着纤细的腰肢

野花跳着金黄色的舞蹈

如水的月光

静静洒落

翻阅人间画卷的奇妙

空无一人的街头

繁华早早落幕归巢

只抛下

凄凄的夜风

被无情的寒雨捶揍

掉个七零八落

摇晃的病床

再也扛不起

眼皮的千斤重

发青的鼻头

冷泪热汗一起流过

何人搀扶黄昏后

那一抹白

纯洁耀眼

天窗里翩翩飘来

妙手一挥

拽回个

春归大地满园花开

2020 年春

我愿化作八闽大地上的一点绿

林阗希 ○○

我愿化作八闽大地上的一点绿

做一株都市街头的古榕

柔韧的枝条有着刚毅的品格

繁茂的树冠展示着中华巍峨

伟岸的身躯记录着岁月的风霜

娇嫩的新叶沐浴着时代的春雨

我愿化作八闽大地上的一点绿

做一株武夷山下的毛竹

宁折不弯是我的风骨

虚怀若谷是我的初心

山风荡涤呼喊着我的名字

碧水流淌倒映出我的身影

我愿化作八闽大地上的一点绿

做一株海岛上的木麻黄

不因海风呼啸而垂头衰败

也不因大旱饥渴而枯萎凋敝

根须深扎进荒瘠的沙砾

用勇敢和坚忍将飞沙走石守望成绿洲茵茵

我愿化作八闽大地上的一点绿

做一株漳江口的红树

去亲近那一只只自由的白鹭黑鸥

去迎战那一次次肆虐的台风暴雨

用纵横交错的支柱根与兄弟姊妹连成整体

筑起坚不可摧的绿色长堤

我愿化作八闽大地上的一点绿

将点点绿意聚集成林

再由林汇集成海

让绿海的精神点燃青春之火

让绿海的波涛孕育新的生命

我爱这生机勃勃的绿

我爱这绿意盎然的八闽大地

2019 年 5 月于福州

雨后仙游九鲤湖

罗旌泽 ○○

台风呼啸碧搏霄，
九鲤奔腾卷雾烟。
古柏奇石入梦镜，
晨钟暮鼓唱清闲。
痴说羽化能乘鲤，
叹笑游临空慕仙。
九鲤湖里无九鲤，
曲终人散剩山川。

梦开始的地方

○○郑洁萍

柔柔的月光照着雪白的墙

大大小小的油画

宛若夜空中的繁星

伴小小女孩入眠

这是一个梦开始的地方

在梦里

湛蓝的海水

涓涓地滋养娇小的心田

乌黑的双眸

似晶莹剔透的宝石

轻轻地诉说着港湾的静谧

嫣红的花海

缓缓地点燃信念的烛光

红焰的石榴花裙

像一道气贯长虹的飞瀑

无惧岩石的撞击，飘逸洒脱

郁绿的草浪

静静地拍抚着丝般的秀发

纤细的双臂

如杨柳般翩翩起舞

尽情地演奏着生命的乐章

小小女孩

这是一个梦开始的地方

愿青山碧水的芬芳

赋予你五彩斑斓的梦想

微笑地走向未来

附记：2019 年 3 月，我参加省政协机关组织的活动，到屏南双溪镇参观当地文创中心，偶遇一些来自五湖四海的油画爱好者。在那里，他们享受到政府提供的免费学习油画的机会。其中一位袖珍女孩，从之前悲观自闭，到后来爱上画画、享受画画，从油画中找到自信与快乐。对此自己触动颇深，有幸借着《21 号院的灯光》记录一下。我想这也是用文化带动乡村振兴，用艺术服务特殊人群的一条路径吧。

2020 年 4 月 29 日

灯　光

○○高扬增

在外婆的故事里

灯光是匡衡凿壁借来的

他借的是时间

灯光是车胤聚萤续来的

他续的是童趣

灯光又是孙康用雪光映来的

他映的是童心

在我稚嫩的记忆里

灯光是外婆不老的智慧

长大以后

灯光是通向诗和远方的阶梯

那时家贫穷又偏远

父亲微薄的收入

撑不起子女对知识的渴望

夜晚跳跃的煤油灯

庚子年春月
灯光蒙尘灰暗了
是一个个美丽的逆行天
使
用爱重新点亮了一盏盏
生命之光
让春天的花儿再次绽放
让繁华的世间不再黯然

是低调的奢华

更是母亲无奈的叹息

因为那时煤油贵过知识

上中学时

昏暗迷离的路灯

宛如夏季的向日葵

注定每晚如约向我盛放

在夜深人静时我也不忍离开

因为我更想离开寂静的海岛

离开青涩的日子

融入灯火璀璨的都市

追寻有梦的光阴

走出校园后

灯光是一份责任

是敬业的北斗星

是文明和谐的音符

深印脑海的 21 号院灯光

是让人不愿离去的风景

是喧嚣都市的心灵港湾

在你孤独寂寞时可以靠岸

在你放飞思绪时可以扬帆

庚子年春月

灯光蒙尘灰暗了

是一个个美丽的逆行天使

用爱重新点亮了一盏盏生命之光

让春天的花儿再次绽放

让繁华的世间不再黯然

无问西东

我祈愿灯火永续

不分先后，没有你我

2020 年 4 月于榕城

致法律守护人

○○高扬增

你们是法治的火把

是划破长空的一道闪电

让渴望法律救助的群体看到光明

你们是天平上的砝码

重一两轻一毫都会有偏差

你们是良法善治的耕耘者

播种的是美好心愿

收获的是满满的果实

你们接过的是奖杯

矗立起来的是一座座丰碑

你们用心温暖着百姓

用法匡扶着正义

用情编织着社会

你们许下掷地有声的诺言

撑起的是朗朗的法治乾坤

你们有苦有泪也有甜

每个人都有道不尽的感人故事

每个人都有忘不掉的辛酸苦辣

每个人都有写不完的生动事迹

你们是新时代的逐梦人

不忘来时的路

记得回家的道

今天，你们是大家的榜样

明天，大家也会跟你们一样

擎起熊熊的火炬

奋力奔跑追赶

懂法　守法　护法

凝聚起维护法治的正能量

引吭高唱新时代赞歌

（2017年11月30日即席作于"十大法治人物"颁奖现场，发表于当天的"晴朗天空"网站。2020年4月27日略作修改。）

崛起的夜与昼

○○高扬增

一

光明重新开始解剖黑暗

二

没有月光的世界
到处都是她的影子
都没有在你的视网膜上感光
因为，你说——
曝光的底片
唤不起美的思念

三

一阵微风闪过

一只萤火虫掠过　随着

一丛念头滑过

青蛙找不到自己的回音

把爱交给清澈的泉水

泉水也找不到自己的回音

后来　理智告诉你

那泉眼是她汪汪的凝眸

你是赤裸的游手

忘情地沐浴在泉水怀抱

夜也找不到自己的归宿

于是黎明诞生了

四

在黎明中等待

等待凉爽的歌声

轻抚痉挛的神经

弹奏无眠的乐曲

听不到她的歌声

你就说——

世界没有颜色

五

痛苦是欢乐的背影

追求欢乐

就是钟情痛苦

你辨不清痛苦和黑夜的颜色

只能在黎明中寻找黑夜的泪水

准备一次无言的告别

六

走了　轻轻地走了

正如你的呼吸轻轻

又如沾雾的晨风

往返在不踏实的相思林

心的轨迹是红蜻蜓划过的轻飘

一会儿盘旋

一会儿低飞

拥有湖面所有的景致

却撑不起荷叶透明的忧伤

七

汽笛的哀鸣把昊天无限地延伸

带不去你长长的思念

紧紧地把握住这缰绳吧

稳稳地站住

让她画一个圈

八

在圆圈中想她想她

直到雁儿拍落岛上的凉风

拉满弓的朝霞和黄昏

却击不中它高翔的喉音

西北风不去

雁儿也觅不回归巢的路径

海滩也鼓不起炎夏的热风

九

风推着树

树助着风

你用所有的冲动

摇曳她全身的体温

洒下一路的缄默

十

离去了

就不要再想找回你的位置

做个茧

把生活隔在外面

生活空间不断地扩大

最后把你活葬

你只好化作一只长尾巴的成虫

十一

她只能是她

正如夜不能代替昼

到处都是你的位置

却不想把白昼栖息

生活多给你一双翅膀

就不要无故地把它浪费

这样想

你就这样飞翔去

十二

不信爱是一片远景

走近它

发现那只是一层薄雾

只能留给记忆

但你说服不了固执的念头

就踩着这片雾

去收藏更遥远的记忆

直到另一个黎明降临

十三

黎明又错过了

你攀上黑暗的顶峰

用厚厚的肚皮

去拱沉甸甸的夜色

1986 年 9 月于福州

原创儿歌三首

○○黄才盛

小鸭子坐飞机

小鸭子，坐飞机

飞上天，一万米

飞多远，三千里

飞到新的家里去

新的家，在哪里

青山脚下果园里

农民伯伯照顾我

我得让他心欢喜

多吃虫儿多吃米

结结实实棒棒的

不跟天鹅赛美丽

多下蛋来献给你

献给你——

小青蛙怎么啦

小青蛙，地上趴，不爱叫，不爱跳，无精打采的，究竟怎么啦？

小哥哥，小弟弟，我们跟你在赌气，故意不想搭理你。

自从你们上学去，难得见你到田里，没完没了做练习，要不就是玩手机，老不跟我做游戏。我的肚子鼓鼓的，里面装的都是气。

小青蛙，对不起，我们一放假，马上来看你。

你爱蹦蹦跳，我们追追你；你爱捉迷藏，别躲太严密；照看小蝌蚪，我们帮帮你。

我愿动脑筋，发明新科技，工业无污染，生态来种地，水甜空气鲜，你我都受益！

都受益——

脐橙果树园

小蜜蜂，嗡嗡嗡

脐橙果树园，咱们又相逢

满园花似雪，芳香阵阵浓

你爱花中甜甜蜜，我盼秋来果实红

你采蜜儿多贡献，我能学你几分功

几分功——

洋上是个好地方（快板）

黄才盛 ○○

洋上是个好地方

一条溪水到闽江

四面青山松竹舞

冬天暖来夏天凉

洋上是个好地方

公路铁路通四方

古田北站当中建

动车直达北上广

洋上是个好地方

大公园与大广场

天天锻炼身体好

大伙儿越来越健康

洋上是个好地方

家家盖起高楼房

统一规划新村美

一样的屋顶一样的墙

洋上是个好地方

村容村貌在变样

铺石修路搞绿化

整齐清洁增荣光

洋上是个好地方

社会治安最优良

铁警特警来巡守

哪有坏人敢猖狂

洋上是个好地方

垃圾分类新时尚

争先恐后做酵素

生态宜居是方向

洋上是个好地方

产业越来越兴旺

养鸡养鸭呱呱叫

脐橙花果分外香

洋上是个好地方
村民乡亲觉悟高
志愿服务争着做
一人有难众人帮

洋上是个好地方
小朋友们喜洋洋
老师义务做早教
轻松活泼把课上

洋上是个好地方
爷爷奶奶上学堂
共学共餐来共伴
幸福生活赛蜜糖

洋上是个好地方
男儿敢把世界闯
努力打工做生意
用心办厂开商场

洋上是个好地方
巾帼能做好榜样
里里外外一把手
乡村振兴有担当

洋上是个好地方

接连来把荣誉创

先进基层党组织

文明村牌匾闪金光

洋上是个好地方

各项事业都向上

党的政策执行好

齐心协力再争光

再争光——

2019 年 10 月

香 樟 树

蒋晓燕 ○○

一

少时

香樟树是晨跑和早读的陪伴

和枫树松树

簇拥着站在

如崖壁般

兀然耸立樟城街头的

一中八角楼

环形土道边上

春天的时候

阳光

穿过密密匝匝的枝叶

照在我

仰着的青涩脸庞

那鹅黄嫩绿的叶片

带着香樟的特有气息

幻化作心中

憧憬的透明羽翼

二

长时

香樟树是城市行色匆匆的陪伴

或高大沧桑的伫立

或枝繁叶茂的娉婷

那墨褐色

如鱼鳞般开裂的

遒劲枝干

在风中如银铃般闪动着

满树　碧绿油亮

是灵性而极富活力的

美好所在

春天的时候

枝头拥挤的鹅黄嫩绿

和通体散发的诱人樟香

是榕城街头

最热闹炫目的　春光

及至花开

那密密的小小的

花骨朵儿

在春风里雀跃地颤动

那洁白粲然的　笑靥

让人无法捕捉

却久久地

荡漾在　行者的心中

春天的时候
枝头拥挤的鹅黄嫩绿
和通体散发的诱人樟香
是榕城街头
最热闹炫目的　春光